90個唐詩經典場景

唐詩地圖

吳真 著

CONTENTS

第二章 絲路花雨

第三章 慢慢地陪著你走——長城與黃河

■第四章 戀戀風塵——四川

第五章 春水流——長江覽勝

第六章 能不憶江南？

第七章 放舟東下——從黃山到富春江

第八章　我欲因之夢吳越——唐詩之路

自序 慢慢走，仔細欣賞啊！

西元七四二年，詩人李白攜一歌妓遊覽浙江東山。李白崇拜的謝安已經入土三百餘年，謝大人喜歡的女子也已化作黃土一坯。李白悲從中來，寫出了《東山吟》：「攜妓東土山，悵然悲謝安。我妓今朝如花月，他妓古墳荒草寒。」

李白此詩可道盡了旅遊者的懷舊心態。所謂的人文景觀也就是這麼一回事：到一個地方，想起那驚天動地的悲歡離合最終東流逝水，那顏色如花的女子如今化作「古墳荒草」，再摸摸自己，雖然身強體壯「今朝如花月」，百年之後也成爲後人追思之「古人」，於是胸中一股悲涼之氣漫漫化開「前不見古人，後不見來者，念天地之悠悠，獨愴然而涕下。」

唐人眞是大氣，他們既有愴然之淚，更有「柳暗花明」。翻開唐詩，看看他們的喧嘩與噪動，我們會有許多的發現。唐人也喜歡旅行，喜歡西部，所以他們有塞外詩。唐人也愛背上背包，優遊山野田間，所以他們有田園詩。無論到哪兒，唐人的吟唱總是帶著時代的高傲和自負；不怨天尤人，不無病呻吟，偶爾感懷身世，也會駐立在山水之間得到解脫。

也許現實的旅遊總是熙熙攘攘眾生芸芸，但是突然想起千百年前，某位古人就曾站在你站著的地方吟風頌月，發幽古之情思，抒萬丈之豪情，你也許能會心一笑，這一霎那的心有靈犀，撇開了你身邊的芸芸眾生，宛若搭上古人的油壁車。

本書的內容，原是李白詩中的「他妓」，當你在更眞切地感知到腳下這塊土地、這段歷史的同時，也許更能從中獲得現世「我妓」的滿足。

一處山水，一段風月，就那麼靜靜地凝固於唐詩之中，一千年過去了，又三百年過去了，它默默地等待你的到來，等待你的感知。如果你的微笑裏有大漠的孤煙，有楊柳岸曉風殘月，有羞澀牽馬的少年，有寂寞開且落的芙蓉花，有敦煌悲苦的面容，有咸陽遊俠九死一生的豪情……那麼，對枯燥卻又變幻的人生，對起落且無序的命運，你會有很多且更深的理解，懂得從容，懂得感激。

活著，是匆匆趕路，而旅遊，讓你學會抬起眼，看一路風景。

慢慢走，仔細欣賞啊！

第一章

夢回唐朝

我試圖還原這個城市的幕幕場景，
以便讓你知道，那是怎樣的一個時代。

廢都佚聞——長安經典場景重播

八水繞長安，千年古帝京。西安是「絲綢之路」的起點，位於關中平原西部，南倚終南山，東望驪山，依山帶水，是我國黃河流域古代文明的重要發源地之一。自公元前十一世紀西周起，直到唐代，前後有十一個王朝在此建都，古稱長安，是中國史上最長的古都。

一日看盡長安花

如果我是青年才俊，我願意生活於唐代的長安。

這人類歷史上第一座人口超過一百萬的城市，是年輕人的城市。唐政府實行開科取士，試圖將天下才子皆收「入我轂中」。人無論貴賤門第，在考場上見本事。每年從帝國的各個地方湧來長安的舉子有幾千人，一時間，「麻衣（唐代庶人皆著白衣，稱『麻衣』）如雪，滿於九衢」。

當時考試制度還不太完善，卷子不密封，是誰的卷子考官一目了然。所以，讓主考官知道你、欣賞你就變得十分重要。唐時「行卷」之風頗濃，舉子們將自己的大作編輯成卷軸，在考試前送給社會上有地位的人看，請他們向主考官推薦，從而增加被錄取的希望。

行卷大有學問。作品不可太長用紙太多，否則會被達官貴人的看門人用來點蠟燭；作品不可無知名度，否則被貴人看上了盜取版權占爲己有；要託對人，例如王維投靠的是皇上的兒子歧王和九公主，第一名就十拿九穩了，而白居易的後臺──顧況到處替他宣傳「白居易才學好『居』於長安很『易』！」無奈官職太小說不上話；要善於拍馬屁，且看一首行卷詩──

近試上張水部　朱慶餘

洞房昨夜停紅燭，待曉堂前拜舅姑。
妝罷低聲問夫婿，畫眉深淺入時無？

●新婚第一天起個大早梳個新妝，回頭輕聲問一句：我的眉毛畫得時不時髦？其實朱慶餘的意思是，主考官張水部，我的詩作合不合你口味啊？中舉有沒有希望啊？以「舅姑」（即婆婆）比喻主考官，發前人之所未發，主考官一看這「新婦」（即舉子）很善解人意，好了，就讓你中舉吧。

那個號稱「郊寒島瘦」的孟郊就沒這麼好運。考了二十五年的試，屢考屢敗，屢敗屢考，好不容易在四十六歲那年考中了進士，馬上寫下一首快詩──

▲西安碑林

登科後　孟郊

昔日齷齪不足誇，今朝放蕩思無涯。
春風得意馬蹄疾，一日看盡長安花。

● 「昔日齷齪」早被疾飛的快馬拋於腦後，藉著春風，把未來好好展望。此詩快則快矣，可惜氣量太小，得意之後，毫不含蓄，竟然要「一日看盡長安花」。好花既然一日之間看盡，那前程也就到此爲止了。果然孟郊後來只混得個縣長之類的小官，後人評價他的詩「寒」（郊寒島瘦），得失之心太重也。

一朝進士登第，便會被全民眾星拱月般地對待，確實很難保持一顆平常心。新科進士的應酬很多，宴會名目繁多，有大相識、次相識、小相識、聞喜、櫻桃、月燈、打毬、牡丹、看佛牙、關宴……最熱鬧要數曲江池杏花園聚會。進士們

飲酒吟詩唱歌，皇帝親自捧場，達官貴人蜂擁而至挑選金龜婿。自然，全場最受歡迎的是「兩街探花使」，那是同科進士中年紀最輕、長相最英俊的少年，之前幾天就騎馬遍遊曲江附近和長安各處名園，採摘名花，以妝點曲江宴會。若採摘不到名花，就要被罰酒。歌妓們才巴不得呢！紛紛敬酒獻殷勤。如此良辰美景羨煞人也，引得從未中過進士的杜甫充滿憧憬地說：「何時詔此金錢會，暫醉佳人錦瑟旁。」

宴會後新科進士們要到慈恩寺（即今日的大雁塔）刻名留念。選出同年中的書法高手，把大家的姓名、籍貫一一刻在一塊碑石上，留在寺中。那榮譽可比好萊塢影星在中國劇院的簽名蓋手印強多了。白居易生平最得意的就是二十八歲時中進士「慈恩塔下題名處，十七人中最少年。」所以唐代最中聽的吉祥話是：「恭喜你雁塔題名。」

進士是長安最新鮮的血液。他們經常組織聚會，就國事發表議論，互相攀引，結成某種利益團體，中唐「牛李之爭」的李黨，主要骨幹都是同年的進士。他們倡導著一種精英文化，寫好詩文，飲名酒唱名歌，與名妓唱和，與名僧往來，定期出長安遊歷名山名水，定期舉行月光閣聚會，寒食節和軍官來

▲馬球

一場馬球對抗賽（經常以大比數勝出）。他們，是唐代的太陽。

西安錦囊1

瞻仰進士們的風采可到西安的大雁塔、玄奘院、秦王宮、「中國最好的博物館」陝西省歷史博物館、小雁塔、南門和碑林。碑林外和古城牆之間是一條小街，叫做書苑門。街道很窄，各種經營古董、書畫、紙筆的小店林立兩旁。有空的話，和做毛筆的老工匠聊上幾句，聽老人吹上幾聲塤（《廢都》裏周敏吹的那種古代樂器，註：《廢都》為大陸作家賈平凹所著），古都的氣氛全在這兒了。

紅裙妒殺石榴花

春天，曲江池，波光瀲灩，宮殿連綿，樓閣起伏，花卉環繞，煙水明媚。

麗人行　杜甫

三月三日天氣新，長安水邊多麗人。

態濃意遠淑且眞，肌理細膩骨肉勻。
繡羅衣裳照暮春，蹙金孔雀銀麒麟。
頭上何所有？翠微㔩葉垂鬢唇。
背後何所見？珠壓腰衱穩稱身。

帝王後妃、貴族官吏、文人學士、普通百姓來踏青，或登樓遠眺，或池上泛舟，或宴會歡歌。香車寶馬，人潮洶湧。

麗人，「態濃意遠淑且眞，肌理細膩骨肉勻。」雲鬢紅裙，迆邐而來。遇見名花，停留下來，使女用竹竿掛起紅色裙子作遮陽傘（稱「裙幄」），圍著名花，眾麗人吟詩奏樂。

少年，騎高頭大馬，春風得意馬蹄揚。瞥見裙幄處麗人，驚爲天人。四目相投，麗人羞紅了臉。使女邀請少年入裙幄，飲酒高歌，點評名花，一段良緣就此結成。

▲虢國夫人遊春圖

小常識

1麗人須有唐人之風，豐腴風情。不穿內衣，袒大半胸脯於外，像維多利亞時代的英國婦女那樣在胸前勒出深深的乳溝，所謂「粉胸半掩疑暗雪」、「長留白雪占胸前」也。紅裙須是石榴裙，取其「紅裙妒殺石榴花」的效果。解下紅裙後麗人應穿著透明輕紗，以顯露肌膚之美，「綺羅纖縷見肌膚」。若嫌視覺效果不夠，可考慮唐中宗時安樂公主首創的百鳥裙，由各種鳥羽織成，在陽光下，背光處，正視、斜視都顯示出不同顏色來。

2少年須是才子，能賦詩、能揮墨、能吟唱，最好是剛中進士科，正當人生得意之時。麗人須是富貴人家女兒，以便更好地反映唐代春遊曲江，從過往少年中挑選金龜婿的風俗。

3從樂遊原俯瞰曲江，景色尤佳。樂遊原創建於漢宣帝時，本是一處廟苑，只

▲仕女抹胸

因地勢軒敞全城在覽，便成爲長安居民登高的好去處。樂遊原的夕照，在唐詩中屢屢出現。

樂遊原　李商隱

向晚意不適，驅車登古原。
夕陽無限好，只是近黃昏。

西安錦囊❷

曲江池在西安南約五公里的低窪地帶，是古都長安最著名的風景區。秦始皇時在這裏修築離宮名：「宜春苑」。漢武帝時，曲江池被劃入上林苑（皇家苑囿）。因其水曲折，故名曲江。唐玄宗開元年間又對曲江大加興修。從終南山義谷口的黃渠引河水入池，使它變成了一個南北長、東西短、彎曲有致、水波蕩漾的大湖池，並恢復曲江池的原名。可惜經安史之亂和唐末戰亂後，曲江池畔的宮殿樓閣皆被毀壞，流水斷絕，渠道乾涸，曲江池便衰敗下來。如今眼前是一片平凹的農田，僅存彩雲亭和紫雲樓兩座建築遺址。

烏膏注唇唇似泥

現在的女子個個似乎天生麗質，化妝技巧高超，「誰都看不出我擦了粉！」。唐代女子也是生怕「誰都看不出我擦了粉」，所以把什麼鉛粉、磨碎的米粒拚命往臉上擦，也不管會慢性鉛中毒，或是掉下一塊粉疙瘩。在這樣的厚粉底基礎上塗上稠密潤滑的脂膏，其效果就是，一洗臉一盆紅泥湯，王建《宮辭》記某宮女「歸到院中重洗面，金花盆裏潑紅泥」。如此費功的妝，所以許多人捨不得卸，唐詩裏經常有「宿妝」一辭，所謂「射生宮女宿紅妝」，即指此。溫庭筠說某怨婦「蕊黃無限當山額，宿妝隱笑紗窗隔。相見牡丹時，暫來還別離。」這意思是「你要是不回來見我，我就不卸妝！」想想一個濃妝婦女一個月不洗臉的樣子！其威脅力道甚於絕食啊！

當時敢於與濃脂豔抹抗爭的，只有唐玄宗的小姨子虢國夫人。杜甫的《麗人行》說她「卻嫌脂粉污顏色，淡掃蛾眉朝至尊。」也不知朝廷每年給她的三千脂粉錢都怎麼花？

塗脂抹粉後第三道程序是在前額塗畫鵝黃，這是從南北朝時興起的裝飾手段，那時是把金粉塗滿前額，直至髮根。到了大唐初年，女子塗黃時已不把額頭塗滿，顏色淺得多了，統一按照宮裏的時尚，「宮樣輕輕淡淡黃」。

▲髮髻

畫眉是妝容成功的關鍵，所以新娘子化完妝會很緊張地問老公，「妝罷低聲問夫婿，畫眉深淺入時無？」唐代的眉形主要有兩種：細長的「蛾眉」和寬闊的「廣眉」（闊眉）。反正那時女子都是將原來的眉毛剃去，然後以黛（一種青黑色的顏料）畫眉，今兒蛾眉，明兒廣眉，後天乾脆不畫眉，都不成問題。

但是在唐玄宗後期，眉毛經歷了一場革命，楊貴妃改用墨煙畫眉，「一旦新妝拋舊樣，六宮爭畫黑煙眉。」全國上下都學習國母的美容新法，結果美容店的青黛和炭條大大滯銷。過了不久宮裏又發明了一種「血暈妝」，即在剃得精光的眉毛上下，用紅紫色塗畫三四橫道，接著用手將之相連化開，看上去血肉模糊。這種在當今時尚界也只有王菲敢化的「血暈妝」，在唐代居然大大流行，把那些賣描眉用品的賣貨郎氣得不見血自暈。

再來的程序是「點絳唇」，把胭脂加朱砂點在唇上，嬌小濃豔的印度唇形和豐厚誇張的波斯唇形都有不少擁護者。

完成以上步驟只是基本的妝容，一般而言，還要用丹

▲髮髻

朱或墨在酒窩上點點兒（叫做「面靨」）；在太陽穴部位用胭脂繪出弦月形，注意下部要暈染開來（叫做「斜紅」）；把金箔、翠羽剪成花卉、杏核等形狀，貼在眉心（叫做「花鈿」）。市面上都有這些化妝品出售，特別是花鈿，有桃形、梅花形、寶相花形、月形、圓形、三角形等三十多種。

爲什麼那個時候的女子天黑黑就起床？化這麼繁複的妝容易嗎？兩小時搞定臉，最後花個半把小時做個漂亮的髮髻。在歷代婦女的髮型裝飾中，唐代女子的髮髻式樣最爲新奇，幾乎是「一年一小變，三年一中變，十年一大變。」唐高祖宮中流行半翻髻、反綰髻、樂遊髻，唐玄宗時，宮中創造出雙環望仙髻、回鶻髻、愁來髻等髮式，貞元中流行又變成歸順髻、鬧掃妝髻等。爲了不辜負這樣精美的髮髻，唐代女子在頭上加了多少飾物！貴婦人往往珠翠花朵滿頭，根據文獻記載，女子頭飾有梳子、簪、釵、步搖、搔頭、金銀寶鈿、花飾等。製作材料種類繁多，製作工藝也十分精美，婦女首飾甚至成爲一個重要的社會生產貿易部門。

以上講述的主流妝容在唐元和年間遭到了全面顛覆。

時世妝　白居易

時世妝，時世妝，出自城中傳四方。
時世流行無遠近，腮不施朱面無粉。
烏膏注唇唇似泥，雙眉畫作八字低。
妍媸黑白失本態，妝成盡似含悲啼。
圓鬟無鬢堆髻樣，斜紅不暈赭面妝。
昔聞被發伊川中，辛有見之知有戎。
元和妝梳君記取，髻堆面赭非華風。

● 臉塗赭色，黑泥塗唇，八字眉，高聳的堆髻。這從吐蕃傳過來的「時世妝」奇則奇矣，但怎麼看怎麼像「哭喪妝」，所以白居易等有識之士紛紛指出，時世妝的流行是喪國的前兆。

司空見慣贈李司空　劉禹錫

高髻云鬟宮樣妝，春風一曲杜韋娘。
司空見慣渾閒事，斷盡蘇州刺史腸。

被貶到蘇州當刺史的劉禹錫被李紳邀請參加酒筵，席上有一美貌歌妓梳著一尺高（唐代一尺等於現在二十五公分）的高髻，化著京城流行的「宮樣妝」上來陪酒，久未見女色的劉刺史哪裏見過如此京城美色，當場暈了。甦醒後劉禹錫不斷埋怨當過朝裏大官的李紳：你當司空的時候油水多肯定見慣了這些美色了，你也不想想我，我這個蘇州刺史的腸都快斷了，口水都流盡了。爲了表示不好女色、廉潔親民，李紳當場把歌妓贈與劉禹錫，可惜，他的個人作風問題還是引人閒話，因爲劉禹錫的詩已經演變成一個千古流傳的成語——司空見慣。

笑入胡姬酒肆中

將進酒　李白

君不見黃河之水天上來，奔流到海不復回。
君不見高堂明鏡悲白髮，朝如青絲暮成雪。
人生得意須盡歡，莫使金樽空對月。
天生我材必有用，千金散盡還復來。
烹羊宰牛且爲樂，會須一飲三百杯。
岑夫子、丹丘生，將進酒，杯莫停。

胡姬▶

與君歌一曲，請君爲我傾耳聽。
鐘鼓饌玉何足貴，但願長醉不願醒。
古來聖賢皆寂寞，惟有飲者留其名。
陳王昔時宴平樂，斗酒十千恣歡謔。
主人何爲言少錢，逕須沽取對君酌。
五花馬，千金裘，呼兒將出換美酒，與爾同銷萬古愁。

那個時代，失意時要借酒消愁，「呼兒將出換美酒，與爾同銷萬古愁」；得意時更要一醉方休，「人生得意須盡歡，莫使金樽空對月」。白居易寫過《何處難忘酒七首》，說人生第一難忘酒是「初登高第後」，第二是「天涯話舊情」即他鄉遇故知，第三是「寒食明月前」即佳節飲酒，第四是「霜庭老病翁」飲酒忘愁，第五是「軍功第一高」喝酒逞英豪，第六是「青門送別多」以酒餞行，最後是「逐臣歸故園」。

酒無處不在。唐代長安酒肆林立，酒簾和各色彩旗門前掛，妙齡女子彈吹絲竹，吸引過往食客。歌妓業如此發達，以至於出現一種叫「妓圍」的特別服務。長安冬天很冷，酒徒醉後感到全身發冷，爲防止嘔吐，便需加溫，辦法是讓妓女們圍坐一團，用體溫刺激酒徒抵抗酒精中毒的能量。按照一：二十的比例，當時的歌妓數目可能在十萬以上，競爭尤其激烈，看看這個與白居易「同是天涯淪落人，相逢何必曾相識」的歌妓的遭遇：

琵琶行　白居易

十三學得琵琶成，名屬教坊第一部。
曲罷常教善才服，妝成每被秋娘妒。
五陵年少爭纏頭，一曲紅綃不知數。
鈿頭銀篦擊節碎，血色羅裙翻酒污。

要成名，首先要天生麗質，「妝成每被秋娘妒」，其次要琴棋書畫無所不能，十三歲就能名列教坊系統的第一人。最好是七項全能——拍案擊節、吹拉彈唱、借酒歌舞、坦胸露背、猜拳行令、拔劍弄刀、走騎打球。可以說，酒肆中的歌妓代表著當時女性最高的藝術水平。唐人視女性的靈與肉爲一體，不像宋代那班腐儒提倡「女子無才便是德」，所以才有那麼多詩歌讚美歌妓的美貌與藝術才能。《琵琶行》中有一段對歌妓的琵琶演奏技巧的經典描寫：「千呼萬喚始出來，猶抱琵琶半遮面。轉軸撥弦三兩聲，未成曲調先有情。……大弦嘈嘈如急雨，小弦切切如私語。嘈嘈切切錯雜彈，大珠小珠落玉盤。」

唐代長安也流行「洋酒」，像波斯的三勒漿、龍膏酒，高昌的葡萄酒，而長安西市及春明門至曲江池（芙蓉池）一帶，也有不少胡姬侍酒的酒肆。

少年行　李白

五陵年少金市東，銀鞍白馬度春風。
落花踏盡游何處？笑入胡姬酒肆中。

來自西域的胡姬人生地不熟，要在中土美女中殺出一條路來，一憑異國情調的美貌，李白曰：「胡姬貌如花，當壚笑春風。」「落花踏盡游何處？笑入胡姬酒肆中」。二靠高超的舞蹈技巧。

胡旋女　白居易

胡旋女，胡旋女，心應弦，手應鼓。
弦鼓一聲雙袖舉，回雪飄搖轉蓬舞。
左旋右旋不知疲，千匝萬周無已時。

▲胡姬

● 要想這麼快地迴旋，且「千匝萬周無已時」，只有把腳尖踮起來當作迴旋的軸，猜想芭蕾舞就是從這起源的。有的胡姬還有殺手鐧——脫衣舞。在強烈節奏的鼓聲中擺動腰身，眼神如鉤，「俟終歌而薄袒」，衣服委地（只有中國的絲綢才有「委地」的柔軟）「曲盡回身去，曾波猶注人」。

▲西安的清真大寺

事實上胡姬只占當時長安二十萬胡人（從東北方、北方和西北方來的外來人皆稱「胡人」）的一小部分。王小波說：「有大鼻子小眼睛的波斯人，兜售劣質的綠玻璃珠子，卻一口咬定是綠玉做的；有戴斗笠穿肥腿褲子的高麗人，在路邊生起冒黃煙的爐子烤鹹魚乾賣；還有臉色黝黑的印度人，按照相似療法的原理出售各種藥材，比方說，象牙是固齒的藥材，斑馬尾巴是通大便的藥材等……」

當然這裏面有戲謔的成分，胡人在長安其實挺受尊重的，他們多從事商業活動，富可敵國。

唐人生活胡風頗濃。人們吃的是胡餅、搭納一類的胡食；穿的是翻領、對襟、窄袖的胡服；戴的是虛頂、搭耳、渾脫等各式胡帽；喝的是高昌釀法的葡萄酒與波斯釀法的三勒漿；演奏的是西涼、天竺、高麗、龜茲、安國、疏勒、高昌等西域樂；跳的是快節奏的胡旋、胡騰舞；玩的是「潑寒胡戲」（冬天裸體赤腳，相互投泥潑水，以示不怕寒冷）以及馬球、雙陸等外來娛樂活動。

只有強大的胃才能消化這麼多外來的東西，只有非常自信的文化才能允許這麼大的異化，唐文化不愧爲中華民族最輝煌的文化。

西安錦囊3

1西安稠酒古稱「玉液」，《黃帝內經》中多次提到的「醑醴」，即稠酒。相傳李白酷愛此酒，常到長安長樂坊暢飲。杜甫《飲中八仙酒》有「李白一斗詩百篇，長安市上酒家眠。天子呼來不上船，自稱臣是酒中仙」的詩篇，就是李白醉飲此酒時的生動寫照。陝西鳳翔柳林鎮的西鳳酒是我國白酒中有名的四大名酒之一，到西安不可不品嚐此二名酒。

2西安城的西北角聚居著三十萬回族同胞，當地人習慣稱那裏爲「回坊」。多是盛唐時波斯人的後代，男子多

▲敦煌壁畫中的西域各族人

落腮鬍、頭髮鬈曲、英勇彪悍，女子則天生麗質、明眸皓齒、身材高眺。

3回坊西起西大街橋梓口，東至廣濟街。西北回民風味小吃在這裏可以一網打盡。羊肉泡饃、水盆羊肉、灌湯包子、臘羊肉、黃桂柿子餅……老字型大小有「陝西第一碗」俊義樓泡饃館、賈三灌湯包子鋪、老童家臘羊肉店。

4西安是旅遊興盛的地方，買東西殺價要堅持「出價是開價的十分之一左右」原則。

灞橋傷別

▲咸陽樓復原圖

咸陽是古代「絲綢之路」的首站，離西安二十五公里。咸陽是我國著名的秦王朝的首都，歷史文物非常豐富，文化遺跡及古墓到處皆是，故被譽爲「天然的歷史博物館，中國的金字塔群」。

打算到西域或更遙遠地方的人們，在咸陽（渭城）是必定要作短暫停留的，他們的親朋好友照例要在這裏設宴送行。

感覺中，咸陽總是煙雨濛濛。

送元二使安西　王維

渭城朝雨浥輕塵，客舍青青柳色新。
勸君更進一杯酒，西出陽關無故人。

●此詩爲送別詩定下了基調：雨，柳。王維詩名極盛，官也做得大，這首詩馬上被譜上樂曲，當作送別曲廣泛傳唱。樂工們爲了更好的渲染氣氛，將詩句反覆唱幾遍，即所謂疊唱，從而有了《陽關三疊》的名稱。在渭城送別的宴席上，每當反覆地唱到「眼前無故人」時，再鐵的心腸也不禁爲之黯然神傷。李商隱寫道：「唱盡陽關無限疊」（《飲席戲贈同舍》），「斷腸聲裏唱陽關」（《贈歌妓二首》）。

陽關三疊（北宋歌辭）

渭城朝雨，一霎浥清塵。
更灑遍客舍青青，弄柔凝，千縷柳色新。
更灑遍客舍青青，千縷柳色新。
休煩惱，勸君更進一杯酒。人生會少，自古富貴功名有定分。

莫遣容儀瘦損。休煩惱，勸君更進一杯酒。
只恐怕西出陽關，舊遊如夢，眼前無故人。
只恐怕西出陽關，眼前無故人。

咸陽城東樓　許渾

一上高樓萬里愁，蒹葭楊柳似汀洲。
溪雲初起日沉閣，山雨欲來風滿樓。
鳥下綠蕪秦苑夕，蟬鳴黃葉漢宮秋。
行人莫問當年事，故國東來渭水流。

● 晚唐的江南才子許渾寫詩，據說愛用「水」字，這首咸陽城上遠眺的感懷詩也不例外，「山雨欲來風滿樓」寫盡咸陽樓的風光，因此時人嘲笑他說：「許渾千首濕」。實在冤枉他了。看看歷來寫咸陽詩歌，哪一首脫得了楊柳、雨絲？

唐人送別遠行者至灞橋，往往喜歡攀折楊柳的枝條來贈別親友，正所謂「年年柳色，灞陵傷別」。

李白《憶秦娥》中，柳的讀音諧「留」，楊柳依依，教人觸景倍增惜別之情。

而且楊柳從本枝上折下來，猶如行人離開了家庭親友，所以行人往往借折柳自喻，送行者則借柳枝表示最後的挽留。柳枝冬枯春復榮，故家人借柳枝表達盼遊子早歸之意；柳枝隨插隨活，贈柳又表達了祝願行人隨遇而安之情。

咸陽值雨　溫庭筠

咸陽橋上雨如懸，萬點空蒙隔釣船。
還似洞庭春水色，曉雲將入岳陽天。

▲現代灞橋

折柳贈別，幾乎成了唐人送別時的一個必要儀式。一批又一批離人，來到即將揮袂告別的灞橋，岸邊清風中的垂柳，枝條依依，似離人依依難捨。可憐的楊柳落得個「近來攀折苦，應爲別離多」（王之渙《送別》），可歎的是「今年還折去年處，不送去年離別人」（施肩吾《折柳枝》）。

柳　羅隱

灞岸晴來送別頻，相偎相依不勝春。
自家飛絮猶無定，爭解垂絲絆路人？

金銅仙人辭漢歌　李賀

衰蘭送客咸陽道，天若有情天亦老。
攜盤獨出月荒涼，渭城已遠波聲小。

今日西安，沒有離愁，沒有柳色，自然，也沒有灞橋。倒是甘肅渭源縣城南有一灞陵橋，六百多年了，還保持著純木結構拱形的樣子，不是《麥迪遜之橋》電影中的廊橋，是雙坡飛簷的中式廊橋，橋下的渭水時枯時流。

陝西有不少這樣的橋樑，都架在乾涸的土地上，那座橋樑存在下來，只是爲了記住曾經有過的河流，渡不渡人它也不在乎。曾經有人在橋下等你，等到河水漲起來了，你卻沒有來，現在河水去了很久，橋還在這裏。

鹿腸酒，熱洛河

那個朝代繁華得像泛金光的錦緞上的畫，人們絞盡腦汁吃喝，敞開肚子吃喝，搞出許多新玩意。

「口蜜腹劍」的宰相李林甫，天天把何首烏、鹿血、鹿筋熬成「甘露羹」，據說可使頭髮由白轉黑，包治脫髮、腎虛、夜尿……如果眞有一個大唐帝國美食獎的話，養生獎非此莫屬。

野蠻獎要頒給武則天的男妾張易之。他發明的「鵝鴨炙」，將鵝鴨放入燒著炭火的大鐵籠，鵝鴨受火烤而繞籠奔跑，渴了就喝放在籠邊的調料五味汁。最後鵝鴨會跑到筋疲力盡，烤到羽毛盡脫，這時肉色變赤，調味品入味三分（那些鴨被折磨的時候會不會跟張易之說：本是同根生，相煎何太急？）。相比之下，現代的北京烤鴨和廣州的燒鵝讓鵝鴨們毫無知覺地變成美食，還是比較講「鵝道」和「鴨道」的。

▲唐人宴客圖

創意獎要給唐玄宗的小姨子虢國夫人，她爲了解決酒水運送的問題，發明了「鹿腸酒」。懸鹿腸於半空，宴席時使人從屋上注酒經鹿腸於杯中。想像一下澡堂裏縱橫的水管都變成鹿腸，美酒嘩啦啦地流，你可以用杯乘著或者「抹個大口」（張大口）接酒。

最具震撼效果獎是，少數民族將領哥舒翰的「熱洛河」，一鍋鮮鹿血煮鹿腸，又紅又腥，視覺與味覺的雙重震撼。

奢華獎可考慮中唐宰相李德裕的「李公羹」。用珍玉、寶珠、雄黃、朱砂、海貝煎汁，每杯羹花費鉅資。當然，太平公主的大明宮「渾羊歿」是另一種奢華，簡直是浪費。鵝塡五味肉末放進羊腹中，縫合後烤羊，烤熟後將羊棄掉，僅食鵝肉。

貴族的吃法是這樣的挖空心思，俠士們吃起飯來則是狼呑虎嚥，有人一頓飯吃下一隻小牛犢，也有人生吃豬和貓的，最聲勢浩大的是《朝野僉載》記錄的兩位元豪俠——第一天「烹豬羊等長八尺，薄餅闊丈餘」，裹鹿肉如柱子般粗。第二天用大錐子斬肉，馬車飛奔著倒酒，快馬拖肉。第三天實在無招可使，「烹一奴子十餘歲，呈其頭顱手足，座客皆攫喉而吐之」。比之先前曾有藝術家在北京烹死嬰吃其肉並拍照美其名曰「行爲藝術」，唐代人的行爲藝術更爲戲劇性——等你吃完後才把人頭亮出來，哈哈，原來剛才你吃的是人肉！

在唐代，飲食男女無須遮遮掩掩，大至朝廷官員小至平民百姓，都不可一日無美食。唐初，蒸餅很受歡迎，以一升麵粉對三合豬油蒸出，趁熱吃特別美味。武則天執政時，中書舍人（相當於現在的祕書長）張衡退朝後忍不住在路邊買新蒸熟的蒸餅，騎著馬邊走邊吃，因爲有損公務員形象及國體，被武則天革職。爲了一街邊小吃丟了官，眞可稱是古今第一「爲食家」。

寄胡餅與楊萬州　白居易

胡麻餅樣學京都，麵脆油香新出爐。
寄與饑饞楊大使，嘗看得似輔興無。

●白居易在四川忠州，見到當地出產胡麻餅，想起了長安的老字號輔興坊的小店，於是給「饞鬼」楊萬州寄去胡麻餅（類似今天的芝麻燒餅）。從四川寄到長安，就算沿途驛站快馬加鞭像給楊貴妃運荔枝那麼賣力，至少也要三天。到那時「麵脆油香」的胡麻餅早就不脆不香了，楊萬州還能「嘗看得似輔興無」嗎？輔興坊是宮城和皇城中間的貴族居住區，專門出高級精緻的美食。

如果輔興坊胡麻餅有連鎖店在四川，質量保證與長安總店一樣，白居易就不用這麼勞民傷財了，當時「洛陽李環餳」在長安開了連鎖分店，生意很好。當時開分店的大多是老字號，如白瑩如玉的「庾家粽子」、湯清可煎茶的「蕭家餛飩」、供應適時糕點的「張手美燒店」。

今日西安大凡有點名氣的小吃，都跟唐代人沾上邊，因爲他們最懂吃。「千層油酥餅」被稱爲「西秦第一點」，據說是唐高宗李治和武則天爲獎勵玄奘法師譯經達到千卷而特地研製的，在當時就已經是僧人的至愛。「油塌」是武則天執政期間的時尚食品，用麵粉沾油擰成佛塔形狀的花卷，今天西安飯莊的金線油塔還帶著唐代的油香味。讓西安人「提起葫蘆頭，嘴角涎口流」的葫蘆頭泡饃是唐代醫聖孫思邈發明的；被稱作「長安第一味」的葫蘆雞，相傳是唐玄宗時禮部尚書韋陸家首創的；另外，還有水晶餅、黃桂柿子、粉湯羊血……等美食。

小常識

唐代美食

千層餅：加油的烙餅，僧人的至愛。

嗲餅：坐牢必備之乾糧。在石板上烙出來，含水量低，攜帶方便，經久耐貯。

油塌：武則天時候的時尚食品，用麵粉沾油擰成佛塔形狀的花卷。

春盤：盤形的烙餅上放生菜、果品、糖等，後來可放春蒿、黃韮、蓼芽等蔬菜。

饆饠：唐代的「披薩」，帶餡的麵點，晚唐流行櫻桃饆饠。

知名老字號：庾家粽子白瑩如玉；蕭家餛飩湯清可煎茶；洛陽李環餳長安有分店；張手美燒店供應適時糕點。

西安錦囊4

西安風味美食種類繁多，歷史悠久。很多是從唐代流傳下來，經歷代改進，不斷完善。

現在做小吃出名的有：西安飯莊的金錢油塔、老孫家的羊肉泡饃、樊記臘汁肉、老童家臘羊肉、羊血饃、春發生的葫蘆頭、解放路及德發長的餃子宴、秦鎮的米粉麵皮、德懋恭食品店的水晶餅、王記的粉湯羊血、老賈家水晶柿子。建議你晚上到夜市吃小吃，喝稠酒。

大餅像鍋蓋▶

終南捷徑

唐長安度假勝地有兩處，一爲驪山，一爲終南山。驪山是皇家禁苑、楊貴妃洗澡的地方，平民望而止步，而終南山，卻是一塊士民同樂的勝地，且近在咫尺，

「出門見南山」，可「親時駐馬望，高外捲簾看」。唐詩中，吟詠終南山篇章之多，其他任何名山不可比擬。

終南山　王維

太乙近天都，連山到海隅。
白雲迴望合，青靄入看無。
分野中峰變，陰晴眾壑殊。
欲投人處宿，隔水問樵夫。

▲終南山

●終南山是今天秦嶺的古稱，橫亙於關中平原的南邊緣，阻隔了北方南侵的寒流，「分野中峰變，陰晴眾壑殊」，於是我們在高中地理學到，秦嶺是長江、黃河的分水嶺，也是中國自然地理南北氣候的分界線。太乙山（今稱太白山）是終南山的主峰，從西安的大雁塔上南望，天高雲淡時可以隱隱約約看到其峰頂。但不過是半遮半掩，很難從心底撩去這層神祕的面紗，「青靄入看無」。

「欲投人處宿，隔水問樵夫。」唐代躲在終南山裏的有兩種人：樵夫和隱士。前者是因為山深有柴砍，後者是因為山深有景觀。那時許多隱士相約隱居於終南山中，各占一個山頭蓋個茅屋，吟詩作對陶冶性情。閒來走動走動，互相打聽山下幾十公里處的長安又擅出了什麼新政策，誰又被皇帝老兒請下山當官了，回到茅屋裏，免不了寂寞地寫首懷才不遇的詩。

歸隱是爲了入仕，這一悖論始終貫穿著封建時代。整個唐代，隱居終南山而後被朝廷重用的例子不計其數，時人諷之爲「終南捷徑」。隱居的地點有很大的講究，主觀上要讓世人覺得「雲深不知處」，客觀上要讓官府比較容易找到。主觀與客觀的完美結合當屬終南山。今天我們從西安坐車到終南山國家森林公園不過六個鐘頭，可想唐代，哪個隱士被朝廷想念起來，一封詔書到隱居地，最多也就一天。

隱士在山野裏肯定要作詩，終南山的隱士圈子那麼大，好詩是很容易傳播出去最後轟動長安的。所以遠古的巢由和西漢的嚴光雖然是隱士的楷模，卻無詩文流傳下來，因爲他倆是眞隱，隱到誰也找不著的深山老林裏，做的詩全給山鳥澗魚聽去了，怎麼會流傳到塵世間呢？陸放翁曰：「志士棲山恨不深，人知已是負初心。

▲王維《雪溪圖》

不須更說嚴光輩，直自巢由錯到今。」所言極是。

盛唐山水田園詩的大量出現，要感謝當時這種進可攻退可守的隱逸之風。這一時期的詩人，多有或長或短的隱居經歷；即便身在仕途，也嚮往歸隱山林和泛舟江湖的閒適逍遙，有一種揮之難去的隱逸情結。

王維一生幾隱終南山，晚年隱居輞川別業最爲徹底。因在安史之亂中擔任安祿山僞政府要職，王維在李氏王朝奪回政權後遭到清算，政治生命已經死亡，因此不必期望什麼「終南捷徑」，完全擺脫塵世之累，《輞川集二十首》裏一派自得和閒適。

山居秋暝　王維

明月松間照，清泉石上流。
竹喧歸浣女，蓮動下漁舟。

鹿柴　王維

空山不見人，但聞人語響。

返景入深林，復照青苔上。

竹裏館　王維

獨坐幽篁裏，彈琴復長嘯。

深林人不知，明月來相照。

辛夷塢　王維

木末芙蓉花，山中發紅萼。

澗户寂無人，紛紛開且落。

那空山青苔上的一縷夕陽、靜夜深林裏的月光、自開自落的芙蓉花，所展示的無一不是自然造物生生不息的原生狀態。現在輞川別業周圍的山坡禿禿的，見不到松樹，也難以見到潺潺清泉，只剩下一株千年銀杏老樹，算是對這位唐代大詩人的紀念。整個秦嶺北坡當年有名的終南山自然風光已不復存在，要深入到終南山國家森林公園才能看到王維筆下美景。

西安錦囊5

1 **終南山國家森林公園**：位於西安市南二十五公里處的終南山中段的長安縣境內。海拔高度六百五十到二千五百八十九公尺，南北長十五公里，東西寬十公里。分爲南五臺景區、翠華山景區、石砭峪景區、羅漢坪景區及諸多景點。南五臺屬特級開發景區有標奇聳峻、千姿百態的地質景觀，是「地質構造博物館」。

2 **太白山**：秦嶺主峰，海拔三千七百六十七公尺，現爲國家級自然保護區，太白積雪是關中勝景之一。可在西安乘車到眉縣登山。

小常識

1 **輞川別業**：別業一辭是與「舊業」或「第宅」相對而言，業主往往原有一處住宅，而後另營別墅，稱爲別業。唐代詩人兼畫家王維（公元七〇一～七六一年）的輞川別業可說是中國古代最出名的別墅。它位於輞川山谷（藍田縣西南十餘公里處），是唐初宋之問輞川山莊的基礎上營建的，今已湮沒，後人只有根據王維傳世的《輞川集》中的絕句對照後人所摹的《輞川圖》加以想像了。

2 **藍田日暖玉生煙**：藍田南山自古產玉，唐代詩人李商隱在《錦瑟》詩中有

「滄海月明珠有淚，藍田日暖玉生煙。」歷代皇室和顯貴都視藍田玉爲珍寶，秦始皇曾用藍田玉做玉璽，楊貴妃的玉帶也是藍田玉。據近年勘測，藍田玉儲量達一百萬立方公尺以上，主要分布在玉川鄉和紅門寺鄉。當地民間玉匠過去都是用人工採玉加工，近年來開始使用機械採石加工，生產出各式各樣的裝飾品和工藝品。如玉杯、玉硯、玉鐲、健身球等。不少玉石品隱現出天然的山水圖像，不失爲物美價廉的工藝品。

咸陽遊俠多少年

讀唐人的遊俠詩會不自覺地愛上詩裏那些風流倜儻的遊俠。

少年行　王維

一身能擘兩雕弧，虜騎千群只似無。
偏坐金鞍調白羽，紛紛射殺五單于。

● 金鞍配白羽，已然漂亮非凡，還要「偏坐」，淡淡地側坐於金鞍上，在千群虜騎中玉樹臨風。無需怒髮衝冠，談笑間，只那麼輕輕一挾，酋首便手到擒來。

少年行

王維

新豐美酒斗十千，咸陽遊俠多少年。
相逢意氣爲君飲，繫馬高樓垂柳邊。

●遙想當年，少年騎著白馬，遊俠咸陽間，繫馬垂柳邊，飲酒高樓上，相逢意氣相投，爲君飲酒十千，傾談間，顧盼自如，何等快意！

▲華山

劍客　賈島

十年磨一劍，霜刃未曾試。
今日把示君，誰有不平事？

● 不敢相信這個手持長劍，誓爲朋友剷除不平事的俠客賈島，就是那個爲「推」還是「敲」衝撞韓愈的書呆子賈島。以他的武功，自保尚勉強，遑論除暴安良。原來唐代文人佩帶長劍只是做做姿態，博取任俠的美名而已。長劍視覺效果佳，眞要作戰，反不如短劍方便實用，小說中的俠客如虯髯客用的就是三寸短劍，精準的可以砍下蒼蠅一隻腿。

南園十三首（其五）　李賀

男兒何不帶吳鉤，收取關山五十州。
請君暫上凌煙閣，若箇書生萬户侯？

● 唐代邊關戰事頻繁，赳赳武夫可以封侯，唐太宗紀念開國功臣的凌煙閣二十四人畫像中，無一人乃書生出身，因此李賀反問：「請君暫上凌煙閣，若箇書生萬户侯？」無奈他天生一副多愁多病身，二十七歲便離開人世。我想，他的魂魄，定是身佩吳鉤（刀

名，刀稍彎）馳騁於西域沙場保家衛國。「不見年年遼海上，文章何處哭秋風？」（李賀《南園（二）》）

可以理解，爲什麼在唐人詩歌中頻頻出現少年俠客的形象？那只是一種想像，抒發自己一心精忠報國卻又懷才不遇的鬱悶。文人們在詩裏仗劍行千里，以武功封侯，現實中，他們連地痞都打不過。但是我們還是願意讀這些快詩，惟有唐人才能如此豪放不羈，才能如此使酒放歌浪跡江湖，「縱死猶聞俠骨香」。

小常識

怎樣發表唐詩？

金庸筆下的「華山論劍」早在唐代已有此風。西嶽華山臨近咸陽，又「奇拔峻秀」，以險著名，喜遊歷名山的遊俠們千辛萬苦登上華山，不禁長嘯高歌，比劃劍法、書法。華山蒼龍嶺寬僅一尺，以四十五度角斜插雲天，一邊是光禿的絕壁，另一邊則是幽谷深壑，驚險之極。儒生韓愈，攀上此嶺，大驚失色，認爲已無法再活著下山，於是便給家中妻兒寫下遺書，投擲岩下，以示訣別，痛哭流涕。多虧同遊者用酒把他灌醉，抬他下山。眞是「自古華山一條路，不是英雄不登山」。

1**呈示寄贈**。「呈」是向長官獻禮，詩歌要拍馬屁拍到點子上，如朱慶餘的《近試上張水部》，示、寄和贈相對容易些，只要對方願意接受，如李白的「桃花潭水深千尺，不及汪倫送我情」的《贈汪倫》，交情不深都可以寫成深千尺，汪倫自然願意幫李白傳播此詩。

2**即席賦詠**。唐代詩人也「走穴」（即到處巡迴表演），且走穴密度與其知名度成正比。大歷年間盧綸等所謂「十才子」，因常奔走於王公貴戚的宴席上，賦詠酬答而名聲大振。王勃年少時作的《滕王閣序》，也是在途中經洪州（今南昌）參與閻都督宴會上的即席創作，第一次走穴成功讓王勃在詩壇一夜成名。

3**牆壁題詩**。驛站、驛亭、名勝、寺觀等公眾場所的牆、杜都可以成爲詩人詠詩抒懷的「媒體」。杜牧的《題揚州禪智寺》題在旅遊熱門景點寺廟的牆上；白居易的《藍橋驛見元九題詩》題在來往客官眾多的驛站上，這種詩歌發表形式是最方便快捷的。據傳晚唐詩人張祜曾在全國各地幾十座著名寺觀裏題過詩。當時有些寺觀、酒店、驛站、涼亭等還設立「詩板」懸掛其內，請過路的名詩人留下詩篇。如秭歸縣縣令聽說白居易要路過巫山，便事先在其必經之道寫上「蘇州刺史今才子，行到巫山必有詩」，請白公留詩。

4**為畫題詩**。詩隨畫傳，在畫的流傳中詩也發表出來了。如杜甫的《房兵曹胡馬》、《畫鷹》，韋莊的《金陵圖》等，都是詩人爲畫家的畫作題的詩。此外，還有唐詩人自編詩集後，送與親朋好友，被流傳或部分流傳開來的。

當悲壯遇上穠豔

風塵三尺劍，社稷一戎衣

拿破崙說過：「男人的事業是在馬上、桌上和女人肚皮上。」依此標準，唐太宗可說是中國歷史上最具男子氣概的帝王。十八歲隨父親李淵在太原起兵反隋，經歷「玄武門之變」殺死兄弟奪取了皇帝寶座。執政二十三年，開創了中國封建王朝的黃金時代——「貞觀之治」。

重經昭陵　杜甫

草昧英雄起，謳歌歷數歸。
風塵三尺劍，社稷一戎衣。

這位帝王武藝高強，「風塵三尺劍」，在刀光劍影中一步步地接近權力頂峰。英雄難免愛駿馬和美人，他曾經為了一良種馬征伐西域的焉耆國，死後把自己心愛的六匹駿馬雕刻成浮雕，由著名書法家歐陽詢書寫贊辭。而今這「昭陵六

▲昭陵

▲唐太宗

駿」成了超級國寶，可惜有兩駿在美國費城大學博物館裏。

太宗有近百名兒子，後宮妃嬪無數，臨死前要求一些親近的女人殉葬，惟獨忘了才人武則天，留下了後患。

漢代帝王在平地堆土爲陵，一個個土饅頭，難看又容易被盜。唐太宗氣魄很大，他把陵墓建在山中，「因山爲陵」，氣勢頗爲壯觀。昭陵南邊，有唐太宗生前最喜愛的一百八十八個人，當然，也都化爲黃土一坯。這些扇形陪葬墓群，東西綿延十三公里，南北十公里，是中國歷史上面積最大的皇帝陵園。陪葬墓的位置根據墓主生前與皇帝的關係排列，皇妃和受皇帝寵愛的王子、公主埋葬在離昭陵地宮最近的地方，山下陵區左邊爲文官，右邊爲武官，依照他們生前官銜職位順序向外輻射。其中得到特殊禮遇的有魏徵、李靖和李勣。

咸陽眞是風水寶地，秦始皇首葬於此，防盜措施做得好，到現在還沒人能掘墓。西漢有十一個帝王葬身於此，綿延五十里，很是壯觀。但是馬上就被盜，杜甫記錄道：「昨日玉魚蒙葬地，早時金碗出人間。」唐代十八個唐陵分布在群山中，各占一個山頭，連綿二百里，今日所見，也只有一些拿不走的石雕、墓室、壁畫。「生爲帝王，死爲鬼雄」，死後就算化爲厲鬼，也擋不住歲月的滄桑，後人的掘墓。這些古墓見證著生前的輝煌，當然，也襯托出今日的蒼涼。

憶秦娥　無名氏（或李白）

簫聲咽，秦娥夢斷秦樓月。
秦樓月，年年柳色，灞陵傷別。
樂遊原上清秋節，咸陽古道音塵絕。
音塵絕，西風殘照，漢家陵闕。

昭陵六駿

漢唐盛世已經過去，而今長安只能稱爲「廢都」。廢都是一種形態，氣派不倒，風範依存。她的城牆赫然完整，獨身站定在護城河上的吊板橋上，仰觀那城牆、角樓、女牆垛口，再怯懦的人也要豪情長嘯。大街小巷方正對稱，排列有序的四合院和四合院磚雕門樓下已經黝黑如鐵的花石門墩。

你可以立即墮入唐時高頭大馬，駕駛著木製的大車緩緩開過來的境界裏去。全城的數千個街巷名稱透著一股書卷氣，貢院門、書院門、竹笆門、琉璃門、教場門、端履門、炭市門、車巷、油巷、麥莧街……最是那土得掉渣的土話裏，如果按音寫出來，竟然是文言文中極典雅的辭語。抱孩子不說抱，說「攜」，口中沒味不說沒味，說「寡」；即使罵人滾開也不說滾說「避」。

開箱驗取石榴裙

誰是唐代最有魅力的女人？楊貴妃？武則天？

如意娘　武則天

看朱成碧思紛紛，憔悴支離爲憶君。
不信比來常下淚，開箱驗取石榴裙。

天下第一女強人能作這樣的抒情詩，難怪李氏天下要被弄得「鎮日裏情思睡昏昏」的。定是在感業寺的青燈下，失意的武媚娘將愁緒交融於此詩，「開箱驗取石榴裙」——明知再無相見的理由，仍癡癡地等待。弱者的淚水，女人的溫柔，美人的示弱，終於淹沒了高宗的理智，將先皇的女人定爲自己的皇后，「石榴裙下死，做鬼也風流。」也難怪明代鍾惺要說：「『看朱成碧』四字本奇，然尤覺『思紛紛』三字憒亂顛倒無可奈何，老狐甚媚。」

其實，皇帝都能做得，媚一點有什麼了不起！

「老狐」生前爲皇位不惜殺女嫁禍於王皇后，廢中宗、睿宗而自號「周」，在中國歷史上第一次眞正實現了「鳳居高處，玉龍失意」，千載而下，後人在乾陵仍能感覺到女皇的赫赫聲威。乾陵所在的梁山，遠望猶如一位美人，南北對峙之峰爲其乳頭，俗稱之爲「乳頭山」。

▲武則天像

選定這樣的風水與丈夫高宗合葬，分明就是想壓倒李氏男子而自立。女皇在位時對李唐宗室進行無情虐殺，連親生兒子也不放過，死後照例要兒子中宗爲之立碑記敘功

▲無字碑

績。對這個親生母親、奪李氏江山的仇人、給他王位又廢他王位的女皇，該詆毀還是該頌揚？進退兩難之中，惟有選擇在碑石上留下空白，是爲「無字碑」。是非功過，留與後人去評價吧！

大凡漂亮女人，都會被認爲是尤物，尤物一般是沒有好下場的，所以才有「紅顏薄命」的說法。西安有兩個尤物，一是褒姒，讓周幽王爲博美人一笑點烽火戲弄諸侯，結果亡了國。另一是楊貴妃，據說「安史之亂」是她引起的，元人戲曲中甚至說安祿山是氣不過心上人被玄宗老兒「一樹梨花壓海棠」才起兵的，還挺愛情至上的。這都是無用男人替自己開脫的屁話。安祿山的狼子野心早在張九齡爲相時就顯露出來，那時楊貴妃還沒入宮呢！

長恨歌　白居易

漢皇重色思傾國，御宇多年求不得。
楊家有女初長成，養在深閨人未識。
天生麗質難自棄，一朝選在君王側。
回眸一笑百媚生，六宮粉黛無顏色。

春寒賜浴華清池，溫泉水滑洗凝脂。
侍兒扶起嬌無力，始是新承恩澤時。

每年十月，唐玄宗都要攜楊貴妃到華清池過冬，溫泉泡多了自然「侍兒扶起嬌無力」，玄宗對此尤物不能自持，「春宵苦短日高起，從此君王不早朝」（主要還是玄宗懶，以美人爲開脫理由）。尤物愛吃荔枝，玄宗便下令從廣東到長安沿途設驛站，快馬加鞭地一站一站接力送過來。

過華清宮絕句　杜牧
長安回望繡成堆，山頂千門次第開。
一騎紅塵妃子笑，無人知是荔枝來。

尤物傾國傾城，無數文人墨客爲她寫眞，其中大詩人李白寫得最傳神。

清平調　李白
雲想衣裳花想容，春風拂檻露華濃。
若非群玉山頭見，會向瑤臺月下逢。

周昉《簪花仕女圖》

● 花即是人，人就是花，人面花光渾融一片，同蒙玄宗的恩澤因此「露華濃」。據說貴妃美得把國色牡丹也壓下去，所謂「羞花」也，又據說貴妃有點狐臭，那天在沉香亭喝酒喝多了難免味道濃一點，所以才把眾花熏得低下頭，是爲「羞花」。

西安幸虧有這些美人與花的故事，要不到處是男人的豐功偉績、雄偉墳塚（偏偏又只剩下些爛石頭、破城牆）就沒意思了。華清池灰灰土土的，馬嵬坡也就一個圓頂墳，可惜封了磚頭，要不還能偷點墳上的「貴妃粉」（即白色墳土）擦臉去斑。參觀這些遺跡的時候忍不住想，我現在的什麼東西，還可以留到一千年以後？千年後又變成什麼模樣呢？大陵大墓是沒必要留的，連唐太宗都保不住自己的棲身之地了。最好是多一點傳奇，像武媚娘或楊貴妃那樣，後人回憶起來，會說，她們曾經像花一樣開放。

西安錦囊❻

1唐太宗李世民的昭陵在咸陽禮泉縣城東北二十二公里的九峻山上，當地人稱「唐王陵」，是「唐十八陵」中規模最大的一座，比北京的明十三陵大四、五倍。唐高宗李治與武則天的合葬墓——乾陵，位於乾縣城北六公里的梁山上，是世界上惟一的夫婦兩個皇帝的合葬墓。

2楊玉環羞花閉月的沉香亭、興慶殿、花萼樓等唐代的重樓疊閣，在興慶宮公園均可看到複製品。

3「七月七日長生殿，夜半無人私語時」、「春寒賜浴華清池，溫泉水滑洗凝脂」。楊貴妃談戀愛和洗澡的地方——華清池和華清宮，位於臨潼縣城南驪山北麓的唐華清宮故址上，距西安三十公里，已修復多處溫泉，讓大夥享受帝王般的泡澡。

4楊貴妃的墓葬，在興平市西北十二公里的馬嵬坡。民間流傳有很多關於楊貴妃的傳說，其中一說，楊貴妃馬嵬遇害後精氣不散致使墓上的黃土變成了白色，其香異常。當地女人取之擦臉，可去斑痣，在此被稱爲「貴妃粉」。

▲楊貴妃墓

第二章

絲路花雨

絲綢之路，總長七千多公里，是當時對中國與西方所有來往通道的統稱，實際上並不是只有一條路。唐代分為三線：

- 南線——由敦煌西出陽關，經石城鎮、播仙鎮、于闐鎮至疏勒，然後翻過蔥嶺西至波斯、大食及羅馬帝國。
- 北線——由敦煌西出漢玉門關，沿天山南麓西行，經西州、漢輪臺、龜茲到疏勒再過蔥嶺。
- 北新道——唐玉門關往西北，經伊州沿天山北麓西行，經庭州至伊寧後西去。

絲綢之路

面對絲綢之路，語言是蒼白的。我無法用現代漢語表達那種震撼，那種直達人心的悲涼。只有唐詩，也只能是唐詩，才能窮盡絲路所有的風光，所有的感覺，所有的所有。「絲路綿延數千里，一驛一站皆有詩」，「絲路」又稱「詩路」，唐詩的路。那個意氣風發的年代，他們追求功名，嚮往邊塞，「寧為百夫長，勝作一書生」；他們出塞、作戰、犧牲或者倖存；他們「上馬擊狂胡，下馬草軍書」，記錄絲路沿線的風光、生活、戰爭和悲歡離合。英雄氣概與兒女心腸揉合於一處，集悲涼慷慨、纏綿婉轉之情。這就是邊塞詩，唐代的邊塞詩。

小常識

過所：過所是唐朝絲綢之路的通行證，出塞若無官方頒發過所屬於非法行為。每過一處關隘，守門將士都會檢查過所並在上面蓋上關隘印章。

過所姓氏：	身分：
隨行人數：	特徵：
旅行目的：	目的地：
所經關隘：	

但使龍城飛將在——天水

如果要我舉出歷史上最欽佩的將軍，第一是李廣。從長安出發，絲綢之路的第二站是甘肅天水（唐稱秦州），李廣的故鄉。在石馬坪鎮中學的後院，孤寂的一座墳塚前，想起李廣生前軍功赫赫而屢遭排斥，官職卑微，不禁憤從中來，替他草擬一份申報表，以表其功。

▲嘉峪關

驃騎大將軍申報表

申報人：李廣

申報理由：

1本人出身天水世家，世世受封，先人李信曾爲秦國大將軍，家威顯赫。

2少年從軍，殺敵無數，曾被文帝表揚，授予漢中郎職位。作戰勇敢，曾單騎闖入匈奴敵營，取白馬將軍首級。曾被俘，後詐死逃脫。與匈奴作戰七十餘場，被稱爲「龍城飛將軍」，對敵人有一定的威懾作用，王昌齡曾詩云：「但使龍城飛將在，不教胡馬度陰山。」

3軍事本領過人，善於射箭，出獵時將草中石頭誤認為老虎，發箭射之，箭沒入石頭幾寸難以拔出。有詩為證：

塞下曲　盧綸

林暗草驚風，將軍夜引弓。
平明尋白羽，沒在石稜中。

4愛兵如子，吃飯、飲水都以士兵為先，深受戰士愛戴。最後一次戰役中，承擔全部戰敗責任（事實上是主帥衛青所指路線錯誤，致使全軍迷路而殆誤軍機），自刎。著名史學家司馬遷先生評價：「及死之日，天下知與不知，皆為盡哀。」

5廉潔奉公，四十年年工資二千石，但家無餘財。

6在人民群眾中有較高威望。後代（特別是唐代）文人多次追憶本人功績。

燕歌行　高適

相看白刃血紛紛，死節從來豈顧勳？
君不見沙場征戰苦，至今猶憶李將軍！

本人的缺點與不足：

1任隴西守備期間，誘降羌軍，投降者八百人，吾食言而全部誅殺，犯了兵家大忌。

2木訥少言，不善於與長官搞好關係，曾爲行軍戰略與大將軍衛青爭吵。

3不信天命。漢武帝曾囑咐衛青，說本人「年老數奇（即運氣不好），勿令與匈奴對陣。」但我主動請纓，結果招致失敗。

4沒有教育好後代。三子李敢爲報父仇將衛青擊傷，後被衛青外甥霍去病尋機射殺。孫子李陵戰敗投降匈奴，被滿門抄斬。

平心而論，李廣生活在任何時代，結局都一樣。他的性格決定了他的命運。後人既慨歎他的時運不濟，懷念他的英勇善戰，又不得不承認，李廣的悲劇是性格的悲劇。

後來在天水麥積山看到微笑的佛像，沉重的心好過了一點。麥積山石窟始建於後秦（公元三八四年～四一七年），七千多身石雕和泥塑擠在一座孤峰上，洞窟之間全靠架設在崖面上的凌空棧道相通，甚是驚險。傳說建築時是砍來眾多木材，自下而上堆積，達到高處，然後施工；營建一層，木

▲麥積山石窟

材就拆掉一層，直到山腳（據說黃鶴樓也是這樣建起來的）。一直到明清兩代，麥積山還不斷有新的佛像加入，比之敦煌和雲岡，這裏沒有鴻篇巨制，但勝在全面地記錄了中國佛像的發展史。從魏晉的清瘦、隋唐的豐腴、宋代的內斂一直到清代的萎縮，歷歷在目。因為泥塑年久失修色彩剝落，整個石窟顯得風塵僕僕，正好發懷古之幽思。

小常識

天水名人錄（截至唐代）

人物	主要事跡
女媧	造人、煉石補天
伏羲	造人、首創八卦圖
李廣（漢）	抵抗匈奴、廉潔奉公
趙充國（漢）	善騎射，通兵法，破匈奴，七十高齡猶搏殺在戰場上
姜維（蜀）	接過諸葛亮的班，多次伐魏
李淵（唐）	起兵晉陽，推翻隋王朝，建立大唐帝國
李世民（唐）	「玄武門之變」奪位，知人善用，開創「貞觀之治」

天水錦囊

1從西安乘火車去天水，三百二十八公里，行車十二小時左右。天水火車站有公共汽車前往麥積山，需行一小時左右。李廣墓在離市中心兩公里的石馬坪鎮上，有中型巴士前往。

2天水街頭的天水瓜瓜攤食客很多，嘖嘖聲、噓噓聲不絕於耳，瓜瓜用蕎麥粉做成麵餅，可以隨心所欲地撕成大塊或小塊，佐以香醋、醬油、芥茉、蒜泥、油辣子、芝麻醬等調味料，香噴噴油燦燦。

3天水盛產花牛蘋果，甜中帶酸，果皮深紅，很誘人。

▲麥積山

永憶江湖歸白髮——涇州

回中道由奉天西北行約一百二十公里，可到唐代涇州的州治安定郡，然而西出蕭關，經原州、會州，可到絲綢之路上的重鎮涼州。這條由長安通往西域的大道之一，是自秦漢以來就很著名的「回中道」。

這條路是通往西方極樂世界的歡情之路。西王母——崑崙山的女主人，傳說是位雍容華貴，風姿綽約的美麗仙女，掌握著長生不老藥的女王，也是嫦娥的主人。西周的穆王、西漢的武帝當年曾經在回中道上奔馳，因爲他們想要長生不老，永占人間春光。

嫦娥　李商隱

嫦娥應悔偷靈藥，碧海青天夜夜心。

關於凡間的帝王與仙界的女王如何對話已經無跡可尋，但是在《漢武內傳》等古代淫邪小說裏，西王母在授與長生不老的同時，更讓凡胎俗子的君王享受到仙界的雲雨，以至於後來「西王母」這三個字在詩文裏，就是男女歡情的另一種表達。

無題　李商隱

昨夜星辰昨夜風，畫樓西畔桂堂東。
身無彩鳳雙飛翼，心有靈犀一點通。

▲靜靜的涇源

公元八三八年，中唐詩人李商隱落榜後回涇州岳父家暫住。涇州是西王母傳說最勝的地方，故李商隱的詩裏有大量西王母的典故，如嫦娥、青鳥、靈犀等等。他在涇州創作了大量的「愛情詩」，撲朔迷離，於是後代有兩種看法。一種認爲詩就是寫愛情的，甚至到了近代，有想像力的學者從詩裏「考證」出，李商隱戀愛的對象，多是宮娥道姑，或是高官姬妾，爲世俗觀念所不容。正因如此，他的愛情詩才不得不用謎一樣的筆法來構築。「春蠶到死絲方盡，蠟炬成灰淚始乾。」「劉郎已恨蓬山遠，更隔蓬山一萬重。」「春心莫共花爭發，一寸相思一寸灰。」句句都是絕望的愛情。

歷史上的李商隱也就經歷過一次婚姻，這場婚姻給他帶來了災難。中唐時候朋黨之爭十分劇烈，牛（僧孺）黨和李（德裕）黨交替掌權。李商隱本是牛黨大官令狐楚頗爲器重的幕僚，令狐楚去世後，李商隱投靠屬於李黨的涇原節度使王茂元，並娶了王的女兒。中國人最忌這樣「朝楚暮秦」的小人，所以當時牛黨的人罵他「背叛」、「忘恩」，李德裕黨的人，則挖他的老底，排斥他，李商隱雖懷抱壯志，卻落得兩頭受氣，壯志成空。

安定城樓　李商隱

迢遞高城百尺樓，綠楊枝外盡汀洲。
賈生年少虛垂涕，王粲春來更遠遊。
永憶江湖歸白髮，欲回天地入扁舟。
不知腐鼠成滋味，猜意鵷雛竟未休。

●二十六歲的花樣年華，卻像西漢賈誼一樣憂憤國事，像東漢王粲一樣落魄遠遊。不如乘一葉扁舟到江湖去隱居。在當時非此即彼的政治鬥爭中，李商隱觸犯了政治遊戲規則，是永遠都翻不了身了，所以他的詩裏有那麼多絕望的吟唱，但又不能直指當權者，於是只能借男女私情來隱晦地表達。李商隱四十多歲時鬱鬱而死，沒有實現白髮歸江湖、天地入扁舟的願望。終於還是割捨不下。

涇川錦囊

1回中道第一站是陝西平涼市，金庸小說常有的「崆峒派」就住在市西十五公里處的崆峒山上。崆峒山為道家第一名山，早在秦漢時期即為僧道雲集之地，秦皇漢武皆曾登臨崆峒。唐宋明清各代，山上均建有道觀禪院，開闢叢林。明代時規模甚大，有八臺、九宮、十二院、四十二座建築群，共四十多處名勝古蹟，至今猶存，以崆峒寶塔最爲著名。

2唐代涇州的府治是今日甘肅涇川縣，李商隱的安定城樓還在，唐時已經大興的涇川皮影還在農家院落唱著，涇川荷包誇張而含蓄，是送情人的貼己物事。涇川回山王母宮已成爲公認的西王母聖地，現在當地正在大力發掘與西王母有關的民俗文化旅遊資源。

3寧夏涇源縣是「涇渭分明」的涇河發源地，源頭就在城西的六盤山深處，森木茂密，秀水蜿蜒，使這裏成爲「高原綠島」，因七月最高氣溫只有二十二℃，又有「春去秋來無盛夏」之說。涇河源風景名勝區的老龍潭，就是唐傳奇故事《柳毅傳書》洞庭湖龍女與書生柳毅愛情發生的地方。

▲涇河的發源地

4寧夏固原古稱原州，沿途一帶曾是楊家將紮營征戰之地，不少地名至今沿用著當時營寨設置的舊稱，如楊郎鎮、頭營、三營、七營等。

須彌山石窟在固原西北五十公里處。須彌是梵語音譯，意即聖靈之境。最出名的唐代大佛，高踞於半山之上，坐像本身即高有二十多公尺，造型已經從南北朝時的瘦骨清相而轉爲豐腴肥重，其中土化過程是美術史的重要里程碑。

5回中道上有著名關隘蕭關，秦漢帝王出巡，漢唐文人出塞，都與蕭關有緣，大概在寧夏固原縣東南三關口至瓦亭峽這一險要的地帶。這裏雖非絕壁，卻險峻雄奇。

▲須彌山石窟

▲老龍潭

河水浸城牆——蘭州

蘭州古稱金城，取其地勢險要，固若金湯之意也。「河水浸城牆」，滔滔黃河是金城的護城河，蘭州也成爲黃河唯一穿城而過的省會城市。

題金城臨河驛樓　岑參

古戍依重險，高樓見五涼。
山根盤驛道，河水浸城牆。
庭樹巢鸚鵡，園花隱麝香。
忽如江浦上，憶作捕魚郎。

地理書上說，黃河是始於蘭州而變黃的，所以蘭州的跨黃大橋，號稱「黃河第一橋」，據說花掉了清政府三十．六萬餘兩白銀。佇立橋頭，黃河奔騰洶湧、波濤澎湃，河面上有載客的快艇飛過，做著驚險的動作，不時有遊客的驚叫聲響起。更刺激的是坐老張家的羊皮筏子，十三艘羊皮筏子攔腰綁在柳木架子上，在浪花中順流而下，想來達摩老祖站在一枝蘆葦上渡河也就是這種感覺吧！

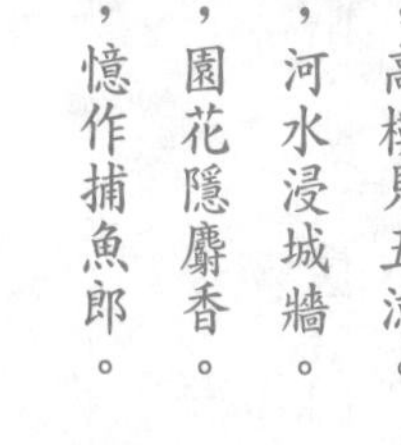

岑參幾度出塞，久佐戎幕，對邊地征戰生活和塞外風光有著長期深切的體會。

他說的散發著麝香味道的「園花」應該是玫瑰吧。也許一般的外地人不會想到，蘭州的市花是玫瑰，想送花給女孩子，到街上隨手可抓一大把（當然要繳納一定的罰金）。市轄永登縣的苦水鄉是中國最大的玫瑰產地，那裏的玫瑰如茶樹般密集種植，收穫季節遍地血紅，採玫瑰的村姑本來就因日曬，臉上赤色的兩團紅更加豔麗。成卡車的花瓣運往加工廠提煉玫瑰油——這是一種比黃金還要昂貴的香料，許多女士的香水裏就含有這種成分，工人像鏟煤一樣的把它們扔進機器中。

蘭州錦囊

1蘭州南有五泉山，北有白塔山，都大有來頭。五泉山，傳說漢代大將霍去病行軍至此，全體將士口渴難忍，於是他老人家朝皋蘭山麓舉槍便刺，連使五招，土地受不了霍家槍法，於是就吐出五股清澈的水流，分別名爲甘露泉、掬月泉、摸子泉、蒙泉、惠泉。

2白塔山，因始建於元朝的白塔與白塔寺而得名，近些年據說白塔與比薩斜塔、蘇州虎丘塔（當然名氣沒它們那麼大）一樣地基鬆動且發生傾斜，在蘭州市民

▲白塔山公園

的關注下使盡吃奶的力氣才加固扶正。山上古建築很多，依山勢而升，排列有序，上通下達，連成一體，是個遠眺黃河的好去處。

3蘭州的小吃，是火辣辣的。蔥薑蒜自不會少，連辣椒子也是厚厚的一層。隨便一碗，就足夠讓你抵禦蘭州刺人的寒風。千萬不能錯過牛肉拉麵。那牛肉是甘南草原肥嫩的犛牛肉，那清湯是犛牛肉在特大號鐵鍋中熬煮而成的，那拉麵乃蘭州郊區皋蘭、永登兩縣所產的小麥拉製而成，經驗豐富的廚師可將麵條拉得細若蟬絲而不斷，銀絲般細爽潔白，再添加芫荽、蔥花、蘿蔔片，可謂色香味俱全。

橫行青海夜帶刀——青海湖

唐貞觀十五年（公元六四一年），文成公主肩負著歷史使命，遠嫁吐蕃國王松贊干布，這是中原人首次踏上進藏的道路。文成公主沿著唐藩古道行至唐朝與吐蕃的分界線——日月山，毅然將能看到家鄉的日月寶鏡裂爲兩半，一半化爲日山，一半化爲月山，其山口便是有名的日月山口。

今日所見，日月山不過是兩座丘，山嶽上有一巨大的瑪尼堆上插滿了樹枝，哈達和經幡在上面舞蹈，非常美麗。過了這海拔三千五百公尺的日月山，便接近青海湖了。

從軍行

王昌齡

青海長雲暗雪山，孤城遙望玉門關。
黃沙百戰穿金甲，不破樓蘭終不還。

只有身臨其境，才深切體會唐詩七絕聖手王昌齡狀物之妙。「青海長雲暗雪山」，「長雲」帶狀雲是青海特有的風光。長天空闊，天邊灰白色的積雲不是成朵而是成帶成陣，皚皚雪山威嚴在雲陣之上。夏天，青海湖寧靜無波，天空清澈澄淨，陽光和煦，習習涼風裏竟然不覺得紫外線的炙人了，這風已非唐詩裏經常出現的「海風」。

青海湖海拔三千二百公尺，氣候乾旱，多風，幾乎沒有四季，晝夜溫差大，非常寒冷，是唐人望而生畏的征戍之地。風沙一起，天地為之顫慄，「海風」在唐詩裏是艱苦環境的代名辭。「黃昏獨坐海風秋」（王昌齡《從軍行（其一）》）；「天山雪後海風寒」（李益《從軍北征》）。

當時青海主要是吐谷渾和吐蕃的領地，殺伐連年，爭鬥不息，盛唐雖然如日中天，但青海也並非它的陽光普照之地。安史之亂後，吐蕃乘機占領了青海全境，割斷絲綢之路，並進而攻取了河隴地區。這樣一方苦寒而且殺機四伏的邊陲，詩人前

▲青海湖

來問津以身蹈險的極少，更多的人是想像。杜甫從未去過青海，卻慷慨陳辭：

兵車行　杜甫

君不見青海頭，古來白骨無人收？
新鬼煩冤舊鬼哭，天陰雨濕聲啾啾。

青海湖到西寧（唐時稱「鄯城」）會經過湟源縣，路上有唐代的石堡城，三面懸崖絕壁，只有一面有一條盤旋石道可以攀行而上。這裏曾是唐帝國邊防前哨，後陷於吐蕃之手。因爲固若金湯，所以唐朝許多大將試圖攻克都未能如願。

哥舒歌　西鄙人

北斗七星高，哥舒夜帶刀。
至今窺牧馬，不敢過臨洮。

哥舒是唐玄宗年間任安西節度使的哥舒翰，高適、岑參等大詩人頌揚的大將軍。此人枕戈待旦地守衛邊境，受到「西鄙人」（西部邊民）的衷心愛戴，故「夜帶刀」成了哥舒將軍的形象。

答王十二寒夜獨酌有懷　李白

君不能學哥舒，橫行青海夜帶刀，西屠石堡取紫袍。

天寶十二載，哥舒翰率兵六萬三千人「橫行青海夜帶刀」，幾乎全軍盡歿才攻下只有五百吐蕃守軍的石堡。李白用「屠」字表明對哥舒翰軍事能力的懷疑，但哥氏卻因此役被玄宗賜與「紫袍」（唐制三品以上服紫袍），升官封爵，眞是「一將功成萬骨枯」。千載而下，石堡城下有「死人溝」、「萬人坑」等地名提醒著這段血腥歷史，城上尚殘存瞭望臺和土臺，城已破，依然睥睨四方，險峻非常。

青海湖錦囊

1青海湖裏的湟魚一年才長一公分，集天地之大鮮，西北人烹魚的手法是一鍋煮，更凸顯魚肉的鮮美。如果識貨，可考慮買一些此地的特產——蜂王漿和蟲草。

2每年五月，青海湖中的鳥島、鸕鶿島是十萬隻侯鳥的天堂。白衣紅嘴的海鷗在藍天中上下翻飛，把遠處藍綠的湖水和白色沙灘相間的背景襯托得生動又美麗。

3唐代哥舒翰創造的名菜「熱洛河」是用鮮鹿血煮鹿腸，今天青海湖畔的藏族兄弟是將新鮮羊血灌在羊腸子裏煮熟，稱爲「血腸」。嚼血腸的時候，不小心會有未完全煮熟的羊血順著嘴角流出來，哈！恍若哥舒翰再世。

4西寧郊區的塔爾寺是黃教創始人宗喀巴誕生地，爲中國黃教六大寺院之一。其堆繡、壁畫、酥油花堪稱藝術「三絕」。

▲塔爾寺

黃河九曲今歸漢——甘南

甘南是甘肅甘南藏族自治州的簡稱，歷史上是唐帝國與吐蕃帝國爭奪的兵家之地。與之接壤的臨夏回族自治州，唐時稱「河州」，黃河九曲、河湟地區所指的都是這裏。安史之亂時，河州及河西走廊被吐蕃所占領，絲綢之路因此被切斷。

河州久陷吐蕃之手達一百餘年，在唐代人們的心中，既感到憤怒與羞愧，又爲當時的統治者們不積極圖恢復而悲傷。唐詩中多次提及人們收復河山的決心。

年少行　令狐楚

弓背霞明劍照霜，秋風走馬出咸陽。
未收天子河湟地，不擬回頭望故鄉。

唐宣宗大中四年（公元八四八年），沙州都護張議潮率領人民起義，趕走了吐蕃的守將，收復了河州、岷州（今甘肅岷縣），此後又一舉光復了涼州。這時距絲綢之路被切斷，整整過了一百年。

涼州辭　薛逢

昨夜蕃兵報國仇，沙州都護破涼州。
黃河九曲今歸漢，塞外縱橫戰血流。

吐蕃迫令所有唐人遵從他們的生活習慣，改換服裝，披氈裘，衣襟開在左邊，臉上塗赭色。經過一百餘年，河湟地區的唐人外表已與吐蕃人無異。不少兒童學的是吐蕃語言，漢族的觀念已很淡薄，司空圖路過此地，看到的是「漢兒盡作胡兒語，卻向城頭罵漢人。」（《河湟有感》）然而在吐蕃殘暴落後的統治下，當地漢民日夜想驅逐占領者回歸唐朝，就算付出「塞外縱橫戰血流」的代價也要讓「黃河九曲今歸漢」。

誰能眞正擁有土地？大家不過是匆匆過客罷了。當你站在臨夏市夏河縣的拉卜楞寺廟頂看日出的時候，這種大徹大悟特別容易襲上心頭。那些宏大的宮殿色彩是如此地濃重，那些對比鮮明的顏色：大塊的紅、黑、赭，以及綠、黃、白、金……

▲拉卜楞寺

竟然在高原的藍天黃土間如此和諧而凝重，安詳而聖潔。那是怎樣的一種力量呢？在拉卜楞，盈目的除了藍天，便是鮮豔的紅色。那是放眼皆是的喇嘛。喇嘛們披著袈裟，隨意地穿行於街市與廟宇間，視出世入世的門檻如無物，想來並非刻意修行而得，卻是天生的大自在。

我們只是路人。燦爛的秋陽照耀下，我們看見漫野的樹木花草。遠處依稀有雪山。紅石崖在西照下明亮而輝煌。崖下，房舍和道路明滅可見。那是我們暫棲之處。

甘南錦囊

七月到甘南最好。以下為幾條熱門路線：

1蘭州—臨夏—夏河（拉卜楞寺、甘加草原、桑科草原、白石崖、八角城）

拉卜楞寺位於海拔二千九百公尺的甘肅高原夏河縣境內，始建於清康熙四十八年（公元一七〇九年），在八十二萬平方公尺的巨大範圍內，分布著九十多座主要殿宇。其面積甚至超過了北京故宮。在拉卜楞寺周圍，夏河的街道寧靜安祥，街道以外則是廣袤的草原。蜿蜒流淌的大夏河邊散布著樸素的藏族民居，甘南草原風光十分優美。

2夏河—尕海—合作

途經連片草原和尕海，俯視黃河源，傍晚可拍攝黃河日落，合作有米拉日巴佛閣。

3瑪曲—郎木寺

瑪曲（藏語中的黃河）至黃河大橋一路，草原如翼伸展，牛羊處處，藏獒逐兔，見虹跨黃河，壯哉河山。陽曆七月初，草原花開時是盛大節日，那時縣城四周的草原紮滿帳篷，熱鬧非常。郎木寺分居二省，四川的寺曰格爾底，甘肅的寺曰色赤。合稱郎木寺。

三箭定天山——祁連山

話說唐高宗時，名將薛仁貴帶領先鋒數十騎，與二十萬突厥兵相遇。仁貴大喝：「看本將軍箭法！」颼颼二箭，射落兩人。突厥兵大恐懼，瞪大眼睛瞧他弓箭。仁貴大笑：「眞不中用，我還沒射，就嚇成這樣，我要挑一個大鬍子的人，賞他一箭。」話音未落，敵騎中一個大鬍子掉轉馬頭就跑，孰料箭比馬快，只聽腦後一箭疾風，大鬍子應聲倒於馬下（美髯男子最受人妒忌，兩軍對陣更是別人的消氣包，大鬍子該有此命，怨不得人也），嚇破了膽的敵人全部投降。唐軍有歌爲證：

將軍三箭定天山，戰士長歌入漢關。

此天山非新疆之天山，乃指河西走廊的祁連山。古人沒有衛星俯拍設備，以爲新疆的天山與祁連山是一條連貫的山脈，統稱天山。事實上許多邊塞詩的天山多指祁連山。

從軍北征　李益

天山雪後海風寒，橫笛偏吹行路難。

磧裏征人三十萬，一時回首月中看。

● 詩人李益，曾從軍十年，長期在邊塞生活，他往往在馬背上橫刀賦詩；或在軍中酒酣之際，或在塞上稍平靜時寫作，因此文辭慷慨任氣。李益一生沒有到過河西走廊以西的西域，此詩「天山」顯然指的是祁連山。在大雪紛飛北風嗚嗚的磧（沙漠）裏行軍，橫笛偏偏吹著淒涼的樂曲《行路難》，這場仗，眞是沒法打了。

▲賽馬盛會

明月照在終年積雪的祁連山上，皎潔無塵，更添鄉愁。如今融雪灌溉的河西走廊，油菜花滿山岡。起伏的山腰和闐地裏種滿了油菜花、小麥和白楊樹，村屋隱隱綠意盈盈，滿地安靜的草地，在黃連天油菜花的遠處，是夕陽下壯觀的祁連山脈。

關山月　李白

明月出天山，蒼茫雲海間。長風幾萬里，吹度玉門關。
漢下白登道，胡窺青海灣。由來征戰地，不見有人還。
戍客望邊色，思歸多苦顏。高樓當此夜，歎息未應閒。

弱水三千——甘州

《紅樓夢》裏，林黛玉用參禪的方式試探賈寶玉的愛心，賈寶玉發誓說：「任憑弱水三千，我只取一瓢飲！」

弱水，又名黑河、額濟納河，發源於祁連山，經過甘肅張掖（古稱甘州），最後彙入居延海（額濟納旗內的一個大湖，如今已乾涸）。

弱水爲何弱？古代有許多傳說，說它的水沒有浮力，不僅不能行船，甚至連鴻毛、草葉也是入水即沉。其實，大約是因爲季節河水太淺造成的誤解。每年夏天祁連山冰雪融化，弱水頓時浩浩蕩蕩，「弱水三千」就是意指水勢之大，所以後來弱水引申爲愛河情海。

愛情小說裏每個人都願意聽到寶哥哥的誓言，現實生活中內蒙古額濟納旗的人民也恨不得聽到上游的張掖人民說：「我只取一瓢飲。」弱水是下游的命根子，可是幾年前，上游地區開荒造田，截流蓄水灌溉，使原本水源不豐的額濟納河流量銳減，幾乎處於斷流的狀態。居延海有幾年未有弱水流水彙入，一九九九年乾枯了最後的一滴眼淚。據當地人說，就在幾年前，居延海裏的魚每斤幾毛錢都無人問津，然而如今額濟納的人們已經有四年吃不到鮮魚了。

開元二十五年（公元七三七年），王維奉皇帝令出使到涼州慰問占領吐蕃的將士。他從長安出發，先到固原蕭關，然後向北到寧夏中衛一帶渡過黃河直奔甘肅涼州而去。

▲沙漠裏的胡楊林

使至塞上　王維

單車欲問邊，屬國過居延。
征蓬出漢塞，歸雁入胡天。
大漠孤煙直，長河落日圓。
蕭關逢候騎，都護在燕然。

「居延」是絲綢之路上一個重要的補給站。從西漢至宋、元，歷朝歷代在居延海地區都設有郡縣或軍府，駐兵屯田，曾享有「居延大糧倉」的盛名。西夏在居延漢代城郭遺址上建有著名的黑城，曾是絲綢之路繁榮的交通樞紐。十三世紀馬可波羅前往元大都路經黑城時，這裏仍然「水源充足，松林茂密，野驢和各種野獸經常出沒期間」，是農牧兼宜的千里沃野。

直至二十世紀六〇年代，居延海仍有三百多平方公里湖面，周圍地區「芨芨蘆葦入望迷，紅柳胡楊闊無邊」，生態環境良好，湖區美景令人神往。到了二十世紀六〇年代之後，弱水支流上，陸續建起了大大小小幾十座水庫和水利樞紐工程，終於把整條弱水基本吸乾。下游的額濟納河斷流，居延海隨之乾涸，八十五萬畝胡楊、紅柳、沙棗等天然植被衰敗死亡，五千萬畝草場沙化，一批批農牧民不得不舉家搬遷，淪爲生態難民。一九九八年四月，從額濟納揚起的一場沙塵暴竟席捲北京、濟南、徐州，直達南京。現在額濟納是北京沙塵暴的最大起源。

河西走廊錦囊

河西走廊又稱「甘肅走廊」，位於甘肅省黃河西部的狹長地區，東西長約一千公里，南北寬約數公里至一百公里。因南有祁連山，北有合黎山和龍首山，中間的平川綿延不絕而得名。

1絲綢之路沿途城鎮是甘肅省經濟最繁榮的地區，武威、張掖一帶農牧業發達，被稱爲「金張掖、銀武威」。「塞上江南金張掖」得益於祁連山的雪水澆灌，陽光燦爛，土地肥沃，瓜果飄香，是一片名副其實的金子般的土地。當年，馬可波羅曾在這裏生活了一年多，對這裏的繁榮富庶讚不絕口。大佛寺和馬蹄寺是張掖最有名的景點。

2與屢經整修的八達嶺等地長城不同，散布在甘肅河西走廊的秦漢長城至今保持著本來的面貌。乘蘭新線列車西進，在武威、張掖等地均可看到車窗外那飽經滄桑的漢代土築長城，黯然無語地堅守在河西走廊上。秦漢長城和烽火臺均爲土築而成，因當地降雨量極小，歷經二千多年還得以保存至今，眞是一個歷史奇蹟。

▲張掖鎮遠樓

3從張掖可搭火車前往內蒙古的額濟納旗。「大漠孤煙直」的沙漠景觀，「長河落日圓」的弱水情趣，一望無際的戈壁雄風，遊移不定的居延海丰采，神祕莫測的西夏黑城遺址，奇異多姿多彩的胡楊景色、雄渾悲壯的怪樹林以及綠洲之中牧人的生活風俗令人興致盎然，流連忘返。那裏的胡楊林是世界上現僅存的三大原始胡楊林之一。近三十年來，額濟納旗的胡楊林已由七十多萬畝銳減到三十多萬畝。現倖存的胡楊林中，也有九十％以上的林木處於梢枯心腐狀態。死了的胡楊林變成「怪樹林」的森林，更讓人觸目驚心：這片「森林」一眼望不到盡頭，樹冠已不復存在，留下白骨般的軀體散落在浩瀚無垠的黃沙中，狂野的枯枝張牙舞爪地伸向天際……

葡萄美酒夜光杯——涼州

想像生活於唐代宗時代的涼州。

風沙歇處，是河西走廊第一重鎮。管弦和鳴，美酒飄香，元稹有詩云：

西涼伎　元稹

吾聞昔日西涼州，人煙撲地桑柘稠。
葡萄酒熟恣行樂，紅豔青旗朱粉樓；
樓下當壚稱卓女，樓頭伴客名莫愁。

無論葡萄美酒還是當壚美人，都抹不去城市上空戰爭的烏雲。秋高馬肥之時，塞外突厥就要騎著駿馬闖關而來，那時涼州的將家子會腰懸錦帶、佩掛吳鉤（一種寶刀），走馬在邊塞，防秋於玉門。

邊思　李益

腰懸錦帶佩吳鉤，走馬曾防玉塞秋。
莫笑關西將家子，只將詩思入涼州。

角聲轟鳴。他的愛人，應該會在他跨上寶馬的那一刻，斟上滿滿的一杯葡萄酒，淚光瑩瑩。滿飲了這一杯，明日，誰知明日身在何方？

涼州辭　王翰

葡萄美酒夜光杯，欲飲琵琶馬上催。
醉臥沙場君莫笑，古來征戰幾人回？

金庸借《笑傲江湖》祖千秋之口：「至於飲葡萄酒嘛，當然要用夜光杯了。古人詩云：『葡萄美酒夜光杯，欲飲琵琶馬上催。』要知葡萄美酒作豔紅之色，我輩鬚眉男兒飲之，未免豪氣不足。葡萄美酒盛入夜光杯之後，酒色便與鮮血一般無異，飲酒有如飲血。岳武穆辭云：『壯志饑餐胡虜肉，笑談渴飲匈奴血』，豈不壯哉！」

山西人王翰，是個出名的酒徒，任俠使酒，恃才不羈，行爲狂放，但他說的夜光杯是用祁連山上好玉石精心雕琢而成，傾酒入杯，對月映照，酒液清晰可見，香味倍增，因而得名。據傳漢代已有此杯。杯壁薄如蛋殼，紋理天然，光滑透明，斟燙酒不爆不裂，嚴冬時不凍不炸，夏季用它冷飲，則有含杯如冰之感，良多趣味；此杯甘肅酒泉出產。

涼州即今日武威，從蘭州乘火車西行，翻過烏鞘嶺便可抵達。昔日讓人傾囊以盡而求一醉的葡萄美酒，已經被歷史更短的法國葡萄酒甚至長城乾紅搶盡風頭。倒是「馬踏飛燕」值得一看。這一東漢文物，本來靜靜地躺在一九六九年武威雷臺出土的文物堆裏無人聞問。一九七一年，大文豪郭沫若高瞻遠矚地「發現」了這匹銅馬俑，命名爲「銅奔馬」，又名「馬踏飛燕」。銅馬昂首長嘶，三足騰空，右後足踏在一隻雀背上，造型平衡協調，體現了力學與美學的高度結合。就憑這匹馬，咱們在古希臘那班傢伙面前才不露怯。現在中國國家旅遊局把這匹馬作爲中國旅遊的圖形標誌，取其「天馬行空，一日千里」之意也。

我們從武威往西走，就到了以前生產夜光杯，現在生產人造衛星的酒泉（唐代肅州的州郡）。

▲銅奔馬

「遠人遙指斜陽外，蔓草含煙古戰場。」——酒泉北面的沙漠曾經發生過無數驚心動魄的戰爭，因此有幸成爲唐詩中出現次數最多的場景。

小常識

何謂涼州辭？

涼州地處邊疆戰場，是大批文才武將報效國家所嚮往的地方，因此描寫涼州的辭慷慨激昂，富於邊疆色彩和軍營味道，堪稱唐代的西北風。

涼州館中與諸判官夜集　岑參

彎彎月出掛城頭，城頭月出照涼州。
涼州七里十萬家，胡人半解彈琵琶。
琵琶一曲腸堪斷，風蕭蕭兮夜漫漫。
河西幕中多故人，故人別來三五春。
花門樓前見秋草，豈能貧賤相看老。
一生大笑能幾回，斗酒相逢須醉倒。

酒泉錦囊

酒泉的得名來源於一個故事，相傳漢代名將霍去病在此將漢武帝頒賜的一壇御酒傾入泉中，與眾同飲。如今的酒泉已成爲河西走廊上的重要城市之一，中國的酒泉衛星發射中心就建在遼闊的戈壁腹地。一邊是古代神奇的傳說，一邊是現代化的航太科技。寧靜而美麗的酒泉，也是甘肅省西部重要的交通樞紐，長途汽車可通達嘉峪關、敦煌等地。

從酒泉到敦煌有兩條路：鐵路及公路。

若搭乘火車，先到柳園，然後再轉汽車。選取此道不僅路途遠，而且中途轉車、換車，購票也麻煩。

建議直走公路。兩地距離四百餘公里。甘新公路（國道）平平坦坦穿過戈壁灘，途中車輛又少，一路無邊無際的戈壁風情，偶爾有古長城前來相迎，不亦樂乎！

路上或許遇上兩種現象：一是「海市蜃樓」，一是「大漠孤煙」。海市蜃樓屬大氣光學現象，光線經過不同密度的空氣層後發生折射，使遠處景物顯示在半空中或地面上，或一片水草綠洲，或一群牛羊，或一幫駱駝商隊，隱約縹緲，似有似無，常使行路之人產生錯覺。「大漠孤煙直，長河落日圓」。對於大漠中的這種孤煙，今人有兩種解釋：一說是狼煙，狼糞燃燒後的煙，能直直地孤零零地浮升很高，而不輕易隨風擴散。另一種說法是龍捲風，細而高，頂天立地，移動很慢，形似孤煙。

茫茫大漠，孤獨和無聊常常襲上心頭。奉勸各位：「慢慢走，仔細欣賞啊！」

願來世我心澄明——敦煌

敦煌，「敦，大也，以其開廣西域，故以盛名」。唐王朝強盛而有力並有意經營西域，正是敦煌的名副其實時期，號稱西域絲路之「總湊」，所謂的「列四郡，據兩關」。彼時的大西北，是中國最繁華的地帶，商業都市從敦煌到長安，一連串排列下來，像一條燦爛奪目的珠寶帶。稻麥稼禾，青蔥千里，人給戶足，以致諺語說：「古涼州，甲天下」。

敦煌人最常引用的兩句詩是王之渙的「羌笛何須怨楊柳，春風不度玉門關」和王維的「勸君更進一杯酒，西出陽關無故人」。在唐人眼中，一方面玉門關及陽關固然是華戎之交、文化的邊界，同時西域也是馳騁建立功業的壯闊天地，所以出塞詩並不悲涼，洋溢著

▲菩薩

躍躍欲試的豪壯。

據說其時的敦煌只在長安之下，與號稱天下「揚一益二」的揚州、益州（成都）不相上下。等到明朝政府孱弱以及海運盛行等原因而封玉門關，敦煌終於成爲國土之外偏遠的不毛之地；等到辮子王朝閉關海禁，一步步衰弱，大帝國淪落爲屠宰欺凌的對象，則內地漢唐盛世文化的特質已經消亡殆盡。只有敦煌因偏遠而保存的實證，還能讓我們確信，我們曾經有過這樣的心態開放，創造了偉大文化藝術的繁華盛世。但敦煌藏經洞被發現時的中國已經無力，或者無心阻止敦煌文物的流失，空讓後人捶胸頓足，涕泗長流。

公元三六六年，敦煌一個名叫樂僔的和尚；三危山上，疲憊的他看到萬道金光，千排佛像。他佛前許願，要塑一尊佛像於此，求得功德圓滿。他的佛像被稱做「漠高窟」，沙漠高處的佛窟。

又三百年兵戈戰馬。佛像身坐高臺，目睹四方世界生、老、病、死，無限悲憫。

當那個唐代好佛的女皇登位時，佛像的身邊，已經有了一千多個同道。名字已改，他們叫他「莫高窟」，莫高，莫清高？出錢塑造佛像的供養人居然把自己的像畫在窟壁上，與佛同受香火，這還有何清高可言？不如就這樣世俗地快樂著。

於是春風浩蕩，萬物甦醒，肢體飛揚，禽鳥都在歌舞，繁花都裏捲成圖案，爲

▲敦煌雙飛天

這個天地歡呼。壁頂上的飛天，掛著千年不枯的吟笑和嬌嗔，本來要在青雲上飛揚的衣袂，寧願被漆封於牆壁，千年而不得釋。反彈琵琶的女子，酥胸裸裎，坦坦蕩蕩地笑對你逼視的眼睛。

沒有什麼值得悲傷、躲避。生，是樂；死，靈魂亦可飛。

傳說唐朝薛仁貴的夫人樊梨花西征，有一隊人馬途中宿營於鳴沙山。一天夜裏，狂風驟起，黃沙蔽天，兵營將士全被掩埋。樊梨花凱旋歸來經過鳴沙山，山內舊部的鬼魂鬧道，敲鑼打鼓，鼓角齊鳴相賀。高興起來玩個沒完，千年來就一直這麼鼓角轟鳴，毫不嫌累。

沙山的曲線優美，蜿蜒直上，氣勢剛近險，卻又低眉順眼地下去，望之圓潤，山脊線卻如同刀削般乾淨果斷。建議傍晚時分去鳴沙山，落日餘暉下的山形一覽無遺。暮色降臨後，從山頂下滑，聽那細沙與人體下落發出悅耳嗚嗚聲，看那人體與沙粒摩擦產生的繽紛火花，不得不感歎造化神奇啊！

鳴沙山下有一顆晶瑩的眼淚——月牙泉。四周被沙山環繞，流沙與泉水之間僅數十公尺，遇狂飆風暴而泉不被流沙掩埋，雖經千古歲月而不乾涸。泉旁水草叢生，蘆葦恍惚如剪影，水波粼粼，正所謂「波心蕩，冷月無聲」。

莫高窟及敦煌錦囊

1莫高窟位於敦煌東南二十五公里處。開往莫高窟的中型巴士在敦煌飯店前的十字路口聚集，滿座即開，早上八點以前車最多。

2莫高窟保存了北魏到元朝期間四百九十二個洞窟，塑像二千四百一十五身，壁畫四萬五千餘平方公尺；能一日內看遍歷代藝術精髓，一是在法國羅浮宮，再來就是中國的莫高窟。

3每幅壁畫都有一個動人的故事，《射雕英雄傳》歐陽峰畫給一燈大師的佛祖割肉救鴿故事，在壁畫上也有清楚的描繪。另外，唐朝的時尚裝束也可以在供養人的畫像上看到。

▲莫高窟

4第三二九窟開鑿於初唐，十二身飛天持著不同的樂器飛舞，非常美麗。第三二〇窟南壁淨土變上方的四身飛天，是莫高窟最美的飛天了。

5少講話，輕點聲，少開手電筒，壁畫已經一千多年了，經不起折騰。

6**敦煌工藝品**：黝黑的夜光杯、華麗的地毯、大大小小的布駱駝、敦煌雕塑複製品、敦煌藝術畫、水晶石眼鏡。**農產品特產**：李廣杏、鳴山大棗、紫煙桃、南湖葡萄、黃河蜜瓜。**特色小吃**：記得到敦煌沙市市場小吃街夜市品嚐其特色小吃。

西出陽關無故人——陽關

陽關和玉門關兩個地方，如果不讀幾首唐詩準備好再去，便只會看到一片戈壁灘，一堆廢城牆的碎瓦和破磚。要是唐詩已經爛熟於心，那就不一樣了。這沙是王昌齡的黃沙，這城是王之渙的孤城，月是秦時月，關是漢時關，老祖宗幾千年的文化歷歷都在這片沙漠上了。

送元二使安西　王維

渭城朝雨浥輕塵，客舍青青柳色新。

勸君更進一杯酒，西出陽關無故人。

▲陽關

「西出陽關無故人」，是因為陽關當時是內地與西域的分界地，所謂「絕域陽關道，胡沙與塞塵」（王維《送劉司直赴安西》）即言此。唐時，內地去西域的人跟今天西部大開發一樣熱鬧，而陽關是必經之地。親朋好友送別時，總是把陽關作為分別的話題，就連古陽關長亭上的聯語，也帶上濃郁的送別色彩，使行人更添離愁。聯曰：

悲歡聚散一杯酒

南北東西萬里程

陽關故址在敦煌市西南七十公里處，今日所見，只是一個高四．七公尺、寬八公尺的古代烽火臺。登臺南望，只見一片四、五公里見方的凹地，有潺潺的小溪流過。十幾年前，據說遊客只要細心一點，還可以揀到漢代的銅箭頭、五銖錢、石磨、陶片之類，證明這裏曾是失了又奪、奪了又失的古戰場，現在，想要揀一塊漢瓦比中彩券還難。

美玉為門，生死為關。玉門關的關門很值錢。相傳絲綢之路開通後，新疆和闐的玉石大量輸入中原，但運玉石的駱駝一到小方盤城就口吐白沫臥地不起，原來是玉石不願離開故土，施了巫術讓駱駝生病。後來有人用和闐玉石在城門砌上一圈，這樣，玉石進關見到有同

▲玉門關

類的光澤，以爲仍在故土，就不再作怪了。小方盤城遂改名爲「玉門關」。玉門關是生死關，跨出玉門關就是「出塞」，風沙茫茫天寒地凍性命難測，能剩口氣回來就謝天謝地了。就連威鎮西域的漢代班超也說：「臣不敢望到酒泉郡，但願生入玉門關。」

涼州辭　王之渙

黃河遠上白雲間，一片孤城萬仞山。
羌笛何須怨楊柳，春風不度玉門關。

●唐人詩中常把吹笛、折柳、怨別三者聯繫起來。如「誰家玉笛暗飛聲，散入春風滿洛城，此夜曲中聞折柳，何人不起故園情。」（李白《春夜洛城聞笛》）如果是玉人吹玉笛，調子肯定綺麗搖曳，無奈邊遠地方找不到玉笛，只有以羊骨與鳥骨爲材料的羌笛，聲音激昂高亢，有悲壯之感，吹的又是多述離愁別緒的漢橫吹曲《折楊柳》，孤懸萬里的唐代士兵本已有苦難訴了，一聽此曲，不禁抱怨「浩蕩皇恩」（春風）不曾達到「萬仞山」中的孤城。此詩說明，軍營歌曲的風格要昂揚向上，不能怨楊柳而要贊小白楊，這樣才能緩解鄉愁穩定軍心。

《涼州辭》（改編）

黃河遠上，白雲間一片孤城，
萬仞山。羌笛何須怨？
楊柳春風，不度玉門關。

玉門關錦囊

玉門關距敦煌八十八公里，較陽關保持完整，城垣猶在，營壘、炮臺、古塔等遺址依稀可見。玉門關北門外，漢長城東西向陳列於野。城垣是夯土版築的，間隔以紅柳層，殘留的城垣綿延幾十公里，蔚爲壯觀。

1從陽關直趨玉門關，可體會古人西出陽關的悲涼與辛苦。

2從敦煌之西北穿捷徑至玉門關，途中沼澤多，行走不易，平常只有牧民行走其間。

3從黨河直入玉門關，現驢友多走此路，由敦煌大道行至中途，向右迂行鹼灘，沿黨河水庫上游可抵達玉門關。

▲大漠深處

雁塞通鹽澤——羅布泊

羅布泊，自漢至唐稱蒲昌海，又名鹽澤、牢蘭海，位於塔里木盆地東端羅布泊窪地的西部。漢代的羅布泊廣袤一萬多平方公里，幾條內陸河的注入使它水草豐茂、野獸成群。東漢末年，氣候變乾旱，流入羅布泊的河流水量減少，湖的面積日漸縮小，原有的綠洲沙漠化、鹽鹼化，湖北岸的樓蘭人被迫放棄故城而遷徙。羅布泊漸漸乾枯，被遺忘在歷史的風沙裏。

逢入京使　岑參

故園東望路漫漫，雙袖龍鍾淚不乾。
馬上相逢無紙筆，憑君傳語報平安。

● 唐玄宗天寶八年，詩人岑參奔赴位於龜茲的安西都護府任職，行走了兩個月，偶遇返回長安的使者，欣喜之餘，請使者傳話給親人報個平安。

岑參又從龍堆經過羅布泊北岸——

北庭作　岑參

雁塞通鹽澤，龍堆接醋溝。
孤城天北畔，絕域海西頭。

他所看到的羅布泊，應該還是有點湖泊的感覺，只是湖旁的樓蘭國已經消失在綿延萬里的黃沙中。

一九二一年，塔里木河在尉犁縣改道湧入孔雀河，東注羅布泊窪地，形成了近代羅布泊。這孔雀河彙集了天山以南、崑崙山以北的所有水系，無論是寬闊的塔里木河還是潺潺的小河，雖然河流在各大山系出發時浩浩蕩蕩，但最終都沒能走出沙漠到達海洋，而是折戟沉沙，消失在羅布泊的懷中。彼時的羅布泊是中國第二大內陸湖，廣闊的水面上水鳥成群，帆影片片，偶爾還能捕獲一公尺長的大魚。一九五二年後，塔里木河和孔雀河上先後築起多道堤壩，羅布泊因而斷絕來水，日趨乾枯。

一九七二年，羅布泊滴水無存。這個無涯的苦海，即使漠風移來金燦燦的黃沙，也覆蓋不住它臉頰上痛苦抽搐的皺褶。

羅布泊錦囊

自羅布泊北端湖緣至南端湖岸線，實際步行縱穿距離為一百〇六公里；橫穿羅布泊，實際里程為五十三公里。一般穿越羅布泊需要三～五天。

以一九七二年羅布泊乾涸時間為界線，近二十六年間，所謂號稱單獨穿越羅布泊的紀錄都是缺乏科學常識的玩笑。四季之中，暑季是最危險的，最高溫度可達五十℃，地表溫度在七十五℃以上；冬季氣溫可驟降至零下二十七℃。氣溫適宜、漠風較少的時間，是四月中旬和十月中旬。

人們在羅布泊將要接受心理、生理和意志的考驗。焦灼、憂慮、激動、恐怖帶來的副作用，常使人產生瞬間的精神變態，但這過程流逝得很快。

▲羅布泊

不破樓蘭終不還——樓蘭古國

唐人在邊塞詩裏一再地提起樓蘭，王昌齡說「不破樓蘭終不還」，岑參說胡笳一曲「愁殺樓蘭征戍兒」，李白甚至要揮劍長驅直入斬樓蘭。事實上，在唐王朝誕生的二百多年前，樓蘭古國，已經神祕地在沙漠深處消失了。

塞下曲　李白

五月天山雪，無花只有寒。
笛中聞折柳，春色未曾看。
曉戰隨金鼓，宵眠抱玉鞍。
願將腰下劍，直爲斬樓蘭。

樓蘭古國依著浩渺的羅布泊，那時羅布泊所有的一切都青蔥旺盛，樓蘭國的基業也正在展開……

漢代「絲綢之路」的南、北兩道在樓蘭分道，樓蘭軍事地位的重要性不言自明。全盛時期的樓蘭，東起古陽關附近，西至尼雅古城，南至阿爾金山，北到哈密。在西域國家裏，算是第一強國了。

然而與強大的漢帝國和匈奴帝國生存於同一時代，等待樓蘭的便只能是夾縫中求生存的悲劇命運。漢初，樓蘭經常爲匈奴提供情報，使得匈奴得以伺機攻殺漢朝使者，劫掠商旅。漢帝國被觸怒了，漢武帝發兵攻破樓蘭，虜獲樓蘭王，樓蘭於是成爲漢帝國的附屬國。但是樓蘭距離長安關山幾萬里，漢軍一走，匈奴又捲土重來。強權之下，樓蘭又開始攔殺漢使，終於，公元前七十七年，大將軍霍光派遣傅介子設計殺死了樓蘭王嘗歸，立嘗歸之弟爲王，並改國名爲鄯善。

新王尉屠耆從樓蘭幾百年的屈辱歷史中悟到了，樓蘭城令人覬覦的地理位置正是國家屢受威脅的根本所在，於是毅然放棄故城，舉國南遷。

風沙來了，遺棄的樓蘭漸漸被人淡忘。爲了讓這飽受驚擾的城池安靜地睡去，沙漠用一片密集的雅丹地形包圍了它。

從軍行七首（之六）　王昌齡

胡瓶落膊紫薄汗，碎葉城西秋月團。
明敕星馳封寶劍，辭君一夜取樓蘭。

我們只有在古人的詩歌裏，想像古樓蘭國曾經怎樣的繁榮昌盛，曾經怎樣的給漢帝國造成莫大的威脅，以至於它消失了百年之後，唐人還以「樓蘭」二字來暗指征戰對象。

事實上當初樓蘭被王國遺棄的時候，樓蘭古城依舊綠茵遍野，只有在西元四世紀，孔雀河上游河流改道而又無法改變的自然災害下，人們才棄城逃走。在棄城之前，樓蘭人曾為疏濬河道，作出了最大限度的努力和嘗試。同時持續百年的氣候乾旱，使流入羅布泊的河流水量減少，湖的面積日漸縮小，原有的綠洲沙漠化、鹽鹼化，湖北岸的樓蘭自然也深受影響。

一九〇〇年春季，樓蘭從睡夢中被一瑞典探險隊驚醒。近一個世紀裏，人們帶著仰慕和憧憬的心情走進這座古城。古城像是一座學堂，當人們草草抄錄答案離去時，彼此對照答案，竟沒有一份相同。相同的只有一個背景：斑駁的城牆、插在沙漠裏的木欄杆、轟然倒地的枯胡楊、滿地的蘆葦桿和紅柳樹枝、殘缺的佛塔、兀立的烽燧。

小常識

名辭解釋

1 **樓蘭道**：古絲綢之路的主要通道，是連接內地與西域最便捷的通道。從敦煌之西的玉門關或陽關，越三隴沙，過阿齊克谷地和白龍堆，經土垠抵樓蘭古城，再沿孔雀河岸至西域腹地。現在此路多流沙、風暴，基本上很少人通行。

２**樓蘭新娘**：三千八百八十年前的美女，出土時保存完好，尖直的鼻樑，微閉的深目，甚至連翹楚的眼睫毛都清晰可見。披散肩頭的棕褐色頭髮上別著翎羽，是那時新娘的裝束。絲綢衣服已發黑，羅布泊已乾枯，只有她的愛情，穿越時間。

３**雅丹**：「雅丹」是維吾爾語，意思是「險峻的土丘」。它是水和風連袂的佳作，先經水沖成許多溝壑，後被風吹成奇形怪狀，一系列平行的「壟脊」和「溝槽」，如聳起的龍脊，沿著大風吹刮的方向貫列在荒漠中，又名「龍城」。在這種地形中，通行異常困難。從羅布泊北岸到樓蘭古城一路，有近十公里的雅丹地形且只能徒步行走，須走七個小時。

４**絲綢之路北新道**：從伊州（今哈密）沿天山南麓西行到七角井，北穿天山到木壘；或自伊州翻越松樹塘大阪到蒲類海（今巴里坤草原），沿天上北麓西行到木壘、吉木薩爾、烏魯木齊地區、伊犁，然後出境。這條路線，西漢時期已經存在，唐代設立北庭都護府後，此道成爲絲綢之路的主要通道。

▲雅丹地形

功名只向馬上取——哈密

《西遊記》中唐太宗親送御弟玄奘出關並非歷史眞實。玄奘沒有官方頒發的過所，出關屬於違法行爲。唐太宗貞觀元年（公元六二七年），高僧玄奘單人獨騎偷越玉門關後，獨自進入戈壁灘。由於不慎將盛飲水的大皮袋打翻，他一連五天沒喝到水，暈倒在戈壁灘上。幸虧識途的老馬聞到水味馱著他狂奔到一處有泉水的地方，玄奘才得以甦醒。這個綠洲就是哈密（唐代稱「伊州」）。

敦煌到哈密這段戈壁灘在唐代稱爲「莫賀延磧」，唐詩裏的「磧西」、「磧東」皆指此。這一路荒無人煙，天寶八年（公元七四九年），岑參經過此地寫下一首格調低沉的詩：

日沒賀延磧作　岑參

沙上見日出，沙上見日沒。
悔向萬里來，功名是何物。

●每天看著太陽升起又落下，多麼單調乏味！眞是後悔當初遠行千里來到這裏，個人的功名眞是算不了什麼東西！所以可以想見金庸小說中的人物動不動發誓：「從此遠赴絕域，永世不履中土」，那是需要多大的勇氣啊！

岑參知道赴磧西的朋友多是凶多吉少，因此贈別詩反而是強打精神，一派豪言壯語。

送李副使赴磧西官軍　岑參

火山六月應更熱，赤亭道口行人絕。
知君慣度祁連城，豈能愁見輪臺月。
脫鞍暫入酒家壚，送君萬里西擊胡。
功名只向馬上取，眞是英雄一丈夫。

▲哈密回王墓

從伊州西行，穿越天山，來到西域三大「絲都」之一、唐代北庭都護府所在地——吉木薩爾。早在東漢時，這裏便駐軍屯田，唐朝的庭州便是在漢朝的金滿城基礎上發展起來的。長安二年（公元七〇二年），武則天在庭州設了管轄天山之北領土的北庭都護府。

北庭都護府的遺址即爲現在的北庭故城，約於明代毀於兵變。今日登上一處殘牆眺望，故城是長方形模樣，方圓一．五公里內散布著斷垣殘壁，內、外城城址仍依稀可辨。

在北庭故城遺址之西，有一座唐、宋、元時期的佛寺遺址，是故城的附屬建築之一。北庭西大寺屬北庭高昌回鶻王室佛寺遺址，窟內和配殿內殘存有佛、菩薩、羅漢、天王等塑像和壁畫。壁畫精美，高昌王等貴族供養像栩栩如生。壁畫內容主要為千佛、菩薩、護法、經變故事，供養比丘和供人養像，間有回鶻文、漢文題記。

北庭都護府和安西都護府的設置，標誌著唐朝完成了統一西域的大業，絲綢之路一度冷落下來的東西方貿易才得以恢復，而且達到了前所未有的繁榮程度。

輪臺九月風夜吼——輪臺

輪臺是西域苦寒之地，八月流火的季節都會下雪。

走馬川行奉送封大夫出師西征　岑參

君不見走馬川行雪海邊，平沙莽莽黃入天。
輪臺九月風夜吼，一川碎石大如斗，隨風滿地石亂走。

這個飛沙走石、八月飛雪的輪臺是唐代安西都護府的所在地，據岑參詩：「平明發輪臺，暮投交河城」，可知其故址大致在今新疆烏魯木齊東北的米泉縣境內。唐詩中多次提到這個西域的軍事重鎮，因此，輪臺漸漸成爲邊塞要地的代名辭。如南宋愛國詩人陸游的《十一月四日風雨大作（其二）》「僵臥孤村不自哀，尚思爲國戍輪臺。夜闌臥聽風吹雨，鐵馬冰河入夢來。」其實輪臺距離臨安十萬八千里，早在陸游之前兩百多年就被金國占領，這裏只是以輪臺泛指邊疆地區而已。

小常識

中國最早的生態政策——輪臺詔令

輪臺有兩處，漢代的輪臺設在今新疆輪臺縣的策大雅，是漢朝最早在西域屯田的地方。漢武帝時中央政府在新疆輪臺地方開荒、屯田，生產了很多糧食，維持了西域的駐軍。漢武帝晚年時對自己的好大喜功非常後悔，感到輪臺這種屯田方式得不償失：花了極大的代價，從內地大量移民，而造成的「生態惡化」的結果超過了預期的收益。於是他就輪臺屯墾下了一個詔令：永罷輪臺屯田。

輪臺屯田是中國人「敢叫天地變顏色」的創舉，事實上，屯田是自漢武帝經營西域起就確認的國策，直到今天，屯墾戍邊仍是中國西部與北部邊疆省、區的社會經濟結構的主要支柱之一。然而，漢唐時代在西域地屯田，在獲得一時的戰術上的成功之後，便無一例外地迅速化作了沙漠，成爲戰略上的敗筆。因爲不懂得生態保護，反而使人類拓展家園的美好初衷，招致了自毀生計的悲慘結局。歷史上的那些著名的屯田中心，如新疆的輪臺、米蘭、庫車、沙雅、新和和孔雀河等古代屯墾的土地，全部變成了沙丘和鹽鹼灘。當年「其地肥美」的西域名城伊循（今米蘭）何在？曾經「大田三年，積粟百萬，威服國外」的注賓河（今孔雀河）墾區何在？號稱「西域糧倉」的輪臺墾區又何在？

▲克孜爾哈烽火臺

瀚海闌干百丈冰——天山

由伊州（哈密）西北行，眼前就是巍峨的天山。這裏松林密布，草原遍布，牧草豐茂，長年不化的雪山連綿不斷，比之風沙撲面的絲路北道和南道，唐代北新道的興盛是必然的。這一路地勢開闊，草場一片片，沿途的烽燧、城堡相連相續，清楚地顯示古代道路的走向。

天山北口叫口門子，有旅店、飯館和茶水站。再往前走，便是茫茫的巴里坤大草原了。這裏是新疆擁有駱駝最多的地方，而巴里坤馬也是新疆的三大名馬之一。這寬闊平坦的草原，可以讓千軍萬馬馳騁縱橫，怪不得成爲赫赫有名的古戰場了。現在巴里坤縣境內還有五萬六千多公頃的原始森林，全是挺拔的雲杉和落葉松。

巴里坤湖就是歷史上著名的蒲類海，湖邊曾建有蒲類國，漢代時它曾受制於匈奴。據史書記載，漢朝將士至少

▲天池

曾經六次追擊匈奴至蒲類海，保證了絲綢之路的暢通無阻。然而從中土千里迢迢遠行至此，身心疲憊，再美的風景也視若無睹了。所以天山在唐人的眼裏只有無涯的冰雪。

白雪歌送武判官歸京　岑參

北風捲地白草折，胡天八月即飛雪。
忽如一夜春風來，千樹萬樹梨花開。
散入珠簾濕羅幕，狐裘不暖錦衾薄。
將軍角弓不得控，都護鐵衣冷猶著。
瀚海闌干百丈冰，愁雲黲淡萬里凝。
中軍置酒飲歸客，胡琴琵琶與羌笛。
紛紛暮雪下轅門，風掣紅旗凍不翻。
輪臺東門送君去，去時雪滿天山路。
山回路轉不見君，雪上空留馬行處。

從巴里坤縣西行到木壘縣，路過一個重要的「守捉」——獨山守捉。進入木壘縣境後二十四公里處，有一石擋住（叫「大石頭」），公路不得不繞行。唐朝的獨山守捉，就設在這裏。這個「守捉」扼兩條東來要道的交叉點，一條來自巴里坤，另一條來自哈密，其重要性可想而知。

木壘因木壘河而得名，木壘是蒲類的轉音，唐代屬蒲類縣。出城北行，進入戈壁，有一條比較明顯的古路痕跡，野草茂盛，小草發出奇異香味，這就是駱駝商路了。原來，駱駝隊多年行走的結果，踏出了一條淺溝，下面積水，所以野草叢生。據說，駱駝商路可以追溯到清代，那時，奇臺縣是新疆北部的商業中心，從奇臺經木壘、巴里坤到蒙古草原和沙漠，有一條以駱駝為運輸工具的商路。這條後期的「駱駝商路」，很像是古絲綢之路的延續和演變。

天山錦囊

今天去天山，只要帶夠衣裳，也不至於哀歎「九月天山風似刀，城南獵馬縮寒毛。」（岑參《趙將軍歌》）。關鍵是要領會北疆的「一個中心，兩個基本點」。

一個中心：中國頂級的歐陸草原風光，理解中國的地大物博與博大包容。

兩個基本點：山、湖

1 山——天山

天池後方草場有：木屋—森林—草坡—亂石—雪線，這一路的草坡、森林山澗，一景（不是一山）四季，還有野馬和完美的柏格達峰。

南山牧場的主題是綠草氈房野花。黃色、白色和紫色的野花一串串的開放在柵欄後面的草叢裏。哈薩克氈房前冒起了青煙，是燒奶茶或烤羊肉的人家。哈薩克族的小孩，壯壯的身子骨、緊閉的雙唇和無懼的黑亮眼睛，小小年紀就有了那種馬背民族的彪悍。

▲天山

果子溝深藏在天山的腹地（伊犁霍城縣內），長約二十公里的峽谷是一個天然的大果園，野蘋果樹和野杏子樹漫山遍野到處都是，管理者卻不是人，而是自然本身。溝裏很幽靜，鳥在空谷裏百囀千鳴，有一種閒聽落花的別致。

2 湖

新疆人稱湖，不稱爲湖，而稱之爲海。

天山腹地，有個寧靜的天鵝湖。高潔的天鵝在水中嬉戲，湖邊芳草萋萋，天上白雲朵朵，遠處牛羊成群，但是能一見芳容的人少之又少，因爲她太深入了。

天池其實不算什麼：在南方這樣的湖泊多的是，只是缺少了一個雪山而已。順著長滿雪松的山坡來到池邊，天池的水很清很藍，涼氣沁人，水面異常平靜，靜得可以看到周圍群山雪松的倒影。因其冷、靜，才有幸成爲至高無上的西王母的沐浴之處。

喀納斯湖座落在阿勒泰深山密林中，靜寂地躺在群山的懷抱，純潔安祥平和，湖周峰巒疊嶂，遠遠近近的山坡從山腳到山頂，由深綠到淺綠、淺黃、金黃、黃綠相交、金紅交錯……層層疊疊，錯落有致，色彩強烈，滿山的燦爛。湖四周的山頂是白皚皚的積雪，絮絮白雲哈達似的纏繞在山腰，白雲下是高高低低五彩繽紛的樹林，隨著雲層的厚薄變化，喀納斯湖水的顏色一會兒碧綠，一會兒墨綠，忽兒是純淨的天藍……

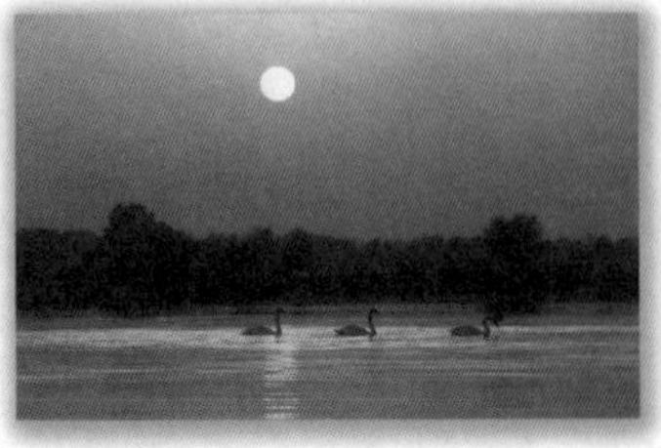

▲天鵝湖

博斯騰湖古稱西海，面積九百八十平方公里，是中國最大的淡水內陸湖，開都河和流沙河（《西遊記》中的通天河）的河水都與它相接。湖水連天，一望無際，像大海一般的浩瀚，無數的水鳥在湖面飛翔。湖邊的蘆葦蕩一片青翠，綠草搖曳，美得讓人窒息，讓人如癡如醉。搭上湖面的漁船，更給這異域風光中又添加了一道柔美的風景。盛產一種叫「五道黑」的魚，味道鮮美。

站在賽里木湖畔，也著著實實讓你覺得自己是處於海邊。只不過，少了礁岩，多了一個天山；少了椰子樹，多了一頂頂乳白色的氈房；少了層層千帆船，多了群群山坡羊……

過了高山湖泊賽里木湖，南下伊犁河谷，又是另一番景色，有如塞外江南。而伊犁河谷的中心是伊寧，有花園城市之稱。漫步寧靜的街道上，可以見到家家戶戶都有個果木繁茂的園子。

離伊寧市二十五公里之處，有唐朝的弓月城遺址，它東通北庭都護府所在地庭州（吉木薩爾），西通碎葉鎮（今哈薩克斯坦托克馬克附近），南面還通安西都護府所在地龜茲（今庫車），又位於富饒的伊犁河谷中心，自然成爲古代絲綢貿易的中心。弓月城在唐朝是絲綢之路上的重要轉運站，商人可以在這裏一次提取兩百七十五匹的絲綢，足見城內絲綢儲存量之大。宋元以後，弓月城漸被毀棄，現僅存大小二城，斷壁殘垣，滿地碎陶瓷。

小常識

汗血寶馬

伊寧（伊犁）是天馬的故鄉。據史書上說，漢武帝時外國曾進獻烏孫馬，武帝見此馬神駿挺拔，便賜名「天馬」；後來又有人進貢了西域大宛的汗血馬（據說這種馬出的汗是血紅色的），於是他又將烏孫馬更名爲「西極馬」，而稱汗血馬爲「天馬」。唐代詩人李白曾作《天馬歌》云：「騰崑崙，歷西極，四足無一蹶。雞鳴刷燕晡秣越，神行電邁躡恍惚。」可見天馬在古人心目中是何等神駿。這裏所說的「天馬」、「西極馬」都是伊犁哈薩克馬的先祖。伊犁馬外貌俊秀，體格魁偉，抗病力強，是中國培育的優良馬種之一。

不知陰陽炭，何獨燃此中——吐魯番

話說唐僧師徒四人走到高昌國邊境，被一座大山擋住去路。孫悟空定睛一看，果然好山也！有詩爲證：

經火山　岑參

火山今始見，突兀蒲昌東。
赤焰燒虜雲，炎氛蒸塞空。
不知陰陽炭，何獨燃此中。
我來嚴冬時，山下多炎風。
人馬盡流汗，孰知造化功。

那山除了熱得像火，還有山體的顏色火紅，山表的褶皺也都似火苗亂竄，再加上夏天熱氣上升時空氣抖動，那眞是愈看愈熱，愈看愈眞，看多幾眼就要熱得昏倒了。

悟空找來土地一問，才知道又是自己闖下的禍事。當年大鬧天宮時把太上老君的煉丹爐蹬翻在地，有一塊磚頭墜落於此，化成火焰山，害得後人岑參不明究理：「不知陰陽炭，何獨燃此中？」如今氣溫可達四十七℃，地表溫度達八十二℃，生雞蛋可以燙熟，唐僧肉豈不也可以……

悟空道：「要是有月光寶盒在這就好了，讓我穿梭時空，回到五百年前把那塊磚頭攔截住。」

土地年老耳背，把「月光寶盒」聽成「月光湖」，趕緊說：「有啊，就在此地四十公里處，坐車約一小時即可到達。」

▲火焰山

悟空一個跟斗翻到月光湖（艾丁湖），哪裏有什麼月光寶盒？只見乾涸的湖底皺褶如波，觸目皆是銀白晶瑩的鹽結晶體，在陽光下閃閃發光，酷似寒夜晴空的月光。走到水邊，也看不到遊魚、飛鳥，惟有不時掠過成群小昆蟲和偶爾在腳下穿過的野兔、小鼠。悟空嘀咕，這裏是世界第二陸上低地，離閻羅老子的家不遠了。

百般無奈，孫悟空只得向紅孩兒他娘——鐵扇公主借來鐵扇滅火。

吐魯番錦囊

1艾丁湖（月光湖）位於吐魯番市西南四十公里處，是中國陸地的低窪之最。湖已乾涸，僅剩面積達一百五十二平方公里的湖盆。一萬年前，它曾是浩瀚無涯的淡水湖、天鵝的故鄉、鱘魚的家園，吐魯番盆地萬年不變五十℃的高溫最終蒸乾了它所有的水分。

2距吐魯番市區四十公里的火焰山山中，有一個著名的「柏孜克里克」千佛洞（唐代古蹟），佛像和壁畫都已經受到相當程度的破壞，幾乎所有佛像的眼睛都被毀壞了，有一處可以看見整整齊齊的切割痕跡，據說這裏原來也是座佛像，被德國探險家整個兒給搬走了。

3新疆就數吐魯番葡萄溝（火焰山側）的葡萄最正宗，可以敲敲農家的門，談價進去他家任吃（不能拿走，不能浪費）。還可以讓主人做個道地的羊肉抓飯。羊肉和胡蘿蔔炒熟的米飯油淋淋的帶一點金黃色，一塊大羊排蓋在碗面上，令人垂涎欲滴。

4吐魯番市東南郊的蘇公塔是個謀殺底片的地方。塔高四十四公尺，塔身圓柱形，利用拼磚方式構成各種圖案花紋，怎麼拍都好看。

5高昌故城和交城故城都在吐魯番火焰山附近，從烏魯木齊包車去亦可。

白馬嘯西風——高昌、交河故城

貞觀二年（公元六二八年）春，玄奘騎著白馬降臨高昌。

彼時的高昌城，是西域的長安。城周長約五公里，總面積兩百萬平方公尺，依照長安分爲外城、內城和宮城三部分。市內房屋鱗次櫛比，有作坊、市場、廟宇和居民區，居民逾三萬，僧侶三千，全國崇佛。

唐朝高僧蒞臨使這個嚮往長安的古城沸騰了。高昌國王第一天晚上就淨身斷食，並在以後玄奘講經一個月期間，天天當著臣民的面，跪在地上當凳子，讓法師踩著他的背，坐到法庭上去。

高昌虔誠的熱情打動不了玄奘西去取經的決心，一個月後，玄奘上馬西去，留下取得經後駐高昌國傳經三年的承諾。

十二年後，玄奘重回故地。城猶在，國已破。曾經那麼仰慕唐朝的高昌，恰恰是被它所嚮往的唐朝滅了。

傳說高昌人建迷宮以爲退路，唐朝兵將攻破都城時，宮中珍寶被高昌人鎖進迷宮，無人取用。千餘年後，古宮早已爲沙漠所掩，卻成爲江湖群豪嚮往之地，爲爭奪高昌迷宮圖以便入宮取寶，多少鮮血灑在回疆大漠。

唐太宗力排眾議，下令將高昌國改爲西州，並設置安西都護府，大規模地經營絲綢之路，高昌由此成爲西域最大的國際商會。

又過了兩百年，回鶻族的一支建都於高昌；又過了六百年，高昌城於戰火中被廢棄。

高昌故址在今新疆吐魯番東約二十多公里，當年高昌城的城垣用夯土築成，因土質粘性好，所以被廢棄幾百年後，殘存的城牆最高還可達十一．五公尺。城內建築遺址星羅棋布，有一條寬闊平坦的大道從城北的入口處直通到最西南角的寺廟區。玄奘講經處仍在，寺門、廣場、殿堂、佛龕及高塔也保存尚好。

▲交河故城

當時同爲高昌國重鎮的交河故城在漢代曾是西域三十六國之一的車師前國的國都，後爲高昌國第二大城市，還曾爲唐王朝管轄西域的最高軍政指揮機關——安西都護府最早的駐地，直到元朝末年（十四世紀），交河城才併入吐魯番部，以後這座古城就漸漸地被廢棄了。

▲高昌故城

古從軍行　李頎

白日登山望烽火，黃昏飲馬傍交河。
行人刁斗風沙暗，公主琵琶幽怨多。
野雲萬里無城郭，雨雪紛紛連大漠。
胡雁哀鳴夜夜飛，胡兒眼淚雙雙落。
聞道玉門猶被遮，應將性命逐輕車。
年年戰骨埋荒外，空見葡萄入漢家。

交河故城在吐魯番縣城西十公里，東西有兩條小河環抱，形成一個南北長，東西窄的柳葉形的小島，因「河水分流繞城下，故號交河」。《古從軍行》作者李頎乃盛唐詩人，「行人刁斗風沙暗」，刁斗乃古代行軍用的銅炊具，白天用來做飯，晚上用來打更，行軍時遇上風沙天還可以蓋在頭上遮擋風沙（莫非是現代鋼盔的老祖宗？），一物三用。

現代在交河附近偶然可以撿到這些刁斗，當然還有白骨。「年年戰骨埋荒外，空見葡萄入漢家。」唐太宗滅高昌國的收穫之一就是引進了高昌的馬乳葡萄及葡萄酒釀法（就是今天的吐魯番葡萄），「造酒成綠色，芳香酷烈，味兼醍醐，長安始識其味也。」

「黃昏飲馬傍交河」，唐人在交河旁升起篝火用刁斗做飯的時候，交河故城正是最輝煌的時候。整個故城只有一個大門——南門，四周無城牆（這是與中國其他故城所不同之處）。城市的臺地高出地面三十公尺，猶如一座孤島，四周無依，崖岸如削，試想憑弓弩劍戟而戰的年代，守將憑此天險，敵軍豈敢近城池一步！

公元前一〇八年至公元前六〇年，漢王朝與匈奴在四十八年的時間裏，共進行了五次爭奪交河的戰爭，史稱「五爭車師」；公元四五〇年，經過八年的軍事圍困，縱有天險亦不能守的交河成爲高昌國的一郡；公元六四〇年，擊敗西突厥的唐王朝曾將安西都護府設置於此；九世紀中葉，交河又成爲高昌回鶻王朝的軍事重鎭；一三八三年，在蒙古汗國的內部衝突中，交河故城終於走完了它在歷史上的最後一步，漸漸淪爲廢墟……

猛烈的荒漠熱風，熾熱的陽光雕琢著故城。至今交河城內的官署、寺院、佛塔、坊曲街道等建築物保存較好，是目前世界上保護得最好的生土建築城市。經過千年的風蝕，牆壁已被剝成一層一層。走在廢墟裏，依稀可以看出這裏曾經是廚房，這裏曾經是門檻，那裏曾經是寺廟，幾口深不見底的井還可以挖出水來。立土挖就的城門，貫穿南北的寬大街道，威武的官署衙門，稠密的住宅區，鱗次櫛比的房舍，規模宏大的寺院，五行八作的手工業作坊……空無一人，好像這裏所有的人去趕一場盛會，丟下一座城，一丟千年。

城為人而建，人消失了，城就死了。城死了，它仍然站著。「天地一孤嘯，匹馬又西風。」

高昌國西晉初年到唐代中期的貴族、官員和平民百姓，死後葬於城外的公共墓地——阿斯塔那古墓群（吐魯番市區東偏南約四十公里處）。在一片寸草不生的青色戈壁上，稍有隆起處便是一座古墓。考古工作者在這裏發掘墓葬四百五十六座，幾乎所有的屍體都沒有腐爛，乾屍大多完整無損，有的連眼睫毛和眼縫中顯露的黑白眼珠都歷歷可見。

這裏埋葬了世俗的文書，租佃、僱傭、買賣、借貸的契約，審理案件的辯辭和錄案，授官授勳告示，行旅的過所和公驗等官府文書，以及曆書、藥方、經籍、私人信札、隨葬衣物等。在這些世俗文書中，流淌著栩栩如生的鮮活生活。比如，其中有邊塞詩人岑參的一筆馬料帳，上面寫著：「岑判官馬柒匹，共食青麥三斗五升，付健兒陳金。」

我們平常只是沉醉於詩人那些光彩奪目的偉大詩篇，實際上，沒有這裏記載的七匹馬，沒有這七匹馬所食青草，這位岑大詩人走不到西域，也就寫不出那些雄奇的詩篇。

▲鐵門關

鐵門天西涯——鐵門關

由西州（吐魯番）西行，可到今日的庫爾勒市，其城北有著「天下最後一關」鐵門關。鐵門關名列古代二十六關之末，古代「絲綢之路」北道咽喉，晉代在這裏設關，因其險固，故稱「鐵門關」。西漢張騫通西域、東漢班超擊匈奴，均飲馬孔雀河，橫刀鐵門關；玄奘和尚西行天竺，途徑這裏時，受到了守關人的熱情款待；清代林則徐在新疆勘察水利時，是經鐵門關前往庫爾勒的；最令人矚目的是唐代大詩人岑參的數篇有關鐵門關的詩：「銀山峽口風似箭，鐵門關西月如練」、「哪知故園月，也到鐵關西」。那首《題鐵門關樓》更是令人讀來黯然神傷：

題鐵門關樓　岑參

鐵門天西涯，極目少行客。
關門一小吏，終日對石壁。
橋跨千仞危，路盤兩崖窄。
試登西樓望，一望頭欲白。

唐時爲確保「絲綢之路」暢通，在天山南北諸地都駐有軍隊，一邊防守，一邊屯田墾殖，在這當中，鐵門關發揮了重要的作用。

唐代在西域用兵，天險鐵門關下戰爭不斷。今在哈滿溝峽谷東北方、和碩縣南山有「破城子古戰場」。那裏房舍、古墓遺跡很多，地面散布有陶片、古錢，還殘留大面積戰火燒灼的痕跡，人、馬枯骨遍布，有的還帶有殘箭，其狀慘不忍睹。這莫不是古時敵對雙方爲了爭占鐵門關而進行的一場場血戰？

北疆錦囊

1不可不去烏魯木齊二道橋。在那兒你可以買到各種維吾爾族工藝品、紀念品、日用品，價高質優或物美價廉隨你所欲。強力推薦——維族腰刀！富有民族特色的鏤花刀把，閃著寒光的刀鋒，但是不能帶上飛機。

2新疆是水果之鄉，到新疆吃水果是一大樂趣，但不能吃完水果就飲熱飲，以免造成腹瀉。

3西北地方氣溫較內地略低，但因很多地區海拔較高，紫外線照射強，準備充足有效的防曬物品，配齊一些常用藥及清熱解渴的飲品等。

4新疆是一個少數民族地區，宗教色彩很重，穆斯林是不吃豬肉的，這是他們生活中最大的禁忌，絕對不可冒犯，特別是清眞寺千萬不要攜帶豬肉或公開談論有關豬的事情，以免造成不必要的誤會。

龜茲樂舞——庫車

唐玄宗時代的唐帝國，全民沉浸於龜茲樂的旋律中。

此時的龜茲，人口有八萬之多，全民皆商，國力強盛。七世紀中葉，唐王朝爲了便於對西域的統治，將原設在西州的安西都護府遷到龜茲，下轄龜茲、于闐、疏勒、碎葉四鎭（「鎭」是軍事重鎭的意思），龜茲成爲西域的政治中心。

中西文化的碰撞造就了龜茲樂的輝煌。龜茲樂節奏明快，以羯鼓、腰鼓、銅鈸、琵琶、橫笛做伴奏，配起舞蹈來搖曳生姿。每年國家慶典必演的《秦王破陣樂》即以龜茲樂爲基調，再現戰爭場面。在唐玄宗親自指導下完成的《霓裳羽衣舞》，也大量採用了龜茲樂，楊貴妃的迷人舞姿配上龜茲樂的萬種風情，風靡全國。著名作曲家龜茲人白明達寫出來的名曲《春鶯囀》，曲風柔媚，舞者楊太眞（楊玉環）手把一枝梅花隨著旋律搖動腰肢，讓觀者如醉如癡：

春鶯囀　張祜

興慶池南柳未開，太眞先把一枝梅。
内人已唱春鶯囀，花下傞傞軟舞來。

●所謂的「軟舞」類似今天的肚皮舞，衣服一般少而透明，比之長袖善舞的中原舞蹈（稱「鍵舞」），更加煽情更讓人血脈賁張。腰肢酥軟的西域女郎（胡姬）於是風靡了當時的唐帝國。李白有詩記載：「胡姬貌如花，當壚笑春風。笑春風，舞羅裙，君今不醉將安歸。」（《前有樽酒行》）

龜茲，是唐代的流行音樂之都。龜茲的都城就是今天的庫車。

而今，曲調明快、旋律優美、具有鮮明可舞性的庫車民間歌曲，仍承襲古龜茲樂的遺風，在新疆歌壇中享有盛譽。庫車樂舞最富代表性的是《庫車賽乃姆》。這支舞曲熱烈明快的節奏，使任何一位觀眾的情緒都不能不受到感染，往往會在那有挑逗性的吆喝聲中，情不自禁地投身舞者行列，「心應弦，手應鼓」（白居易《胡旋女》），跟大夥一起哼起民歌，翩翩起舞。

「賽乃姆」，是維吾爾族帶有表演性的舞蹈形式，普遍流傳於新疆各地。其形式是自由進場，互相邀請，即興發揮。表演中，經常出現「打指」（兩指打響）、「移頸」（動脖子）以及「揚眉」、「動目」等動作，讓人看後隨即聯想起唐・杜佑《通典》關於「胡舞」的描述；想起唐詩「揚眉動目踏花氈」（李端《胡騰兒》）的名句。

龜茲國都，漢代稱延城、居延城，唐代則名為羅籣城，就是今庫車城郊的皮朗故城。現存東、南、北三面城垣，均為夯土版築，周長七公里。城內建築已全毀，但遺跡依稀。

▲千佛洞佛像

歷代龜茲王以佛教為治國明燈，甚至連龜茲王宮都裝飾得同寺廟一般。東漢至唐末，十幾代龜茲能工巧匠和著名畫師把他們的宗教熱情帶到現在庫車城外的克孜爾千佛洞裏，開鑿了上千個佛洞。

十世紀左右，伊斯蘭教傳入龜茲後，作為異教象徵的佛洞被逐漸廢棄，佛像的眼睛被信奉伊斯蘭教的人挖空。到本世紀初，佛像也被外國探險家整個搬走了，只剩下一個個空空的土座。今天能夠看到的是用板車拉不走的，用膠紙粘不走的彩繪遺跡，伎樂飛天依然栩栩如生，每一幅畫描述的都是有關佛祖的一段故事。反映佛教經典的本生故事畫，比敦煌、龍門、雲崗三處石窟的總和還要多出一倍，是克孜爾千佛洞的精華，在世界上堪稱一絕。

克孜爾第三十八號洞窟的壁畫《天宮樂伎圖》（俗稱「樂舞洞」）是龜茲樂舞的形象記載。洞內左右壁各畫一派伎樂，共二十八身。洞壁左右下方還畫有佛說法圖，每壁各畫三尊佛像，佛像周圍畫聽法眾生與伎樂天人多身。呈現出龜茲樂隊演奏的情形，彈琵琶，打手鼓，撥箜篌，吹嗩吶，舞花綢彩帶……。第一百號洞窟的樂舞壁畫更為宏大，有五十一身伎樂，可惜毀壞嚴重，難以辨認。

平沙萬里絕人煙——絲路南道

樓蘭古城，位於古孔雀河下游，羅布泊西岸，距今尉犁縣東部三百二十公里。

米蘭古城（古伊循城），位於古米蘭河下游，距今若羌縣城東北八十公里。

唐播仙鎮（且末古城），位於車爾臣河下游，距今且末縣城東北一百五十公里。

精絕古城（今尼雅遺址），位於尼雅河下游，距今民豐縣城北一百五十公里。

喀拉墩古城、卡拉當格古城、園沙古城，均位於克里雅河下游，分別距今于闐縣城北一百九十公里、兩百公里、兩百二十公里。

丹丹烏里克古城，位於克里雅河一條分支的古河畔，距今策勒縣城北九十公里。

瑪扎塔格古戍堡，位於和闐河中游，距今和闐市北兩百公里……

▲塔克拉瑪干沙漠

我們只需將上述古城和古遺址標示在地圖上，並用一條線將其聯結起來，就可以顯示出絲綢之路南道的大致走向和地理位置。事實是令人震驚的：絲路南道及其聯結的古城幾乎全部都被深埋在沙漠腹地。從樓蘭至米蘭的這一段今日已無路可通，早已淪爲奇旱無比的死界。從若羌至且末的現代公路可以見到雪峰與沙山並峙的景觀，塔克拉瑪干沙漠已經越過公路，直撲崑崙山腳下。

一部塔克拉瑪干沙漠的歷史，就是綠洲退縮、沙漠擴張的歷史。隨著綠洲不斷從塔里木河下游向上游節節退縮，城鎮隨之節節遷移，而荒漠化則節節進逼。不是塔克拉瑪干沙漠逼人太甚，只是人類不斷向大自然索取資源，終於有一天，黃沙來了。

塔克拉瑪干沙漠在唐代叫做圖倫磧，當時已經是最大的沙漠。

磧中作　岑參

走馬西來欲到天，辭家見月兩回圓。
今夜不知何處宿，平沙萬里絕人煙。

●「見月兩回圓」只是岑參自我安慰的說法，事實上，兩個月也走不出這平沙萬里的圖倫磧。公元前七十七年，樓蘭國為躲避匈奴的威脅，將都城遷到伊循，並改國名為鄯善。東漢時，鄯善是西域強盛的小國之一。到了唐代後期，這一帶為吐蕃占領。伊循城的遺址，在今新疆若羌縣東北的米蘭。古城遺址仍有城堡、烽燧、寺院和民居的殘跡。離「城」不遠，還有一片灌溉渠網的遺跡，覆蓋了近兩萬畝地面。

岑參應該很羨慕今天只用兩天時間就橫穿大漠的現代人。塔里木沙漠公路從大漠北的庫車直通大漠南的和闐，中間沙漠路段長五百四十公里；據說是世界公路的三大奇蹟。沙漠公路上的蘆葦是用機器軋進沙子裏面的，是外國的先進技術，每公里花費巨額的費用，而且每隔三年就要重新軋草。當沙漠遇上風暴時，沙漠公路會被沙子掩埋，需要用推土機把沙子推開，維護這條公路的艱辛可見一斑。塔里木沙漠公路及其所聯結的現代城鎮，幾乎全部遠離古遺址，更貼近阿爾金山和崑崙山的山麓地帶。這幾十年來有緣探訪黃沙掩埋的死城的人，寥寥可數。

塔里木沙漠公路的盡頭有尼雅古城遺址——西漢時精絕國的都城。漢代的廟宇、民宅、花園、橋樑仍然佇立，千年前的木牘、織物歷歷在目。死去的尼雅人是白種人，用一種世界上最古老的已經死亡的文字書寫，他們的森木屋的門都沒有關上，人卻不知道飄散到世界何方。一九〇一年斯坦因靠著一本《大唐西域記》找到這座死去的城市。似乎爲了象徵絲綢之路西方與東方影響的奇妙混合，尼雅文物總有犍陀羅風格的印跡。

民豐的不遠處是白玉河，晶瑩的美玉——于闐玉（和闐玉）產於此。玉是由冰川和洪水從崑崙山上沖下來的，玉性嬌貴，容不得男人的濁氣，所以只有婦女和女孩下水採玉，才能採到美玉。漢代中山靖王的金縷玉衣上就有不少是軟玉性質的于闐玉。今天的于闐不是古于闐國的所在地。那漢唐以來聞名的于闐國遺址，是遠在兩百多公里之外的和闐：在和闐縣城西南的玉龍喀什河西岸，有一座叫「買力克阿瓦提」的古城遺址，據專家考證，這就是漢代于闐國城府。

小常識

名辭解釋

1 **和闐玉**：都在崑崙山海拔四千公尺的雪線以上，是水與火與石鬼斧神工的結合。和闐一左一右的兩條河，一個送來的是白玉，一個送來的是墨玉。黑白二玉的傑出代表，一是北京故宮的一萬斤重的青白玉群雕大禹治水，一是北京北海公園團城收藏的墨玉大玉鼎。

2 **艾得麗斯綢**：古代東方的絲綢經過絲綢之路運到遙遠的羅馬、伊朗、土耳其等地時，價格比等重的黃金還重，因爲當地人不會養蠶取絲。爲了壟斷絲綢的祕密，當時中國和懂得養蠶的某些西域小國，嚴禁蠶種出口外傳。爲了衝破技術堡壘，和闐的王子娶了中原的公主，私囑公主帶蠶種來。公主把蠶種架在帽子中間，瞞過了本國的邊境檢查。從此和闐開始植桑養蠶，再後來羅馬才從和闐學到養蠶織綢技術。今天和闐的艾得麗斯綢仍採用千年前取絲織綢的方式，色澤絢麗，與杭州道地的中國絲綢風格大異。

▲石頭城

白草通疏勒——喀什

「白草通疏勒，青山過武威。」（岑參《發臨洮將赴北庭留別》）繼續西行，絲綢之路的南線與北線最終會合於帕米爾高原上的疏勒鎮（今新疆喀什市）。唐時的疏勒爲蔥嶺（今帕米爾高原）的第一重鎮，東去的商賈在翻越高原後，要在此修整和分發貨物；西去的旅客則必須在此做好翻越前的物資準備。

唐代疏勒的遺址，在喀什之東約三十公里處，附近是一片窪地，尚存有佛塔和寺廟的殘跡，並發現了阿拉伯銀幣。

今日的喀什似乎更是因爲傳說中香妃的葬地（喀什市東北郊的浩罕村）而出名。據說香妃死後乾隆皇帝派了六萬六千六百六十六人的送葬隊伍，抬著香妃的棺木返回故鄉，棺木不可以落地。當棺木送到喀什時，送葬隊伍只剩下六人。雖然只是傳說，但可以看出通往西域的路是多麼難行。

喀什，是中國伊斯蘭教最早傳入的地方，伊斯蘭教寺院及古蹟也保留得最多。市中心的艾堤尕爾寺，能同時容納八千名穆斯林做祈禱，是中國最大的清眞寺。建築呈米黃色，外牆上的拱門、拱頂漆成白色，三座塔樓鼎立，塔尖上有三彎新月，給人以莊嚴、肅穆的感覺。「主麻日」（星期五）穆斯林都會聚集在這裏，朝拜他們心中的阿拉。

小常識

西域名人錄

于闐人多姓尉遲。唐初名將尉遲恭，大畫家尉遲跋質那、尉遲乙僧父子善畫外國人及佛像，尉遲青善吹篳篥，尉遲章善

▲艾堤尕爾寺

▲大禮拜

吹笙。疏勒人一般姓裴。唐玄宗時忠武將軍裴沙死於洛陽府第，裴興奴是琵琶高手，裴神符是著名樂工。龜茲人姓白，著名者有樂府伶工白明達、名將白孝德等。據考證，白居易也是龜茲人的後裔。

因爲處於帕米爾高原，喀什的星空可能是中國最美的星空。用三百二十倍的望遠鏡觀察，可看到月亮上有好多小洞，金星上的兩條環形黑紋看得很清楚，左右各有一顆小星星相伴。幸運的話可以看見一顆流星在天空中一劃而過，趕快許個心願，沒有運氣的只能看見人造衛星在天上慢慢地穿越而過，也挺美的。

▲巴扎一隅

南疆錦囊

1喀什的巴扎（維吾爾語，意爲集市）是全國最大的集市之一，幾里路長，喜歡波斯風格和阿拉伯風格藝術品的人在這兒會樂而忘返。

2去烏茲別克山口的路上，明鏡般的高山湖泊映著藍天、雪峰，如人間仙境，

▲慕士塔格峰

美得無法形容。山都很高，公格爾峰（海拔七千七百一十九公尺）、公格爾九別峰（海拔七千五百七十九公尺）、慕士塔格峰（海拔七千五百四十六公尺），都是千年不化的雪山。

3塔什庫爾干塔吉克自治縣內有兩處奇觀。一是石頭城，石頭築成的唐代渴盤陀都城。二是公主堡，在大山裏的某一個山頂上，也是一座石頭城，城堡裏有一個大平臺，中間長著一棵很奇怪的樹，樹根部位很粗很壯，但樹幹卻很細，樹齡很大很大，有人說是活樹，也有人說是死樹；上述兩個地方的路都很難走。

第三章

慢慢地陪著你走

長城與黃河

我們肯定會老，乃至死亡，
而曾經屹立的長城會以一種加速度被風雨剝蝕而癱伏在地平線。
我們肯定會老，乃至死亡，
而曾經滔天之水的黃河會變成涓涓細流，
繼而只留下龜裂的河床。
容我，在老去之前，慢慢地，陪著你走。

出塞曲

如果要看長城，真的應該來河西走廊，來古時的涼州與甘州。從地圖上可以看出，河西走廊的長城與公路線大致平行，有時極斜地相交。它離我們很近，有些地方近得打開車門好像就能碰到它城垛上的黃土。它像一隻倒下的雄獅，王氣雖存，但鬃毛已頹。大漠沙如雪，關山月如鉤，長城就在這如雪戈壁和如鉤新月的注視下，慢慢地老去，在很多地方，它的烽火臺已經老成一坯黃土堆，它的城垣已經老成一線田壟。要看長城，趕緊到河西走廊來。真的不知道，這綿延了兩千年的黃土牆，還能讓我們看多久，大漠的風，吹得實在太凌厲，已經變成黃土壟的長城，近乎不堪一擊。對如何保護古長城，中國目前似乎還束手無策。

飲馬長城窟——嘉峪關

修長城絕對是中原農民式的想法，游牧民族背景的朝代就對此不屑一顧，像唐朝、元朝、清朝。唐代國力強盛，從來沒有想過要利用長城來防禦敵人，前代的長城只是象徵性地得到一定的修繕。崔湜《大漠行》曰：「但使將軍能百戰，不須天子築長城。」這是唐人的自信。

從軍行（其二）　王昌齡

琵琶起舞換新聲，總是關山離別情。
撩亂邊愁彈不盡，高高秋月照長城。

● 在唐人的詩裏，長城是一個淡淡的背景——「高高秋月照長城」，古老雄偉的長城綿亙起伏，秋月高照，景色壯闊而悲涼。唐代兵強馬壯，無須誇耀長城之雄偉與易守難攻，他們關心的是人——長年守衛在邊塞的戰士的哀愁。就算琵琶翻出新的曲調，抒發的永遠是舊別情。

聽曉角　李益

邊霜昨夜墮關榆，吹角當城漢月孤。
無限塞鴻飛不度，秋風捲入小單于。

● 孤城深秋，濃霜滿地，榆葉凋零，晨星寥落，殘月在天，《小單于》樂曲的聲音是那樣地嗚咽悲涼，捲入肅殺的秋風之中，使得由塞北南歸的鴻雁（塞鴻），再也不敢飛越這關城。雁猶如此，人何以堪。每日面對著長城的靜默與荒涼，再歡悅的心，再雄大的建功立業的決心都會被消磨掉。長城下白骨連連，蒿草瘋長。

塞下曲　王昌齡

飲馬渡秋水，水寒風似刀。
平沙日未沒，黯黯見臨洮。
昔日長城戰，咸言意氣高。
黃塵足今古，白骨亂蓬蒿。

●二十七歲的時候，王昌齡隨軍出征，行至離臨洮（今甘肅岷縣）不遠的長城處，飲馬於泉窟，「水寒風似刀」，馬鳴風蕭蕭，路過的征戍人不禁悲從中來。漢樂府有《飲馬長城窟行》：「飲馬長城窟，水寒傷馬骨。」語辭簡單但擊中人心，以至後人常以這兩句話來表現艱苦的行役生活。

唐人飲馬長城的時候肯定在想，已經到了天的盡頭了。嘉峪關東四十公里處的天城。讓人感覺好像走到生命的盡頭，人世間一切喧鬧在此不可能有半點回聲，像是一種可怕的死寂。無法想像中國人怎麼敢在這樣的地方構築長城，光是走一趟都可能會恐懼而

▲嘉峪關

死。不用說寸草不生，連一點生命的跡象都沒有。

爲什麼這地方叫做天城呢？最初來到這裏的人一定感到什麼：到頭了，再往前就是無限的空寂和死滅了。打住吧，不能再往前走了，到了天邊了。

唐代時，長城的西端大致在臨洮（今甘肅岷縣）、五原（今內蒙包頭附近）及大同（今山西大同）一帶。到了明朝，才將長城的西端大大地西延，使其終點到達肅州（今甘肅嘉峪關市），並在此修建了著名的嘉峪關。與歷代長城相比，嘉峪關似乎太精緻了。歷經六百多年風雨的城牆仍土木夯實；關城由內城、甕城、外城、樓閣和附屬建築建成，重城並守，易守難攻；中城裏將軍府位於城心位置，象徵城中統治中心地位的同時，也與將士的營地正面相對，時刻掌控下級的動態；城門上建有十七公尺高的三層木結構關樓，城四隅建有城堡式的角樓與角臺，構成了一個壁壘森嚴的軍事防禦工程。

明洪武五年（公元一三七二年），歐洲已經告別中世紀的黑暗正往文藝復興的路上了，我們還花整整一百六十八年來修築這樣一座「天下雄關」。防不住塞外民族的兵強馬壯，倒是給後人留下一個旅遊景點。登上城樓，遠眺長城如巨龍直逼祁連山腳，祁連雪蓋峰頂，大漠孤煙直，豪氣頓生。

嘉峪關錦囊

遊嘉峪關四要點：

1遊覽關城，應穿休閒鞋或布鞋。

2關城範圍內，不得亂刻亂畫。

3不得鳴放鞭炮和點明火。

4在「擊石燕鳴」處，不得用石子敲打城牆。（這堵牆傳說是有燕子的陰魂嵌入牆內，陰魂不散，時常發出「啾啾」之聲，以呼喚自己的伴侶。）

記取黃河溫柔時——銀川

中原文人自古就把黃河稱做「母親河」，唐詩中有關黃河的詩歌數不勝數。「九曲黃河萬里沙，浪淘風簸自天涯」，那時沒有飛機，但劉禹錫把黃河九曲都能描繪出來，很了不起。看到黃河想到銀河，也難怪他；唐時黃河上游清清澈澈，九曲十八彎，地勢由高而低宛如「黃河之水天上來」，比之銀河，倒也確切。

浪淘沙　劉禹錫

九曲黃河萬里沙，浪淘風簸自天涯。
如今直上銀河去，同到牽牛織女家。

天下黃河富寧夏。這片土地是黃河的寵兒，黃河將她的溫柔留在此處。這裏曾經水網密市，在陽光的照耀下，河川閃著銀色的光芒，銀川因此得名。那時，人們搖著小船在街巷裏行走。

這裏曾經聳立水車兩百五十二輪，是「水車之鄉」敘利亞哈馬市的八倍多。黃河大大方方進來，用她的身體去帶動水車轉動，使水車能倒挽水灌田，提灌面積多達十多萬畝。可後來，母親的身體愈來愈笨重，因爲她的子女們每天都餵她吃好多好多東西，漸漸地，她轉不動水車，漸漸地，鱗次櫛比的水車也沒有了。蘭州現在有一座水車園，但它是用電力發動，專爲哄遊人建的，已失去它原有的意義了。只有西固城到新城段這一路古老的水車仍在吱吱嘎嘎地轉著。水從河中源源不斷汲上來，激起一道微小卻輕妙的彩虹，又落入

▲青銅峽一〇八塔

▲九曲黃河

渠中，汩汩地流去。

這樣溫柔的黃河適合以「渾脫」渡之。渾脫就是羊皮筏子。渾作「全」解，脫即剝皮。顧名思義便是完整的羊皮做的革囊。張張羊皮都精挑細選，歷經浸水、曝曬、拔毛、灌鹽水、塗麻油等一道道工序。充上氣，只只鼓漲，個個紅褐，仰面朝天，如同列隊的烤乳豬。十幾隻革囊並在一起，上面架若干柳木，再用小繩捆綁，就是一隻筏子。

神閒氣定，不急不慌地劈槳撥水，渾脫盤旋著順流而下。看水面瀲灩柔若黃綢，忽然在沙坡頭，石壩將黃綢一劈為二。一半奔流到海不回頭，一半被壅高水位，逼入水渠。據古籍記載這渠始建於漢代，如今渠首已是十里長堤。順流而下，田禾青青，阡陌相連。歷史上修築的秦渠、漢渠、漢延渠、唐徠渠；修復新建的支渠、農渠、毛渠、斗渠……縱橫交錯，織成水網，養育出這片塞上江南。

不著一槳，只靜聽天籟，漸漸地有了火車轟隆，天線飛架，高峽出平湖，青銅峽到了。四十二公尺高，六百多公尺長的青銅峽大壩將黃河攔腰截斷，形成一座波光浩淼的大水庫。水庫西面峻峭的山坡上，依山而建的是一〇八座塔。坐西朝東，背山面水，山勢由上而下，錯落有序，塔群林立，呈一、三、三、五、五、七、九……奇數排列，構成一個等邊三角形的大型塔群。查查書，這裏是唐將李靖大敗的古戰場。塔始建的年代無可考，不知是否見過唐時名將或宋時兵？只知塔中曾出土西夏的帛書，猜測一〇八塔應是象徵人生的一百〇八種煩惱。數一個塔即除一種煩惱，如能一口氣數清所有的塔，則可盡除人生所有煩惱。

背倚高山，面朝開闊峽谷，黃河從谷底蜿蜒而過。一〇八塔俯瞰著兩岸芸芸眾生，聚散離合，逝者如斯。

記取黃河溫柔時。過了寧夏，黃河便在陰山前碰了壁，負氣向東；不料又撞到了呂梁山，她無法逾越，復改向南。折了這兩個直角，使她胸臆鬱悶，怨氣上升。她更看不慣黃土高原的溝壑，嫌他既不雄渾，又不陽剛，到處是手腳。她便發著怒穿過秦晉大地。至潼關，她已無心與秦嶺糾纏，一扭身，又拐了個直角，向中原大地沖去……

寧夏錦囊 1

1 乘羊皮筏子暢遊黃河，那種感覺，怎一個「爽」字了得！皮筏浮力極好，容易操作控制，遇上湍急水流時快如飛箭，兩岸青山唰唰唰地向後退，從沙坡頭到青銅峽這段漂流，眞是飛流直下驚濤拍岸。

2在漂流途中可隨時攏岸，在河灘上揀些五顏六色的卵石，到農家吃一碗蒿子麵，夜宿河邊。

3青銅峽市距銀川市五十七公里，南距「世界沙都」——中衛沙坡頭一百二十公里。境內黃河中貫，兩岸峭岩夾峙，千姿百態，令人目不暇給。

何人倚劍白雲天——賀蘭山

常常在古詩中與賀蘭山邂逅，便對山有了遙遙的幻想，想起這山便聽幽幽的號角，隱隱的廝殺聲。

老將行　王維

賀蘭山下陣如雲，羽檄交馳日夕聞。

和李秀才邊庭四時怨　盧汝弼

朔風吹雪透刀瘢，飲馬長城窟更寒。
半夜火來知有敵，一時齊保賀蘭山。

滿江紅　岳飛

駕長車，踏破賀蘭山缺。
壯志飢餐胡虜肉，笑談渴飲匈奴血。
待從頭，收拾舊山河，朝天闕。

古書上說賀蘭山的得名是因爲：山樹木青白，望之如馬，蒙古人稱之爲賀蘭。想來昔日的賀蘭山應該是鬱鬱森森，水草豐茂。歷經千年戰亂，濫伐濫墾，今天的賀蘭碎石嶙峋，山勢崢嶸。裸露的岩石上是水沖刷的印記，黃色的衰草在風中抖動。但這正暗合了今人對邊塞雄關的想像，蒼涼而偉岸。

賀蘭山的十二條山口裏散落著數千幅岩畫，樸拙得讓人心動。用獸角、用石器、用粗糙的金屬，或刻或鑿或磨，數千

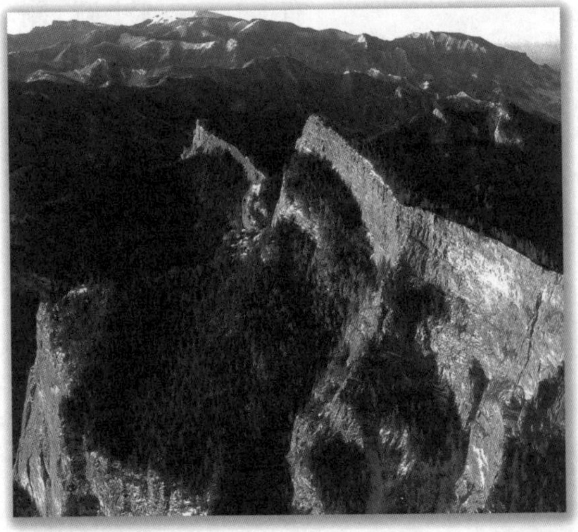

▲賀蘭山山勢險峻

年前的牧人將與自己朝夕相處的馬羊，將剛剛結束的一次狩獵，將與心愛女人最歡愉的時刻留在了石壁上。沒有流傳千古的野心，簡簡單單幾筆，只是一時的興趣，只是一種記錄。

公元七七五年，當時最出名的軍旅詩人，大曆十才子之一的李益，路過賀蘭山東面的鹽州；他有二十七歲的年齡，四十七歲的容貌。

▲賀蘭山岩畫中的太陽神

鹽州過胡兒飲馬泉　李益

綠楊著水草如煙，舊是胡兒飲馬泉。
幾處吹笳明月夜，何人倚劍白雲天。
從來凍合關山路，今日分流漢使前。
莫遣行人照容鬢，恐驚憔悴入新年。

如果李益看到賀蘭山的這些岩畫，也許會慨歎快樂原來就是這麼簡單，賀蘭山中自有幸福，何必在這笳聲響起的春夜「倚劍白雲天」？又何必怕「照容鬢」「憔悴入新年」？

▲西夏王陵

賀蘭山後來容納了李元昊以及此後西夏八個帝王的軀體。每個陵園都十分巨大完整，儼然一座小城。城牆四面環繞，亭臺翼角昂然。所有的建築都披著綠色的琉璃瓦，在陽光下流光溢彩，儀態萬千。那時賀蘭山也是綠的，是水草豐美的。所有的一切都青蔥旺盛，西夏國的基業也正在展開……

寧夏錦囊②

1賀蘭山岩畫以距銀川市四十多公里的賀蘭口較為集中，交通也方便。

2西夏王陵位於寧夏銀川市西郊三十五公里和賀蘭山東麓山前沖積扇地帶，是中國現存規模最大、地面遺跡保存最完整的帝王陵園之一，現存遺址多為圓錐形，被稱為「東方金字塔」。

3賀蘭石產在賀蘭山，呈天然深紫與豆綠兩色，紫中有綠、綠中有紫的「三彩」石質是賀蘭石中的上好佳品。

如果夾雜褐色石線，那就是寶中之寶了。賀蘭石是雕刻石硯的上好材料。挑選賀蘭石硯不僅要觀察石質，更要看雕工與圖案如何。在寧夏博物館及有些景點附近，有刻有西夏王陵中出土的大力士形象的印章石出售。此物結合了賀蘭石與西夏王陵兩個寧夏特色，十分有紀念意義。

▲西夏文字筆劃繁多，無人能破解

▲岩畫中也有西夏文字

不教胡馬度陰山──陰山

一直以為長城就在陰山上蜿蜒，而黃河就在陰山下流過。一看地圖，才發現長城在賀蘭山就掉頭南下，並沒有走到陰山上。但是為什麼一提到長城就要說到陰山？《出塞曲》裏，陰山與長城、黃河爲何總是關鍵字？

出塞　王昌齡

秦時明月漢時關，萬里長征人未還。
但使龍城飛將在，不教胡馬度陰山。

●有「詩家天子」之稱的王昌齡，和李益一樣，也是唐代著名的軍旅詩人。此詩被推許爲唐詩七絕的壓卷。秦時明月曾經照過漢時關，長城雖險，只要有漢代飛將軍李廣那樣的將軍守衛邊境，胡人的騎兵怎能越過陰山入侵？陰山在印象中就與長城一樣成爲華夷的劃分界線。

唐代前中期，突厥是主要敵人，唐政府在陰山地區修建了東、中、西三座受降城，安史之亂後，吐蕃興起，三城又成了防吐蕃的前線。

夜上受降城聞笛　李益

回樂烽前沙似雪，受降城下月如霜。
不知何處吹蘆管，一夜征人盡望鄉。

●不再奢望龍城飛將收復關山，不再豪氣萬丈地放言「不教胡馬度陰山」，受降城裏，思鄉的蘆管總在月明的晚上響起。詩至李益，盛唐之音亡矣。

陰山錦囊

隋唐時期，呼和浩特地區稱爲「白道川」，唐朝曾在此設置「雲中都督府」和「定襄都督府」；「東受降城」就在今呼和浩特托克托縣縣城附近，城已消失在地平線上，但比之更爲久遠的戰國時期趙長城卻依然屹立。

大話西遊之寧夏

你可以說《大話西遊》（電影名）太搞笑，但是，你絕對不可以說《大話西遊》裏的景色不美。據專家考證，《大話西遊》如實且生動地反映了寧夏的風光。

紫霞泛舟——沙湖

影片開頭，紫霞泛舟於沙湖。

影片結尾，紫霞在悟空心間留下一顆眼淚。這意味著一種宿命。沙湖，就是留在沙漠上的一顆晶瑩的淚珠。

沙湖，有沙亦有湖，最乾燥與最潤澤的景象並列在一起，好比紫霞與青霞。與騰格里相比這裏的沙漠是乖巧細膩的，方圓數百公里綠色蒼蒼的平原上平地生出了一座沙山，溫柔地襯著身旁的湖泊。

湖很大。浩浩蕩蕩，明媚碧綠。蘆葦以人類所意想不到的方式生長著——不是賀蘭山般的連綿，而是三五成群，花團綿簇地散開在湖面上，範圍約莫五十平方公里；它們絕不選擇湖岸，而是一團一團像蘑菇一樣點綴在水中央，寧願做流浪的人，享受飄飄蕩蕩靠不了岸的感覺，任水鳥飛棲枝頭，生長繁衍；而且，在每個群體之間都有一定的距離，拓開一條水道任舟飛揚。

舟行之處偶爾有水鳥凌空而起，盤旋復盤旋，丟下幾聲淒厲的啼叫。夏季的時候，這裏有成千上萬的鳥兒，天涼了，他們聽從季節的召喚南飛，留下一灣秋水寂寞地蕩漾。

沙湖位於寧夏平羅縣，距銀川市區五十六公里，開發於一九八九年，而最終成爲寧夏旅遊資源的後起之秀和中國三十五大王牌景點之一。沙湖擁有萬畝水域、五千畝沙丘、兩千畝蘆葦、成群魚鳥，最近又開發了千畝荷池。

▲沙湖

小常識

寧夏旅遊物品清單：

1**衣物**：深居內陸的寧夏，是典型大陸性氣候，冬長嚴寒、夏短酷熱、雨少乾燥、風大沙多。年平均氣溫五～九℃。最佳旅遊季節爲五～十月份。當地晝夜溫差大，尤其是沙漠地區。因此準備夏秋兩季衣服十分必需，若九、十月份則應該攜帶冬季服裝。需要注意的是各種衣物都應穿脫方便，以便隨時添減。顏色鮮豔的防雨綢外衣是一個極好的選擇。鮮明的顏色；不但照相時是景色中的點綴，萬一迷途，也便於他人尋找，且光滑的布料，不著沙塵，易洗易乾。

2**必備用品**：即使在十月份進沙漠，防曬也是十分必需的。防曬霜、遮陽帽、墨鏡、手套、再加上一塊較大的白紗巾是再好不過了。在寧夏住宿一般都可找到沐浴的地方，但進沙漠後，水十分寶貴，不能洗澡甚至不能洗臉、漱口。因此買一罐爽身粉，每天擦在易出汗的部位，能夠舒適不少。還有口香糖應該隨身攜帶。

3**其他**：手電筒、小刀、火柴、望遠鏡（觀景亦可觀星），足夠的電池、針線、寬膠帶、防蚊油。這些小物品可能會給你幫大忙。

東方好萊塢——鎮北堡

鎮北堡（華夏西部影視城）位於銀川西北三十公里，號稱「東方好萊塢」，大陸著名作家張賢亮是這裏的發現者和策劃者。

明朝弘治年間。官府決定在自古以來就是征戰之地的賀蘭山腳下修築邊塞城堡。鎮北堡便是其中的一座，寓意鎮守北疆，綏靖邊患。幾十年中，人們把蒸過的黃土用石夯夾板層層夯砸，築成堅如磐石的土牆，修成牢不可破的城堡。「雖悍敵萬騎，不過仰視而已」。

可是滿族人卻從東北打了進來，本是為戍邊而建的城裏從未經歷過戰火，寂寞地守在荒涼的土地上，淪為牧羊人的領地。在風中坍弛、在大地震中毀損。乾隆時緊挨著鎮北堡又修建了一座新堡，仍稱「鎮北堡」。附近的農民在厚厚的城牆上挖出一個個深窟窿，名曰「小高爐」，用來「煉鋼」；這給予了鎮北堡更徹底的破壞。

▲鎮北堡

一九六一年，一位在附近農場勞動的大陸作家，來這裏趕集。他看到了黃土地深處的生命，被深深震撼。於是這裏第一次走進小說——《綠化樹》，此後又無數次走進銀幕，如今它有一個新名字：華夏西部影視城。

昔日的兵塞成了上演悲歡離合的舞臺。大漠、殘陽、烈酒、復仇、愛情、背叛、土匪、八路、不洗澡、老棉襖、人肉包子、神祕駝隊……

以前它得意於堅固，而今它出賣於荒涼。

小常識

寧夏美食推薦：

1**炸油香**：又圓又厚正中有洞的油餅，是回民的傳統食品。炸時不放鹽，也不放糖，吃起來外焦裏嫩。一年一度的開齋節和古爾邦節是吃油香的佳節。

2**饊子**：寧夏饊子每一根有拇指粗，股細條勾勻，焦酥香脆，圖案新穎別致，也是回族節日的特色食品。

3**白水羊肉**：銀川名菜之一。一般選用生長一至兩年的羯羊，活羊屠宰後按不同部位切塊，文火煮四～五小時。不論涼吃還是熱吃，都清淡爽口，肥而不膩，又香又嫩，享有「逆風十里香」的美譽。

4**南梁瓜**：銀川特產的西瓜，是西北最優良的瓜種。體積大（一般可達十～十五公斤）、籽少、瓤多，可以保存半年之久。隆冬時節，吃著西瓜看雪花，別有情趣。

猴牛大戰——騰格里沙漠

牛魔王和孫悟空大戰那天，騰格里沙漠黃沙蔽天，太陽通紅，天地爲之變色。

騰格里在蒙古語裏是「天一樣大」的意思。騎著駱駝走了兩天，卻只還是在它的一線邊緣徘徊。

木蘭辭

可汗問所欲，
木蘭不用尚書郎；
願借明駝千里足，
送兒還故鄉……

不知木蘭要騎多久才能穿越騰格里沙漠回到故鄉？駱駝走得很慢，它總是一側前腿和後腿同時邁步，駝鈴叮噹，人安坐於駝背上，左搖右晃，跌宕起伏，漸漸地入睡，一任駱駝穩穩向前。

涼州辭　張籍

邊城暮雨雁飛低，蘆筍初生漸欲齊。
無數鈴聲遙過磧，應馱白練到安西。

漢唐時候，絲綢之路上的主要運輸都是由駱駝來承擔的。中亞人、阿拉伯人、波斯人趕著駱駝奔走於中土與西域之間。每個「蘆筍初生漸欲齊」的溫暖季節，一列列駱駝商隊馱著白練「萬里向安西」。張籍寫《涼州辭》的時候，安西都護府的轄地和涼州盡入吐蕃手中，「絲綢之路」向西一段也被吐蕃所占，「應馱白練到安西」的駱駝商隊於是就地駐紮下來。他們膚色行貌不同，語言習俗各異，但伊斯蘭教是他們共同的信仰，人們叫他們「回回藩客」、「回回人」。有時戰亂持續幾十年，絲路生意看來是做不成了，他們留下來，與當地女子成婚、繁衍後代，如今他們已是人數眾多、銀川及周圍的大片土地也因他們而被稱為「寧夏回族自治區」。

▲騰格里沙漠

寧夏錦囊③

1 猴牛大戰的場景其實就是騰格里沙漠每年五月前後的沙暴天氣。沙暴來臨之前，廣袤的沙海風平浪靜，天藍日紅，毫無徵兆。但眨眼間就有沙雲滾滾自天邊襲來，頓時天空黑幕四合，飛沙走石，直至天昏地暗，彷彿天地換位，宇宙倒旋。

2寧夏中衛縣城西二十二公里處的沙坡頭，西北臨騰格里大沙漠，南伴壯闊的黃河。可乘駱駝進入沙海深處，晨觀沙海日出，暮賞炭山夜照；近訪古渠龍口，遠眺蔥蘢沙嶺，遊目騁懷。

3始建於明永樂年間的中衛高廟保安寺，有一種黃土的厚重感。廟外，有唱秦腔的，有推牌九的，有賣烤地瓜和饊子的。一切的市井吵雜都使人感到高廟生生不息的活力。

4寧夏博物館在銀川承天寺寺裏，一塊錢人民幣的門票和五塊錢人民幣的博物館票，可讀完寧夏的歷史，值得。

5南關清眞寺（銀川的標誌），納家戶清眞寺（寧夏永寧縣），同心清眞大寺（寧夏同心縣），都是穆斯林心中的聖殿。

6伊斯蘭宗教用品在銀川十分豐富，織有經文的精緻小掛毯，鑲著花邊的白帽……都十分別致。如果有興趣可以到南關清眞寺去看一看，那裏有專售這類用品的小店。在銀川如果想去大商場採購，可以到新華街一帶，或去著名的老商業區鼓樓南街。買土特產和副食則可以去銀川市商城。

7寧夏五寶：枸杞、甘草、賀蘭石、寧夏灘羊、髮菜。

河邊的故事

東邊我的愛人——米脂

貂嬋，米脂人，呂布，綏德人，又一個英雄美女故事。想當年，呂布「東邊我的愛人，西邊黃河流」，何等快意！

米脂和綏德都在無定河邊，此河發源於內蒙古自治區額爾多斯，向東南流，經過陝西榆林、米脂、綏德等縣，至清澗縣入黃河。河雖小，由於地處漢唐邊塞，漢時匈奴，唐時突厥常從這一帶入侵，所以知名度頗高。

隴西行　陳陶

誓掃匈奴不顧身，五千貂錦喪胡塵。
可憐無定河邊骨，猶是春閨夢裏人。

●晚唐詩人陳陶並不知名，但這首《隴西行》卻非常出名。本不爲人知的無定河也因詩而名，身穿貂裘錦衣的五千精銳部隊葬身於此，足見戰鬥之激烈。「無定河邊骨」，「春閨夢裏人」，一邊是現實一邊是夢境，一邊是悲哀淒涼的枯骨一邊是年輕英俊的良人，陝北土地總是承載著一種悲劇意味。

有天晚上到綏德城牆外一個大空地前看野臺戲，鏗鏘的鑼鼓聲中一些身著古裝的人粉墨登場，捏著假嗓唱著什麼我一句也沒聽懂；這就是中國陝北。在微寒的夏夜裏，在耀眼的燈光下上演，灰頭土臉，衣衫襤褸的遠近農民都大聲喝彩，我第一次感到秦腔具有了悲愴的意味。

也許長城就是悲愴的代言體。在陝北榆林，廢墟般的城牆提供了一種荒蕪寂寞的生存背景。孤獨的牧羊人，爬上廢棄的長城獨坐，如一棵孤獨的樹和一塊靜止的石頭一般。他在看什麼，在想什麼，我永遠參不透。

陝北錦囊

1榆林，又稱駝城，位於陝西省最北部，管轄米脂、綏德等縣。距今六千年前後的仰紹文化、龍山文化遺址遍布無定河兩岸，萬里長城蜿蜒橫貫榆林七百餘公里。

2綏德既爲兵家必爭之地，綏德漢子必然弄拳習武，高大剽悍，頗具陽剛氣，只是米脂姑娘實在是黃土高原的異數。據說米脂的小米金光燦燦，煮成小米粥，上面漂著一層淡淡的油脂，吃小米飯長大的姑娘也就玉面如花，膚如凝脂。只可惜，今天米脂姑娘不吃小米粥了。

3王家衛的電影《東邪西毒》在國際上得過最佳攝影獎，片中拍的正是榆林奇特的沙漠風光——紅石峽。榆林是比平遙還要大的明清古城，長城古舊破殘，民窯古樸，毛烏素沙漠一望無際，二郎山上有漂亮的稚雞，紅石峽有無數摩崖石刻，每當夕陽東照，紅石映日，格外美麗。榆林城外有號稱「萬里長城第一臺」的鎮北臺，登臨可見遠遠延伸的古長城和烽火臺，可惜城磚早就沒了只剩夯土。

▲紅石峽

大紅燈籠高高掛——平遙

五男二女七子團圓，是歷代小說戲劇裏大富之人的標誌。最著名的是唐朝大將郭子儀，一生有七子八婿，富貴壽考冠絕古今，家裏上朝的笏擺滿了床，明清到民國，以此爲題材的戲曲《滿床笏》是中國最受歡迎的節目。《紅樓夢》裏賈府唱酬神戲，賈老太太因拈著了這齣戲而喜出望外，就是典型的例子。

郭子儀的福氣，一直福蔭到清代的「晉商」。平遙城「日升昌票號房」、祁縣的「渠家」、「喬家」和太谷縣的「曹家」、靈石的「王家」，當年都是稍稍跺跺腳，中國就抖幾抖的家族。據說中國清朝期間排名前十幾名的百萬富翁都是山西的，這些富翁一年的收入相當於整個清政府財政收入的六分之一。而今山西

▲郭子儀

總透著一股濃濃的破落貴家子氣。那些高牆深宅的院落，那些票號高高的木櫃檯，那些暗合八卦之道的整整齊齊的大路，都在無聲地告訴你：我們原先闊綽過的。

郭子儀，是平定「安史之亂」，再造唐室的四世重臣。皇帝代宗一高興，把刁蠻的昇平公主下嫁給郭子儀兒子郭曖，害慘了郭家。平時夫妻倆見面要經過官家批准，公主在宮門掛起紅燈，方可准許駙馬覲見，進宮之後，附馬要先向公主行君臣大禮，然後才能再論夫妻之情。有一天郭子儀生日，七子八婿都來祝壽，就是郭曖的夫人昇平公主不來拜見公婆。郭曖一氣之下回宮怒闖紅燈打金枝，闖下大禍，郭子儀綁子上殿請罪。代宗不僅沒有指責，反給郭曖加官進爵，並勸其夫妻和睦相處。代宗諭郭子儀曰：「不癡不聾，做不得阿家翁，兒女閨閣中語，不必掛懷」。公主會見老公駙馬必須「點燈」，這一規矩後來不知怎的變成山西富貴人家的

家規了，今晚睡哪房，就在哪裏「大紅燈籠高高掛」。如此隆重其事，體現了山西人遵守秩序的一面。

電影《大紅燈籠高高掛》在祁縣喬家大院拍過以後，院子裏開始到處掛紅燈籠，在青磚灰瓦之間做出強烈戲劇化的點綴。導遊會指給你看「那是三姨太上吊的小屋」，「這是每晚點燈的甬道」。其實，在喬家歷史中找不到電影的香豔，相反，家法非常嚴厲，根本不許納妾，即使無後，也只能從親戚家過繼孩子。

在院子裏轉來轉去，很明顯感覺到汾陽王郭子儀固守的東西仍在：家大業大的厚重，整齊規矩的家風，子孫枝繁葉茂。當年郭子儀受封的汾陽城雖是歷史文化名城，但是論體現山西特點，還是東邊緊挨著的平遙城。無論是城中的群體建築，還是具體到小小的四合院，漢人「天人合一」的「禮」序思想都在建築上得以表現，用那些套話說就是「五方四象、突出中心、強化中軸、面南爲尊」。全城房屋的布局都結合了龜殼和八卦的形狀建築而成，城中的街巷環環相通，熟路的人很容易找到捷徑，不熟路的人卻很容易在裏頭打轉出不來。

清明　杜牧

清明時節雨紛紛，路上行人欲斷魂。
借問酒家何處有？牧童遙指杏花村。

● 汾陽杏花村及汾酒聞名天下，源於杜牧此詩。汾酒性烈，在唐代是少見的蒸餾酒，比之唐詩同樣出名的「新豐酒」，汾酒更適合豪放人士的口味，所以欲斷魂的行人一喝就精神百倍。如今的杏花村，那種人在橋上走，水在橋下流；淚在橋上流，魂在橋下游的清明感傷意境早已不復存在。古時釀出汾酒的那眼「神井聖水」，現在作爲文物保存下來，建有「古井亭」。近年汾酒飽受假酒之累，一九九九年朔州假酒案遺患仍在，以至許多大酒店和名酒經銷店都見不到汾酒的蹤影。

平遙錦囊

1姓郭的人一定要到山西汾陽尋根。郭氏，姬姓，源自山西。郭子儀平定安史之亂，再造唐室，唐肅宗李亨在上元三年封他爲「汾陽王」，因此世人稱之爲郭汾陽。唐末在汾陽縣大相村爲郭子儀建廟立祀。每年春秋兩祭，天下郭姓望族都要雲集於此。二十世紀四〇年代，日本人毀了汾陽王廟，當地郭姓人家冒死搶救出兩隻琉璃獅子，以志後人。這幾年東南亞各國和香港、臺灣等地的郭姓華裔多次到汾陽尋根，昔年香火極旺的汾陽王廟不久就會重現世間。

2晉中的汾河兩岸散落著一個個藏金窖銀的大院，王家大院、喬家大院、渠家大院、曹家大院、常家大院，旅遊者去得多了，其實愈往深山裏，愈有大富人家。

大富人家、木格窗花、門匾、大紅燈籠、清水磚牆……晉商的老巢藏著深呢！

3平遙是世界文化遺產之一，旅遊開發相對成熟。它的十三華里古城牆，是現今中國最長的古城牆。雙林寺的神像彩雕個性鮮明，還沒經過翻修，反而使得各神像在歷史的封塵下更顯得像躍之欲出。

4平遙特有的推光漆器，還有各種繡功精緻的繡織品，有小荷包、花邊、鞋墊等。小吃也很多，有山西的各種麵食貓耳朵、片碗兒、牛腰腰等，還有桂花湯圓，一元一碗，有八大顆，香糯可口。喜歡喝酒的人還可以喝到正宗的黃酒，七元一瓶，還能到酒房裏看看釀酒的過程。平遙牛肉有眞空包裝，肉質鮮嫩，肥而不膩，很受遊客歡迎。

飛黃騰達——壺口

黃河壺口瀑布位於陝西省宜川縣東四十八公里處，是黃河上唯一的大瀑布，也是中國第二大瀑布。

將進酒　李白

君不見黃河之水天上來，奔流到海不復回。

行路難　李白

欲渡黃河冰塞川，將登太行雪暗天。

五千年前，天下滔滔。大禹治水，先導黃河，「兒啼不窺家。殺湍湮洪水，九州始蠶麻，其害乃去。」選定黃河中巨厄孟門，「鑿中如槽。東流懸注七十餘尺」。槽即孟門山間的河道，懸注七十餘尺，爲今日聖景之壺口瀑布。黃河水道一開，黃河也就可順暢而下，免於孟門之上大溢逆流。壺口因之流芳百世。黃河在壺口收束，利於往渡。於是在此演義了許多的史話。

公無渡河（箜篌謠）　李白

黃河西來決崑崙，咆哮萬里觸龍門。
波滔天，堯咨嗟。
大禹理百川，兒啼不窺家。殺湍湮洪水，九州始蠶麻，其害乃去。
茫然風沙，披發之叟狂而癡，清晨臨流欲奚爲。
旁人不惜妻止之，公無渡河苦渡之。
虎可搏，河難憑，公果溺死流海湄。
有長鯨白齒若雪山，公乎，公乎，掛罥于其間，箜篌所悲竟不還。

那天清晨茫然風沙，你要渡那「披發之叟」過河，「虎可搏，河難憑」，咆哮黃河豈是一葉扁舟能夠飛渡得了的？公渡之，公溺之，從此有位女子每日在黃河邊引箜篌悲唱：「公無渡河，公無渡河……」

汛期到壺口，幾里之外還是可以聽見那如撞擊萬張鼙鼓撼人心魄的轟響。瀑布寬度在五十公尺上下，落差三十公尺左右。黃河急速湧聚而來，黃沫翻飛，在寬約二十公尺的河口上，擁擠著急墮而下。濺起處，似騰起數丈高的霧團，伴以如萬千戰車前行似的轟鳴。

在有關龍門的傳說中，流傳最廣並深受人們喜愛的，大概要數「鯉魚躍龍門」了。相傳大禹鑿開龍門後，寬一里有餘，兩旁是山，不通車馬，魚鱉之類無法逆流而上。因此，每年暮春之際，江河湖海諸川的黃鯉魚便爭相赴龍門之下，成千上萬，跳躍行進，以期跨越龍門。而一旦跳過了龍門，魚便會變成龍。只是所及者寥寥，一年中能登上龍門的鯉魚不過七十二條。登上龍門之後，有雲雨相隨，天火在後面燒去了魚的尾巴，便化爲龍了。

▲壺口咆哮

張生跳牆——永濟

永濟，古稱河東、蒲州。在唐朝曾是中都，人們將河東與長安、東都洛陽相提並論，是中國六大雄城之一。河東世家在唐代有著赫赫聲威，僅文學家就出了王維、柳宗元、聶夷中，當過大官的就更多了。在蒲州城流傳著一個民謠：「站在鼓樓望南看，二十四家翰林院，對門三閣老，一巷九尚書，大大小小州縣官，三斗六升菜籽多。」。

中唐詩人元稹風流成性到處留情自然也到處留詩，沒想到他年少時的一段韻事，竟然被後人王實甫演繹成雜劇《西廂記》，原本始亂終棄的故事遂被美化成「願天下有情人終成眷屬」的淒美愛情故事——元稹——何幸！崔鶯鶯——何哀！

於千軍萬馬救美人於水火中，自是英雄本色，偏偏張生（其實就是元稹）又是風流才子，幾次三番以詩文挑之，鶯鶯愛他殷勤意兒切，遂寫下約會詩一首。

答張生（明月三五夜）　崔鶯鶯

待月西廂下，迎風戶半開。
拂牆花影動，疑是玉人來。

內裏燃燒著火焰，寫來卻一派明月清風，少女的矜持。「拂牆花影動」，張生跳牆，鶯鶯納之，此後兩月，二人享盡幽會之歡。時光催人，張生進京趕考，分別時約定日後高中回來迎娶，鶯鶯道：「始亂之，終棄之，固其宜也，愚不敢恨。」（「始亂終棄」一辭即由此而來）。

果然，張生長留長安不歸。兩年後，張生另娶，鶯鶯亦嫁人，一日，張生經過鶯鶯夫家，以表兄的身分求見一面，欲重拾舊歡，鶯鶯贈詩回絕。

告絕詩　崔鶯鶯

棄置今何道，當時且自親。
還將舊時意，憐取眼前人。

曾經那麼愛你的心被無情地拋棄，今日還有什麼情意可敘？情已逝，愛難追，還是把那份愛意，留給你身邊的人吧。詩中有悔不當初的自憐，更多的是棉裏藏針的他砭他怨。在歷經絕望的等待後，她終於寸步不讓，維護了一個女人在負心郎面前最後的尊嚴。

可恨張生（元稹），竟將這段兒女情事敷衍成文。《會眞詩》將二人歡好場景重彩描繪，說什麼「氣清蘭蕊馥，膚潤玉肌豐。汗流珠點點，髮亂綠蔥蔥。」

可恨的張生，明明是始亂終棄，卻說什麼「大凡天之所命尤物也，不妖其身，必妖於人」，爲避免重蹈商紂王舊轍，拋棄鶯鶯尤物乃保身忍情，光明正確。

千載而下，人們到山西永濟縣西北十二公里的普救寺裏憑弔西廂，追述張崔愛情，可曾想過鶯鶯之恨？被拋棄已屬不幸，被曾經深愛過的男人當成談資，四處炫耀自己面對天生尤物而能全身而退，這種背叛，實在無可忍受，只有冷笑：這眞是你當初待月西廂的那個男人嗎？

永濟錦囊

1普救寺創建於唐代武則天時期，西臨黃河灣，東近中條山，寺址高聳，松柏滿垣。有一明代回音塔鶯鶯塔，挺拔俊秀。如今寺內沿張生當年遊歷的小徑重建了梨花深院、後花園、張生跳牆處等，並塑造了一組《西廂記》人物蠟像，再現了驚豔、鬧齋、賴婚、聽琴、逾牆、拷紅等戲劇場面，每年舉行「國際婚戀節」，處處張燈結綵好不熱鬧。

2永濟還有鸛雀樓。如果評選唐詩中被引用最多的詩歌，王之渙的《登鸛雀樓》可排第一。

登鸛雀樓　王之渙

白日依山盡，黃河入海流。

欲窮千里目，更上一層樓。

●四大名樓中只有永濟的鸛雀樓不復存在，成爲人們意象中的空中樓閣。當地政府爲了發展經濟，振興文化，正在籌集鉅資重修鸛雀樓。但願有朝一日，我們能夠身臨其境，親身體驗王之渙所描述的尺幅千里的壯觀景象。

十三棍僧救唐王——嵩山

▲少林寺

常說「佛門靜地」，似乎佛門不該與紅塵有點瓜葛，事實上，嵩山少林寺有今天之盛名，恰恰與唐帝國建立初年的一次政治投機有關。

當時王世充割據洛陽一帶，秦王李世民受困於此，少林寺曇宗法師看出李氏必得天下，遂與十三棍僧率眾弟子下山助戰，一番血戰，生擒王世充侄子王仁則。李氏奪得天下後，念少林寺護

▲十三棍僧

駕有功，特贈十三襲紫羅袈裟，田地四十頃，水碾一具，銀兩無數，特許和尚習武，爲保證營養，欽許少林和尚喝酒吃肉。其後千餘年，少林寺屢被燒寺整頓，與習武的特權有大關連。

當年達摩祖師來寺傳教，於達摩洞面壁九年，心靜如水，以至身影映於石上，何曾想過弟子下山爲王事拼殺？用的還是達摩棍法？只是有「物」必有「用」，出世如少林高僧亦不能免俗，達摩祖師當初傳授武功於弟子，就必定會想到武功乃是紅塵物，少林從此難免俗。

當然俗與不俗並沒有明顯界限，凡有大成者，達到了上乘的境界，似乎便可以不拘泥於俗規，超脫於形式之外，古也有云：「酒肉穿腸過，佛祖心中留。」因此少林之俗，孰是孰非，惑也！

今日的嵩山少林寺，論專業程度，遠不如四大佛教名山，每一山都有特定菩薩的道場。山西五臺山是大智文殊菩薩；四川峨眉山，大行普賢菩薩；浙江普陀山，大悲觀音菩薩；安徽九華山，大願地藏菩薩。論名氣，少林儼然天下第一。少林和尚個個身懷絕技，膽識超群，且樂於傳武授道。多少熱血少年為之魂牽夢縈，踏破鐵鞋。大約一百多所私營的武術學校布滿嵩山，少年武士們排著一列又一列整齊的隊伍，在各自教練的口令下沿山道慢跑。

洛橋晚望　孟郊

天津橋下冰初結，洛陽陌上人行絕。
榆柳蕭疏樓閣閒，月明直見嵩山雪。

● 某個下雪的傍晚，詩人孟郊推開窗子遠望，在明淨的月光下，一眼看到嵩山上皚皚白雪，精神為之一振。此詩三、四句為千古名句，大概在唐代，從洛陽遠眺嵩山並不難而且是陶冶性情的事情。當時嵩山還有許多詩人隱居，孟浩然、王維曾小住於此，當然，這也跟嵩山離洛陽近有關。

少林寺內古柏林肅穆靜寂，散發著一種清眞、安詳、淡泊的空氣，讓人暫時忘卻武林莽漢的強悍霸蠻之氣。畢竟是千年古寺，住持方丈以上的高僧圓寂後骨灰（佛的舍利）存放在塔裏，建在一處，成了塔林（級別相當於北京的八寶山），從唐貞元年間（公元七九一年）至公元一八〇三年，有佛塔兩百四十多座。有些妙齡女郎居然爬到塔上，擺出風情萬種的姿態拍照，罪過，罪過，叨擾了。

齊魯青未了——泰山

孔子登東山而小魯，登泰山而小天下。

論高度，泰山比不過華山和恒山，論景色，泰山遠不如廬山和黃山，但是泰山有天生的優勢：地處東方（古人認爲東方爲萬物交替、初春發生之地），東方紅，太陽升，天子們既然把自己比做天比做太陽，當然要到泰山封禪以示受命於天，炫耀所謂「文治武功」。漢武帝登封泰山後，評價說：「高矣，極矣，大矣，特矣，壯矣，赫矣，駭矣，惑矣。」古人沒有測高器，光從泰山周圍的平原和小山看，泰山當然高大無比，所以不要笑話孔子登山後「小天下」，當時的天下也就中原那一塊，泰山是能盡覽無遺的。

封禪泰山是評價一個皇帝「在任」期間功績的標準，作爲曠世盛典，儀式極爲隆重。泰山天柱峰的西北側，有一塊高大的石碑，上面刻著「古登封臺」四個大字，就是歷代帝王到泰山封禪告祭的封祀臺。帝王登泰山頂築壇祭天叫「封」，然後到泰山下面的梁甫或其他山上辟基祭地叫「禪」。封禪極其勞民傷財，一般是內風調雨順外無強敵窺伺的年代帝王才敢上泰山。但是看看泰山歷史，唐宗、宋祖、康熙、乾隆等盛世皇帝都沒上山，大概是好大喜功的帝王比如秦始皇、漢武帝、唐玄宗才會封禪表揚自己，亡國的秦二世也封禪，他的封禪石刻是丞相李斯篆書鐫刻而

▲秦刻石

成的，是現存最早的泰山石刻。漢武帝自認爲功德無量，無法用任何語言文字表達，所以封禪的石刻不刻一字，是爲泰山無字碑。

自然美與人爲美的相互交織，使泰山成爲歷代遊覽勝地。文人墨客紛至沓來寫詩詠贊，暗中較勁。公認的寫得最好的登山詩是杜甫的《望嶽》。

望嶽　杜甫

岱宗夫如何？齊魯青未了。
造化鍾神秀，陰陽割昏曉。
盪胸生層雲，決眥入歸鳥。
會當凌絕頂，一覽眾山小。

● 泰山高聳入雲，把山南山北分成陰暗兩個天地，「陰陽割昏曉」。望著山上層層盤繞的雲霧舒展飄拂，心胸像經過洗滌一般，凝神遠望，目送山中山鳥歸林，鳥兒飛得很高很遠，看得人快成鬥雞眼（「決眥」）。「會當凌絕頂，一覽眾山小」，不僅寫的是登山，還富有深刻的哲理，成爲我們今天生活、學習的座右銘。

泰山風景絕妙處在最高峰。爬過十八盤五百多個陡直的石階後跨入南天門，「天門一長嘯，萬里清風來」，（李白《遊泰山》）一鼓作氣登上玉皇頂，泰山的四大奇觀——旭日東昇、晚霞夕照、黃河金帶、雲海玉盤一一呈現眼前，始信「五嶽之首」名副其實。

小常識

岳父泰山

唐玄宗封禪泰山，命宰相張說爲封禪使，張說讓他的女婿鄭鎰主持工作。封禪完畢後，鄭鎰連升四級，由九品官一下子升到五品官，玄宗問他怎麼升得這樣快，鄭鎰無言以對，旁人說：「此泰山之力也。」其實是暗指張說任人唯親。後來就把岳父稱爲「泰山」。

二房，點燈——作爲陪都的洛陽

洛陽是作為陪都的形象站在長安身邊的。長安大氣，洛陽則富貴氣，地處大運河的中點，洛河穿城而過，江南運來的糧食布帛堆積於此，含嘉倉、回洛倉中的物品足夠天下人吃三月；六朝故都，世家多，中原貴族高宅深院排列於洛城。唐時人提起洛陽，總是提起「天河津梁」氣派的天津橋，提起橋邊柳絲婀娜，綠草如茵，新月如鉤，提起富貴人家的朱閣畫樓，提起李白的「黃金白璧買歌笑，一醉累月輕王侯」（《憶舊遊寄譙郡元參軍》）。洛陽，是生活的好地方。

樊素口，小蠻腰

在朝中做大官的名人往往相約終老於洛陽，當時洛陽有很多老人組織，較著名的有「四老」張仲方、白居易、皇甫鏞、李紳，「洛陽七老會」胡杲、張渾等。他們在退休前官階相近，退休後愛好相似，所以經常性的聚會，主要活動是吟詩、飲酒、揮毫、品茗、賞景、謳歌。且看白居易的退休生活：

池上篇　白居易

十畝之宅，五畝之園。有水一池，有竹千竿。
勿謂土狹，勿謂地偏。足以容膝，足以息肩。
有堂有庭，有橋有船。有書有酒，有歌有弦。
有叟在中，白須飄然。識分知足，外無求焉。

●小蠻腰

白居易洛陽別墅有二美人，歌妓樊素，舞妓小蠻。白公深愛之，詩曰：「櫻桃樊素口，楊柳小蠻腰」。大約小蠻的纖纖細腰跳起舞來似風拂柳，柔若無骨，故後人稱讚婦女美貌多用「樊素口」、「小蠻腰」形容之。

白居易固然關心「朱門酒肉臭，路有凍死骨」，但他在洛陽履道園林卻也十分豪華，五畝之園，有堂有庭，常於園中邀友吟詠，悠然自得。宰相李德裕的平泉莊有雙碧潭，有書樓晴望，有重臺芙蓉，大小數十景，更是竭盡奢華之能事。當然，他們可以舉出晉朝石崇的金谷園來替自己辯護——金谷園有上千間房間，連燒飯都用千根蠟燭來燒，現在再奢華也比不上石崇！

洛陽那麼多的庭院勝景，當然不是用來獨享，而是從事社交活動。相對於長安，陪都洛陽更是全國社交中心。家在洛陽，墓在北邙，京城有家廟，乃唐代貴人的標幟。長安位在天子腳下，京官必須經常性參加朝會，雖是一種榮耀，也是一種壓力，社交活動也受到朝廷的節制，不能隨心所欲。洛陽的社交生活則是豐富與自由的。洛陽的官人享有京官的職銜與待遇，但較不受官方的約束，顯得閒適。李頻詩曰：「誰爲洛陽客，是日更高眠。」因爲洛陽客不需早朝，可以睡到太陽曬肚皮。而且洛陽沒有宵禁，因宴會而晚歸，也不會遇到麻煩，官人們可以盡情的夜宴。

邙山　沈佺期

北邙山上列墳塋，萬古千秋對洛城。
城中日夕歌鍾起，山上惟聞松柏聲。

唐代，一個上進的青年的一生應該這樣度過：五歲明經，七歲賦詩，十五歲在洛陽找一戶富貴人家女兒成親，然後憑藉家族勢力或自己才能到長安謀求一官半職，六十歲回到洛陽養老。能被皇上挑選安葬於長安固然榮幸，再不行，葬在邙山，朝朝看著生活過的都市，「城中日夕歌鍾起，」夜夜與東周、東漢、西晉、北魏的王公貴族、鬼魂們，閒話人間事，也不枉此生。時人有語：「生於蘇杭，死於洛陽」。

小常識

1 **含嘉倉城**：位於洛陽老城區北側，此城東西長約六百公尺，有數百座地下糧窖，當時的穀子雖已炭化，顆粒仍清晰可辨。

2 **天津橋**：今天洛陽橋之東，有一座石拱橋，上有小亭，即爲隋唐時代天津橋的故址。

3 **白居易墓**：白公晚年閒居洛陽香山長達十八年，自號「香山居士」。安葬於龍門東山上，香山寺以北。

4 **金谷園**：洛陽火車站附近的商店、旅館都用「金谷園」的招牌，事實上金谷園遺址在金、元代以後全部泯滅。據考證，可能在洛陽老城東北的劉坡北面。

5 **邙山塚**：太出名了，能盜走的都盜走了。現在是洛陽古墓博物館，地下開闢了二十二個古墓展覽廳，可以詳盡地了解兩漢到宋代的貴族們如何讓自己死後也過得舒舒服服。

6 **洛陽水席**：八個冷盤下酒，十六道熱菜填肚，其中有四道名餚。上菜吃一道換一道，主菜又以湯菜爲主，如行雲流水一般，故名。水席酸辣味殊，清爽利口，民間紅白大事、宴請賓客多用之。

7 **唐三彩**：創燒於唐代，以黃、綠、白三色爲主。多出土於洛陽唐代墓葬中，以動物和人物形象最多，特別是唐三彩俑和馬、牛、駱駝、鎮墓獸等最具代表性。洛陽仿製唐三彩已有上百年歷史，造型、釉色、工藝諸方面都接近唐代的唐三彩。

她比煙花寂寞

洛陽不快樂。洛陽庭院深深，閨怨深深。

閨怨　王昌齡

閨中少婦不知愁，春日凝妝上翠樓。
忽見陌頭楊柳色，悔教夫婿覓封侯。

洛陽女兒行　王維

洛陽女兒對門居，才可容顏十五餘。
良人玉勒乘驄馬，侍女金盤膾鯉魚。
……
戲罷曾無理曲時，妝成只是熏香坐。
城中相識盡繁華，日夜經過趙李家。

▲仕女圖

誰憐越女顏如玉，貧賤江頭自浣紗。

嫁了個駿馬良人每日金盤鯉魚膾又如何？她比煙花寂寞。每天早晨，精心描眉綰髻點唇，裝扮好了「春日凝妝」穿著熏香的衣服坐在窗前，等待，只有等待。洛陽城裏相識往來的都是像趙飛燕、李平（漢成帝的後妃）這樣的貴戚富豪，大家聚在一起，談的無非是遠在他鄉的冤家，說的是現下的時世妝。然而夫婿到長安覓封侯終歸是正道，「忽見陌頭楊柳色，悔教夫婿覓封侯」，就算是後悔，也是寂寞難耐時的怨語。寧願就這樣寂寞，不願做那浣紗溪頭的貧賤越女，雖然她美顏如玉，雖然她與夫婿能朝朝夕夕。

菩薩蠻　韋莊

洛陽城裏春光好，洛陽才子他鄉老。
柳暗魏王堤，此時心轉迷。
桃花春水綠，水上鴛鴦浴。
凝恨對殘暉，憶君君不知。

「洛陽才子他鄉老」，有些女子，洛陽城裏等了一生，沒有等到與夫婿同老的一天。「凝恨對殘暉」，只恨身非鴛鴦，不能相對沐紅衣，白頭偕老。

洛陽還有唐代「冷宮」上陽宮，奪了李氏江山的武則天最喜居住上陽宮，她失勢後，李氏皇帝們對上陽宮恨之入骨，把失寵的宮女一古腦兒都遷往上陽宮。史載上陽宮的宮女每朝都不少於兩萬人，她們與其說是受軟禁，倒不如說是一群奴隸，因爲她們在這裏並不清閒。她們得整天給皇帝及受寵的嬪妃們製織衣裳，造脂粉、芳香，以及做各式各樣的雜活。她們，有很多是從十幾歲的少女時代就開始被軟禁，一直到年老死去，也不能出宮！

宮女的際遇很得詩人的同情，唐詩中多有反映。白居易與元稹有兩首唱和的詩就是以此爲主題。

上陽白髮人　白居易

皆云入內便承恩，臉似芙蓉胸似玉。
未容君王得見面，已被楊妃遙側目。
妒令潛配上陽宮，一生遂向空房宿。

● 這位宮女年輕時美貌必不亞於楊貴妃，「臉似芙蓉胸似玉」，可惜還沒讓玄宗見到她的美貌，便被「楊妃遙側目」，送入上陽宮，永無翻身之日。

行宮 元稹

寥落古行宮，宮花寂寞紅。
白頭宮女在，閒坐說玄宗。

▲唐玄宗

● 已沒有愛，也沒有恨，閒來說起那個可能成爲她的男人的玄宗，好像已經是上一輩子的事情了。

小常識

洛陽八景：龍門山色、馬寺鐘聲、金谷春晴、邙山晚眺、天津曉月、洛浦秋風、平泉朝遊、銅陀暮雨。

焚身以火

爲一朵花舉城皆狂的年代，是浪漫的年代。

牡丹芳　白居易

花開花落二十日，一城之人皆若狂。

清平調　李白

名花傾國兩相歡，長得君王帶笑看。

賞牡丹　劉禹錫

庭前芍藥妖無格，池上芙蕖淨少情。

惟有牡丹眞國色，花開時節動京城。

● 芍藥格調不高，荷花（芙蕖）缺少風情，只有牡丹天資國色，配得上大唐的巍巍國勢，不負了唐人的炯炯目光。

花開那二十天，人們飲酒賞花賦詩高歌，衛國公爲看花而閉了東院不辦公，西明寺（唐代長安種牡丹最有名的寺院）爲讓人賞花開放了北廊。怕太陽曬壞了花兒的嬌姿，愛花人專門張了帷幕遮陰涼。那時每到春天，長安郊區就有人到終南山深處去挖野牡丹來賣，品種愈來愈多，以至於平常人家的庭院中都栽有牡丹，花開季節，滿城飄香。

有年冬天，女皇忽然興致大發，要遊皇家花園上苑。已是寒冬，樹木凋零，無花可賞。女皇下詔書，命花神第二天令百花開放。

蠟日宣詔幸上苑　武則天

明朝游上苑，火速報春知。
花須連夜發，莫待曉風吹。

眾花媚主，「花須連夜發，莫待曉風吹」，次日百花果然繽紛開放。惟獨牡丹不語。女皇大怒，命令火燒牡丹莖以示懲罰。燒焦了也不開。牡丹於是被貶至洛陽。從此洛陽牡丹豔，被火燒焦的牡丹還變成一個新品種——焦骨牡丹。

我相信牡丹落戶洛陽並非如此慘烈的故事，女皇武則天一生極愛洛陽，何「貶」之有？

她的丈夫唐高宗，一生大部分時間都在洛陽度過，不惜舉一國之力修築上陽宮；她的情人薛懷義，在白馬寺裏造《大雲經》四卷，明文寫上：太后是彌勒佛下凡，應該取代唐朝做天下主，爲她登基創造有利的輿論基礎；她初次接觸政治是在上陽宮裏「垂簾聽政」，高宗薨於洛陽遺言曰：「軍國大事有不決者，取后（武則天）

處分」，她在洛陽開始武氏時代。如果眞有「貶」牡丹於洛陽，那也是她怕自己到洛陽太傷感太寂寞，讓心愛的花兒陪著解解悶兒。

公元七〇五年，武則天臥病上陽宮，宰相張柬之發動政變，擁唐中宗爲帝，易江山「周」爲「唐」，武則天寂寞地死在上陽宮，年八十二歲。死在丈夫深愛的洛陽，儘管他一生被她利用的時間多；死在情人薛懷義的洛陽，儘管他失寵後被她下令縊死；死在牡丹最豔的洛陽，儘管她曾燒花貶花。

洛陽錦囊

▲白馬寺

1每年四月十五日至二十五日洛陽牡丹花會，有五百八十餘種牡丹。

2參觀龍門石窟彷彿遊歷無頭之國，要看佛像頭請到東京或紐約博物館去。幸好奉先寺的盧舍那太大了，搬不走才留下來。武則天爲這座龍門石窟最大的佛龕捐助脂粉錢（即化妝品費用）兩萬貫，盧舍那有點女皇的風範——婉約端麗的姿態，攝人心魄的慧眼美目，淺笑盈盈的秀美雙唇，集唐人美之大成。

3 薛懷義做過住持的白馬寺是中國第一所佛寺。佛經佛像在東漢明帝時用白馬從印度馱載而來，故名白馬寺。現寺前有一石雕白馬，據說是從宋太祖趙匡胤女婿魏咸信墓前移來的。每年十二月三十一日，白馬寺都要舉行撞鐘活動，祈求國泰民安。

第四章

戀戀風塵

四川

印象中，無論春雨還是秋雨，蜀地生活都因此蒙上一層輕紗，
淡淡的喜悅，或者，淡淡的悲哀。
猶如今天的成都生活，少有大驚喜大悲哀，
這裏生活的常態是——晃晃悠悠。

格調

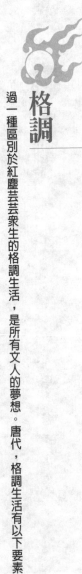

過一種區別於紅塵芸芸眾生的格調生活，是所有文人的夢想。唐代，格調生活有以下要素。

山居別業

雖然「心遠地自偏」，雖然「小隱隱於野，中隱隱於市」，唐人還是一有機會就往終南山、太白山、峨嵋山等名山秀水跑，在山上建起一棟棟××別業，××別墅，××莊，××園，××居。詩佛王維在終南山的別墅叫「輞川別墅」，掩映於青山綠水間，別墅的空山、明月、清泉、浣女、漁舟等意象，在王維山水詩中常出現，不知是山水造就了詩人還是詩人造就了山水？

山居生活讓人機心忘卻，「行到水窮處，坐看雲起時。」（王維《終南別業》）——需要怎樣的修煉才能達到山水無意的境界？

畢竟像王維那樣官做得大，詩又寫得好的人不多，詩寫得好的詩人大多窮困潦倒，無力支付別墅的費用。但是文人的骨子裏是浪漫的，他們總在盡可能的情況下讓自己生活得很詩意。

絕句　杜甫

兩個黃鸝鳴翠柳，一行白鷺上青天。
窗寒西嶺千秋雪，門泊東吳萬里船。

杜甫在成都避難的時候，選中了浣花溪畔一處幽靜之地，蓋了一座茅屋——杜甫草堂。當時成都城裏人家多達十萬戶，這裏只有兩、三家住戶（見杜甫《水檻遣心二首》）。杜公要的就是這種山林隱居的感覺。草堂交通方便「門泊東吳萬里船」，憑窗可遠眺千年不化的西嶺雪山，空氣清新，黃鸝、白鷺相與還。

茅屋爲秋風所破歌　杜甫

八月秋高風怒號，卷我屋上三重茅。
茅飛渡江灑江郊，高者掛罥長林梢，
下者飄轉沉塘坳。南村群童欺我老無力，
忍能對面爲盜賊。公然抱茅入竹去，
唇焦口燥呼不得。歸來倚杖自歎息。
俄頃風定雲墨色，秋天漠漠向昏黑。
布衾多年冷似鐵，驕兒惡臥踏裏裂。

▲杜甫草堂

床床屋漏無乾處，雨腳如麻未斷絕。
自經喪亂少睡眠，長夜沾濕何由徹！
安得廣廈千萬間，大庇天下寒士俱歡顏，
風雨不動安如山？嗚呼何時眼前突兀見此屋，
吾廬獨破受凍死亦足！

●有天夜裏，狂風捲走茅屋三重茅，杜公長夜沾濕淒涼萬分，以至喊出「安得廣廈千萬間，大庇天下寒士俱歡顏」的感人口號，但是，若眞有「廣廈千萬間」，杜公還不一定會住進去。廣廈沒有隱居的情調（唐人稱「野趣」），沒有門前浣花溪，沒有屋後千秋雪，沒有作詩的材料……總之，沒有格調。

松、竹、琴、棋、雨

場景一：曲徑通幽。路的盡頭，好大一片綠竹叢，竹林間幾間小舍，均以粗竹子架成，桌椅几榻無一不是竹製。竹人上安放一古琴，牆上懸著一幅墨竹。

餘興節目：隔簾靜聽古琴曲——「清心普善咒」。

場景二：松影幢幢。風呼嘯著吹過松枝，松林間一茅屋，燃松脂爲燈，屋中石几上刻了棋盤，盤上黑白子對弈。

特別供應：松花餅、松葉酒、玫瑰松子糖。

此二場景在唐代最尋常不過。松，經冬不凋，寓意堅貞；竹，有節長綠，寓意高潔。魏晉時有七個文人常常宴集於竹林之下，時人號爲「竹林七賢」，李白與友人日

縱酒酣歌於竹溪，號稱「竹溪六逸」。如果他們相聚於蘋果樹下，還有此美稱嗎？四川才子蘇東坡道：「寧可食無肉，不可居無竹，無肉令人瘦，無竹令人俗。」

若在蜀地，則唐人的格調生活又加上一個背景——巴山夜雨。因是盆地，四川愛下夜雨。

春夜喜雨　杜甫

好雨知時節，當春乃發生。
隨風潛入夜，潤物細無聲。
野徑雲俱黑，江船火燭明。
曉看紅濕處，花重錦官城。

● 夜雨交織，綿綿密密，淅淅瀝瀝。因是春雨，故是「好雨」，明朝花開花豔芙蓉城（成都又稱芙蓉城、錦官城）。若是秋雨，只會漲滿秋池，瀰漫於巴山夜空，更添離愁，「何當共剪西窗燭，卻話巴山夜雨時」。

印象中，無論春雨還是秋雨，蜀地生活都因此蒙上一層輕紗，淡淡的喜悅，或者，淡淡的悲哀。猶如今天的成都生活，少有大驚喜大悲哀，這裏生活的常態是——晃晃悠悠。

夜雨寄北　李商隱

君問歸期未有期，巴山夜雨漲秋池。
何當共剪西窗燭，卻話巴山夜雨時。

成都錦囊

1 領略唐人格調生活有兩個地方必去：

杜甫草堂：「萬里橋西一草堂」，楠木參天，梅竹成林，溪水蜿蜒，橋亭相間，花徑柴門，曲徑通幽。杜公詩文雖寒苦，生活還是有情調的。通向草堂的花

▲武侯祠

▲雪竹

徑，鋪上了水泥，旁邊綠草如茵，種上了杜甫喜愛的楠木和清竹。「黃四娘家花滿蹊，千朵萬朵壓枝低。留連戲蝶時時舞，自在嬌鶯恰恰啼。」（《江畔獨步尋花七絕句》）浣花溪黃四娘家的花呢？貼水而過的石板橋呢？蕩入遠處的洗衣聲呢？沒有了，都沒有了。最近考古隊員在杜甫草堂挖出了一個唐代瓷碗，是杜甫用過的。

蜀南竹海：中國最壯觀的竹林。

蜀南竹海位於宜賓長寧、江安兩縣之間，「中國旅遊勝地四十佳」之一，交通和住宿都方便。

2「窗含西嶺千秋雪」。西嶺雪山離成都市九十五公里，兩小時的車程，雪山海拔五千三百六十四公尺，雪峰終年積雪，原始林海蒼蒼，有一條約二十公里長的山水畫廊，集山、石、林、泉為一體，數百個泉源江流，水勢湍急，素湍綠潭，懸泉瀑布相映成趣。

3「出師未捷身先死，長使英雄淚滿襟。」大凡絕頂聰明的人不會很勤勤懇懇，諸葛亮是個例外，鞠躬盡瘁，死而後已，還不能對那個扶不起的阿斗有半點不耐煩。同樣聰明的龐統什麼也沒留下，成都城南的武侯祠卻幾經毀損而依然屹立，而且每天前往參拜諸葛亮的遊客，總是絡繹不絕。

晃晃悠悠

成都這城市，栽花種花，對酒品茗，在生活中占了很重要一部分。外面把蘭花看得像寶貝一樣，這裏的蘭花，眞的遍地都是，便宜的如江南的油菜花，幾分錢就可買一大把，你可以插好幾瓶。

像我這樣容易癡肥的人，是不敢在成都久住的，生怕遍地的小吃把胃撐大，又生怕茶樓把時間謀殺。

太陽也懶洋洋的下午，慢慢踱到臨江的茶樓。竹靠椅、小方桌、蓋碗茶具、老虎灶、紫銅壺，已自在那兒等著。堂倌知道客人脾氣，該泡茶的時候賣弄一下幾公尺之外「飛水加茶」的功夫，「自摸」的時候過來恭維幾句（茶館裏多有專門的桌子擺「龍門陣」），更多的時候，嗑著瓜子，搖頭晃腦地聽著清音、竹琴或評書。這時會有一些人敲著竹杠來來回回走著，他們是專門為別人掏耳朵的人。方式十分的有趣：談好價錢，他們會拿出一根一臂長細細的竹絲。竹絲一頭有一些鵝毛紮成圓球。圓球約有一個拇指大小，放在你的耳洞裏，輕輕的有節律的慢慢彈，附在耳壁上的耳垢就彈下來，十分靈巧。

成都還有一個好地方，仁厚街的舊書店。老闆姓什麼忘記了，但是書品質很好，叫人難忘。流行村上春樹的小說那陣子，我在他的店裏找到一九七九年版的《挪威的森林》。店裏有幾條規矩你得遵守：一、書不二價。老先生說多少錢就多少錢，二、不要試圖討好老先生，小心他挖苦你。當然千穿萬穿馬屁不穿，如果你能討老先生歡喜，必定有你的好處，如：三十年前配不齊的期刊盡可以找他，買書可以賒帳，但是絕不二價。老先生有時會給你看看他的明版書。三、下雨天不開門。

紅塵如夢

此情可待成追憶

成都東關門外錦江河畔的望江樓，不亞於黃鶴樓的舉目空曠。前人有半邊對子，缺少下聯：「望江樓，望江流，望江樓上望江流，江樓千古，江流千古。」又有濯錦樓，形似船舫，相傳是為紀念唐朝名妓薛濤置酒於船上送別才子元稹一事而建造的。旁有一口古井，每個遊人都要取點井水來品嚐，因為色藝雙全的薛濤的香魂潛沒在井中，所以這水就香豔名貴了。

▲薛濤井

▲望江樓

每年農曆三月三日井水外溢，白紙在溢出的井水中浸過，即會變成鮮紅色的薛濤箋。但只能浸十二、三張。那「薛濤箋」是一種深紅色的小箋紙，適合用小楷毛筆寫一首小詩。據說當年薛濤聲名遠揚，許多大文人和她唱和應酬，她寫的幾乎全是律詩或絕句，空蕩蕩地書於通用的箋紙上，很不好看。於是專門設計了這種小箋紙，書寫小詩。

這樣蘭心蕙質的女子，千秋之後，蜀地仍能感受到她的幽香。

這樣美貌與智慧並存的女子，顏色如花，命如一葉。她這一生，男人們愛她憐她，但是沒有人敢納她入門。唯一一次可能的婚姻，也因時世的變遷而擱淺。

只是當時已惘然

元和四年，元稹三十歲，薛濤四十歲，正好元稹新喪妻，二人賦詩唱和，互相愛戀。相聚僅三個多月，然琴瑟和諧，感情竟似多年夫妻。元和五年，元稹觸犯權貴先被召回長安後遠赴江陵任職，兩人遠隔千里，薛濤以詩代書。

贈遠　　薛濤

芙蓉新落蜀山秋，錦字開緘到是愁。

閨閣不知戎馬事，月高還上望夫樓。

●芙蓉落了，秋天來了，錦字（書信）到了，只有夫君，猶在千里之外的戎馬軍營。

元稹倒也頗解風情，回贈詩一首。

寄贈薛濤　元稹

錦江滑膩峨眉秀，幻出文君與薛濤。
言語巧偷鸚鵡舌，文章分得鳳凰毛。
紛紛辭客多停筆，個個公卿欲夢刀。
別後相思隔煙水，菖蒲花發五雲高。

●錦江峨嵋山川的靈氣生出了卓文君和薛濤，你的言語猶如鸚鵡的巧舌，你的詩文猶如珍貴的鳳凰毛，男人們看了都不敢再寫詩文，和你交往過的官員們個個都希望再回蜀地一親芳澤。和你分別後煙水相隔，你喜愛的菖蒲花又開了，看著你寄給我的詩稿，筆跡秀麗如五朵雲，引起了我多少思念啊！

畢竟是風流才子，情場高手。再理智的女人在此情詩面前，也要柔腸寸斷，怨氣全消。

薛濤十年不改其志，獨坐枇杷院裏望夫如初，等待元稹來迎娶。沒想到元稹卻有了新歡越州妓劉采春。越州女人吳儂細語，偏偏又「只在乎曾經擁有，不在乎天長地久」，曾詩云：「莫作商人婦，金釵當卜錢。朝朝江口望，錯認幾人船」。如火的熱情讓情場老手元稹無法自持，早把色衰貌弛的薛濤忘得一乾二淨。

怨不得元稹。那個時代，以色事人的歌妓，縱然「言語巧偷鸚鵡舌，文章分得鳳凰毛」，哪個有美好的結果的？十二年後，薛濤鬱鬱終老於成都，死前門庭冷落。

般若波羅密

唐代是個佞佛的時代，生活水準提高，人們酒足飯飽，閒錢都用在了佞佛佞道。長安曾七次迎奉佛骨，每次都是皇帝與幾萬庶民同赴法門寺瞻仰佛骨。人們回來後互相說起，所見佛骨並不一樣；每次送佛骨回法門寺的時候，人們「俯首於前，嗚咽流涕」，謂「六十年一度迎真身，不知再見復在何時？」

韓愈認為這樣的狂熱不利於政權的穩定，遂上書反對迎奉佛骨，結果觸怒了佛教徒，被貶瘴癘之地潮州。南下途中，他留下一首痛苦的名詩——

左遷至藍關示侄孫湘　韓愈

一封朝奏九重天，夕貶潮州路八千。
欲為聖明除弊事，肯將衰朽惜殘年。
雲橫秦嶺家何在，雪擁藍關馬不前。
知汝遠來應有意，好收吾骨瘴江邊。

韓愈到了「瘴江邊」的潮州，卻沒有殞身殉職，反而與當地一名高僧大顛和尚多有往來。侄孫韓湘子收到韓愈的這首詩後「路八千」地趕到潮州，見叔祖活得好

◀樂山大佛（上）、大佛閣原型（下）

好的，順便就做件好事，幫潮州造了座橋——湘子橋。歷史上的韓愈並不是像此詩那樣反對佛教，他只是反對可能危害封建統治的宗教狂熱。因爲信徒心中，佛骨即佛祖，雖隕身而不恤。

公元前三世紀，印度阿育王將佛祖舍利分盛八萬四千個寶函，遍灑三千大世界，中國有幸分到十七個。兩千年後，唯一保存下來的是法門寺的舍利。

骨頭不如石頭堅固。同樣在唐代，樂山大佛建成，工程歷時九十年。大佛經歷千年風霜，至今仍安坐於滔滔岷江之畔。

「佛是一座山，山是一尊佛」，大佛通高七十一公尺，依山開鑿，十分巨大，四個人在大佛一個腳指蓋上打麻將綽綽有餘。一九九〇年，離樂山大佛的開鑿已有一千一百七十七年，一個廣東老遊客無意中發現，烏尤山、凌雲山和龜城山連襟而成一巨型睡佛，樂山大佛就在這巨佛的心臟位置上，正合佛教「心中有佛」、「心即是佛」的禪語。唐人佛思玄妙，作如此巧妙安排是可能的。只是爲什麼千年來無數虔誠的眼光注視下，卻遲至千年後才被發現？

小常識

有眼無珠

隋唐時，岷江、大渡河、青衣河三江匯合於樂山，勢不可當，洪水季節水勢更猛，常使過往船隻觸壁粉碎。唐玄宗年間，名僧海通欲借神力滅殺水患，二十年辛苦化來佛財修造大佛。有一貪官欲圖佛財，被海通拒絕，說：取我的眼睛易，取佛財難。他眞的就把自己的眼珠挖出來放在托盤上，貪官就嚇跑了。所以現在海師洞內海通法師的塑像是沒有眼珠的。

峨嵋山在唐代已是佛教聖地，少年李白曾與峨嵋一高僧交遊，經常在峨嵋山月的月色中對弈廝殺。那一年，少年李白第一次辭親遠遊，意氣風發，寫下這首不守詩律的詩，竟也千古流傳。

峨嵋山月歌　李白

峨嵋山月半輪秋，影入平羌江水流。
夜發清溪向三峽，思君不見下渝州。

再也沒有人敢在絕句裏用上五個地名——峨嵋山、平羌江、清溪、三峽和渝州。然而不如此，李白何以抒發仗劍離蜀的快意？

擁有和放棄，眞的不同嗎？人們說，峨嵋山上，看到佛光，與佛有佛緣，會情不自禁在捨身崖跳下去。

既然有緣，爲何捨身？難道佛光照見的不是此生的幸福嗎？何爲擁有？何爲放棄？

色即是空，空即是色，般若波羅密，般若波羅密。

峨嵋錦囊

1峨嵋山猴子已經稱王稱道。進入猴區，見一個個肥碩的猴子攔路當道。所以上山時乖乖地不要帶包包，有吃的都拿在手裏，相機藏好，別招惹他們，猴子可是「人來瘋」。

2做好防寒、防雨、防滑工作。山頂氣溫較山下低十℃左右，雲低霧濃，細雨時停時降，終日不絕，最好帶上塑膠薄膜雨衣。部分路段非常險滑，不宜穿平底和硬底鞋。

3峨嵋金頂海拔三千〇七十七公尺，有四奇：日出、雲海、佛光、聖燈。佛光要在雲平風靜的午後才易見到，最佳觀賞點在臥雲庵左側的睹光臺，聖燈則在黑夜出現，都需要碰運氣，無須強求。峨嵋最高峰萬佛頂海拔三千〇九十九公尺，已開通「金頂—千佛頂—萬佛頂」的單軌列車，八分鐘就可登上最高峰。

第五章

春水流

長江覽勝

碧海青天，江流宛轉，明月萬古如斯。
無須深究詩中描寫的是哪一處長江，
只要在月明之夜輕吟此詩，
你便明瞭，長江處處「春江花月夜」。

話說三峽

長江全長六千三百公里，素稱萬里長江，古詩辭中常稱為「大江」。唐人吟誦長江的巔峰之作首推張若虛的《春江花月夜》。揚州人張若虛與賀知章、張旭、包融齊名，稱為「吳中四子」。他的名下，《全唐詩》僅存詩二首，一首是平平之作的五言排律《代答閨夢還》，一首竟然是這永恆的有如奇蹟的《春江花月夜》。

春江花月夜　張若虛

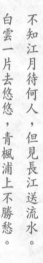

春江潮水連海平，海上明月共潮生。
灩灩隨波千萬裏，何處春江無月明。
江流宛轉繞芳甸，月照花林皆似霰。
空裏流霜不覺飛，汀上白沙看不見。
江天一色無纖塵，皎皎空中孤月輪。
江畔何人初見月？江月何年初照人？
人生代代無窮已，江月年年望相似。
不知江月待何人，但見長江送流水。
白雲一片去悠悠，青楓浦上不勝愁。

誰家今夜扁舟子？何處相思明月樓？
可憐樓上月徘徊，應照離人妝鏡臺。
玉户簾中卷不去，擣衣砧上拂還來。
此時相望不相聞，願逐月華流照君。
鴻雁長飛光不度，魚龍潛躍水成文。
昨夜閒潭夢落花，可憐春半不還家。
江水流春去欲盡，江潭落月復西斜。
斜月沉沉藏海霧，碣石瀟湘無限路。
不知乘月幾人歸，落月搖情滿江樹。

碧海青天，江流宛轉，明月萬古如斯。無須深究此詩描寫的是哪一處長江，只要在月明之夜輕吟此詩，你便明瞭，長江處處「春江花月夜」。

一夫當關，萬夫莫開——蜀道

蜀道難　李白

噫吁嚱，危乎高哉，蜀道之難難於上青天。

蠶叢及魚鳧，開國何茫然。
爾來四萬八千歲，不與秦塞通人煙。
西當太白有鳥道，可以橫絕峨嵋巔。
地崩山摧壯士死，然後天梯石棧方鈎連。
上有六龍迴日之高標，下有衝波逆折之迴川。
黃鶴之飛尚不得過，猿猱欲度愁攀緣。
……
劍閣崢嶸而崔嵬，一夫當關，萬夫莫開。
……
蜀道之難難於上青天，側身西望長咨嗟。

戰國時候，秦惠王對蜀地的富饒垂涎三尺，無奈山高路遠，「西當太白有鳥道，可以橫絕峨嵋巔」，無路通向蜀地。靈機一動，派人作了一隻五石牛，把金子放在尾巴下，說是神牛拉出的大便黃金，又說要送給蜀國以增加兩國人民間的友誼。蜀王爲了迎接金牛，命五力士開鑿了通往蜀地的棧道，「地崩山摧壯士死，然後天梯石棧方鈎連」。

棧道成了，秦軍也就進來了，故史家云：「蜀道通而蜀國滅。」就算有劍閣易守難攻，「一夫當關，萬夫莫開」，奈何秦國兵強馬壯？

小常識

棧道標準修建方法

在河中石底上鑿出豎洞，插上豎木作橫樑的支撐，另在峭壁上鑿洞插入橫樑，在橫樑上鋪上木板。人行其上，仰見懸壁參天，俯視萬丈深淵，不禁心搖目眩。此種棧道容易被火燒毀，劉邦入蜀後燒棧道以表示不回中原的決心，燒的就是這種棧道。古棧道現在難覓蹤影，岩壁上昔日密集成行的洞孔猶歷歷在目，能留存下來的棧道多爲清代修築的石棧道。

瞿塘峽中風箱峽的棧道鑲嵌在千仞峭壁之上，山若刀削，水似箭發，人跡罕至，居然連鳥叫也很少聽到，眞是「千山鳥飛絕，萬徑人蹤滅。」絕壁上有一些岩縫，裏面露出一些像風箱似的東西，所以此地叫「風箱峽」。一九七一年，有採藥人攀進了岩縫，一看所謂風箱，原來是棺材。這是古代人採

▲風箱峽古棧道

用的懸棺葬制，俗稱「掛岩子」。他們不知用了什麼方式將棺材安置於懸崖絕壁上，或停放在天然洞穴裏，或鑿岩打樁將棺材架於其上，棺木高距地面上百公尺，千年未被後人騷擾。

蜀道錦囊

1看蜀道首推劍門關，李白寫的就是那裏。金牛道是最古老的棧道，有三十里長，山多谷深，急流縱橫，道路險阻難行，三國遺跡也豐富，還有武則天的老家廣元。

2風箱峽棧道修於清光緒年間，總長約一百多公里，現寬二～三公尺，旁有石砌的護欄。棧道年久失修，荒草雜樹已蔓上道路，只能從草縫中依稀分辨出寬不盈足的小路，旁邊就是懸崖。

3從大寧河小三峽的龍門峽開始到巫溪縣寧廠鎮，大寧河古棧道，是我國最長、保存最完好的一段古棧道遺跡和古棧道網。兩岸還有懸棺葬三百多處，保存較完整的懸棺有七十餘具。

▲劍門關

三峽水情播報：二〇〇九年之後，風箱峽將整個被淹沒。而位在大寧河中上游地帶的絕大部分棧道遺跡將仍然暴露在水面上。由於懸棺高高在上，故三峽水庫的落成不僅不會影響到懸棺景點的觀瞻，反而將遊人與懸棺的距離拉近了，到時懸棺就不「懸」了。

輕舟已過萬重山——瞿塘峽

詩歌也有速度。曾有專家評選速度最快的名詩，描寫三峽的兩首唐詩同時入選。

冠軍：

聞官兵收河南河北　杜甫

劍外忽傳收薊北，初聞涕淚滿衣裳。
卻看妻子愁何在，漫捲詩書喜欲狂。
白日放歌須縱酒，青春作伴好還鄉。
即從巴峽穿巫峽，便下襄陽向洛陽。

●**獲獎原因**：巴峽到巫峽，水路十五公里，襄陽到洛陽，陸路三百八十公里，巴峽到洛陽最保守的估計，總長也要九百公里。

亞軍：

下江陵　李白

朝辭白帝彩雲間，千里江陵一日還。
兩岸猿聲啼不住，輕舟已過萬重山。

●獲獎原因：白帝城到江陵（又名荊州），約有一千兩百里，「一日還」，速度可以趕上噴氣船，何況李白乘坐的是一葉扁舟？

評委意見：

1杜甫和李白獲獎是理所當然的。杜甫當時正在四川避「安史之亂」，聽說王師已經收回薊北失地，不久即可平亂，不禁白日放歌縱酒，恨不得一日飛回洛陽老家。李白當時五十八歲，加入永王李璘幕府，後因永王叛逆，李白受牽連流放夜郎（今貴州桐梓）。行到白帝城，遇到大赦，旋即飛舟下江陵，心情喜悅暢快，船也走得快。

2詩雖好讀，不可提倡。千百年來，在三峽上玩飛船，無疑是生死時速。以前木船從重慶到宜昌順水而下一般要走十天，逆水則要一個半月到兩個月時間。所以杜甫和李白的走法是不切實際的。三峽險陡，寸節是灘，狂瀾巨湧如沸如吼，旋坑水坎驚魂懾魄。三峽平均流速每小時三十公里，對船工而言，每分每秒都在與死神搏鬥，每分每秒都是生死交關。

「朝辭白帝」的白帝城下是瞿塘峽入口處（又稱「夔門」），寬廣的江面在此猛然收縮，江水咆哮奔騰，兩岸峭壁千仞，懸空直上，形成一線峽谷，危石欲墜；行船於其間，山勢左右穿插，白鹽赤甲兩山聳立前方，直壓過來，目瞪口呆地看自己的船從筆直的峭壁間穿過，像看冒險動作片一樣。瞿塘峽江心有一巨型礁石，名「灩澦堆」，冬季枯水季節露出水面，霸占河道；夏季潛伏水下變爲暗礁，激起巨大的漩渦，船稍有疏忽就有觸礁粉碎的危險（解放後被炸掉）。

3推薦作品：

竹枝辭（其六）　劉禹錫

瞿塘嘈嘈十二灘，此中道路古來難。
長恨人心不如水，等閒平地起波瀾。

竹枝辭（其八）　劉禹錫

城西門前灩澦堆，年年波浪不能摧。
懊惱人心不如石，少時東去復西來。

●推薦理由：比瞿塘還險惡的是人心，比灩澦堆還危險的是人心。既表現了瞿塘峽、灩澦堆的險峻，又衍生出人生哲理。好詩！

江南曲　李益

嫁得瞿塘賈，朝朝誤妾期。
早知潮有信，嫁與弄潮兒。

●推薦理由：瞿塘峽因是長江三峽的水路中樞，商業發達，故當地人經商的多。自古商人輕離別，瞿塘賈老是把嬌妻晾在家中，說是枯水期就會回家，到時又突然有事回不了。「早知道潮水有信，還不如嫁給弄潮之人，至少每次來不會誤期。」此詩道出了所有「大奶」的心聲，有長期的現實意義，現在喜歡把老婆晾在家裏的不只是瞿塘賈。

江流石不轉——杜甫的三峽

奉節虎據三峽西部入口，扼守瞿塘峽西段，原名魚腹縣，爲春秋時期夔國之都，已有兩千餘年的歷史。

不愛江山，不愛美人，只愛兄弟。三國蜀主劉備可說是歷史上少有的漢子。這個劉皇叔，爲替兄弟關羽報仇，不聽勸阻，執意興兵討吳，結果被人家火燒連營，慘敗後退守奉節白帝城，病死前托孤諸葛亮，「出師未捷身先死，長使英雄淚滿襟」（杜甫《蜀相》）。劉備葬於成都還是奉節，現在仍是千古之迷。

▲白帝廟

托孤於白帝城應該不是劉備的一時無奈之舉，現在隸屬於奉節的白帝城據水陸要津，扼巴蜀咽喉，歷來是兵家必爭之地。垂老之年的諸葛亮，借白帝城下的石頭，擺出了「八陣圖」，把年輕氣盛的陸遜嚇跑了。

八陣圖　杜甫

功蓋三分國，名成八陣圖。
江流石不轉，遺恨失呑吳。

熟悉《三國演義》的人都知道，這八陣圖是諸葛亮入川時布下的，在夔州西南永安宮前的平沙上，聚沙礫卵石六十四堆，長一千五百公尺，寬六百公尺，遠眺過去，陣中總有如雲如嵐的殺氣冉冉蒸騰。東吳大將陸遜火燒連營七百里，乘勝西進，從高坡上瞭望八陣圖，其間並無伏兵，陸遜率騎進入陣中，欲出之時，忽然怪石立堅，槎枒似劍，橫沙起伏，逶迤如蛇，江濤湧動，聲如擂鼓……出陣之後，陸遜下令撤軍，再也不敢覬覦蜀中。

八陣圖是以江水爲刀劍，讓石堆從湍流裏不時出沒的。這首絕句寫於公元七六六年，詩成之日，八陣圖已經擺下五百多年了，那形狀仍然是「江流石不轉」，可見諸葛亮的功力（功蓋三分國）是何等的神氣！

三國時的蜀國活動範圍集中在四川和湖北，長江三峽許多景點都與三國有關，唐代已是旅遊熱線，李白、杜甫、白居易、元稹等知名或不知名的詩人，都曾暢遊三峽，對著江流石頭發幽古之思。

地以人名。長江三峽的興亡意味，最適合一生不得志愁眉不展的杜甫了。也因爲有杜甫晚年的四年流離生活和四百多首詩篇問世，長江三峽是詩聖杜甫的老年三峽。

大曆二年（公元七六七年）夏初，五十五歲的杜甫遷徙夔州（奉節縣）。因爲夔州都督的照顧，使杜甫主管屯田一百頃，買及西瀼溪柑桔園四十畝，在夔州白帝城附近的草堂村過著穩定而較優裕的田園生活，一住就是三個年頭。在夔州的草堂，杜甫寫了一首《秋日夔府詠懷》，五言百韻，長達一千字，是他的詩集中最長的一首詩，但因用典太多，詩意晦澀，內容又是敍述詩人同禪宗的關係，所以傳播不

▲西閣（傳說中杜甫住過）

開。杜甫到晚年似大徹大悟了，可立地成佛。然而登高遠眺，想起諸葛亮的英雄偉業以及自己的窮困潦倒，還是會發幾聲感歎：

登高　杜甫

風急天高猿嘯哀，渚清沙白鳥飛迴。
無邊落木蕭蕭下，不盡長江滾滾來。
萬里悲秋常作客，百年多病獨登臺。
艱難苦恨繁霜鬢，潦倒新停濁酒杯。

●此詩向來被認爲是古今七言律詩之冠，異鄉漂泊、多病殘生、秋天葉落，這三句關鍵辭具有永恆的殺傷力。

大曆三年（公元七六八年），詩人杜甫別夔州出三峽南下瀟湘，開始他人生中最後的飄泊生涯。酒能消愁，杜甫借它忘記現實的不如意，老來愈飲愈烈，舟行三峽，他沿途都在喝酒，兩岸猿聲啼不住，輕舟酒香飄雲霧……出三峽後，進入湖南岳陽洞庭，船艙中仍被酒罈、酒罐擠得滿滿的。舟行至湖南耒陽，好心的縣令送來了牛肉白酒，年老體弱的杜甫招架不住這樣的酒肉，五十九歲，客死他鄉。

杜甫錦囊

1白帝城是三峽第一峽——瞿塘峽的起點。白帝城高出長江水面一百六十公尺，三面環水，是觀賞瞿塘峽入口夔門的最佳看臺。白帝城下的八陣圖，山險、水急、風猛、浪洶，延及今日，長江水吞吐沖刷了一千兩百多個春秋，今人從船上仍能看出個約略的眉目。

2夔州草堂「杜公祠」遺址，從白帝城沿草堂河走，即可到達。放眼一望，山青水秀，土地肥沃，果園茂密，似杜甫當年之果園。今存「重建杜工部西草堂碑」一塊，爲清光緒三十五年度謹撰和敬書，字跡清晰可辨，碑刻中描述了草堂的環境和自然風光，「山頭桃李」，「流泉自繞」；也記述了詩人寓居草堂的心境：「故園之思」，「飄零之怨，」思古之情。

三峽水情播報：三面環水的白帝水位擡升一百〇二公尺至半山腰，成爲一個四面環水的白帝島，那時，白帝城周圍兼具湖光山色，遊船可直接停靠在白帝城城門下，遊客不必登八百級臺階就可領略白帝風光。當江水沉穩而不再激烈時，八陣圖什麼也看不到了。

除卻巫山不是雲——巫山

▲青雲攏神女

宋玉《高唐賦》稱，楚懷王到雲夢澤上的萬丈高樓——高唐觀遊玩，夢見一個神女下凡，溫柔且主動的與楚王交好。一宵歡暢。清晨神女辭別：「妾在巫山之陽，高丘之阻。旦爲朝雲，暮爲行雨。朝朝暮暮，陽臺之下。」

巫峽秀麗幽深，兩岸奇峰秀巒，有巫山十二峰。朝有輕雲繚繞，暮有綿綿夜雨。宋玉行船至此，見巫山神女峰秀麗挺拔，勾人春情，適逢淫雨綿綿，想起古書上說「雨乃天地交合之物」，遂吟賦一首，以解春情。

巫山、高唐、陽臺是男女幽會的地點，雲雨，古人取其形象，演化爲男女情事。朝雲暮雨，自此別有深意：

花非花　白居易

花非花，霧非霧，夜半來，天明去。

來如春夢幾多時？去似朝雲無覓處。

許多人說看不懂，又有人說這是唐詩中的朦朧詩。鄙人猜測，大約是描寫一次兒女情事的場景，每一字都跟巫山雲雨傳說一樣，又因爲「夜半來，天明去」，一段露水情緣也，故不能明說，只能晦澀地回憶。

才子元稹乃唐代情聖，紅顏爲之瘋狂。但是他很愛自己的結髮之妻韋叢，當朝大官的女兒。髮妻亡故後，元才子寫了很感人的悼亡詩。

離思五首（其四）　元稹

曾經滄海難爲水，除卻巫山不是雲。
取次花叢懶回顧，半緣修道半緣君。

「萬花從中過，片葉不沾身，」以前是因爲技術高善於逃脫（比如對崔鶯鶯），現在「取次花叢懶回顧」則是因爲沒心思，對女色了無眷戀之心。因爲我們夫妻之情有如滄海之水和巫山之雲，已經達到了精神和肉體的極至。你走後我再也沒有巫山雲雨，怎麼能再找回當初的感覺呢？從此以後，我再沒有，快樂起來的理由，「惟將終夜長開眼，報答平生未展眉。」（元稹《遣悲懷》）。

巫峽錦囊

1巫峽的綺麗風光，可以十二峰爲代表。奇峰並巒，競秀爭雄，那飄浮在峰上的白色氣體，是煙非煙，似雲非雲。其中尤以神女峰最爲俏麗。當三峽水庫水位到達一百七十五公尺以後，巫峽水位僅提高了八十公尺，這對幽深秀麗的峽谷風光並沒有太大的影響，相反地將進一步開闢出杉木壤溪、神女溪等更幽深的峽谷景觀，它們將給巫峽遊覽增添更多的奇情野趣。

2奉節的地縫是世界上最長的地縫！奉節的天坑是世界上最大最深的天坑！天坑就是喀斯特地形中的漏斗，奉節小寨天坑坑口直徑六百二十六公尺，坑深六百六十公尺，腰際還有飛瀑，下面還有發達的陰河、地下湖泊以及許許多多尚不爲人知的祕密；地縫是喀斯特地形中地表水和地下河溶蝕的產物，天井峽地縫長五千五百公尺，深度從上游向下游從一百五十公尺增至兩百二十公尺，夾道是刀削斧劈的岩石，成爲世界上最長的「一線天」景觀。

天坑地縫離奉節興隆鎮不遠，北鄰長江，東鄰巫山，方圓好幾百里，已開發爲旅遊區。自一九九四年以來，中英探險家連續做了五次探險，他們從天坑底部溯流前進一．五公里，從地縫盡頭往下探索了四公里，中間估計還有三百公尺的通道仍未開通。

▲天坑

後三峽時代

一九九四年就開始叫喊「告別三峽」、「與三峽的最後一次約會」，三峽眞的消失了嗎？

非也。

二〇〇九年，三峽大壩建成後，壩前水位蓄至一百七十五公尺，在宜昌三斗坪至重慶六百五十公里長的水面上將形成面積約一千一百平方公里的峽谷型三峽水庫，平均水深將比現在增加十～一百公尺。這對於兩岸高達數百公尺乃至大多數千公尺以上的懸崖峭壁來說，其固有的雄、險、奇、幽特色仍不會發生大的變化；但是水位的升高，會使現在一百〇八處定級保護的自然或人文景觀中的三十九處受到影響。

世界第一白鶴梁 水下碑林千古絕

「世界第一古代水文站」涪陵白鶴梁銘刻著從唐代至近代約一千多年間文人墨客書錄的一百六十三段詩文或水文紀錄，書法作者人數多達三百餘人，題刻中尤以北宋大詩人、大書法家黃庭堅的題刻造詣最深、價值最高。題刻中有一百〇八段題刻具重要的水文價值。這些水文題刻以鑿刻石魚爲水標的方式，忠實、客觀、科學地記錄和保存了自唐廣德元年（公元七六三年）以來至近代一千兩百多年間，長江七十三個枯水年份的枯水資料和歷史水文資料。

三峽水情播報：過去白鶴梁題刻以淹沒於滾滾江水中的時候居多，能實地觀摩流覽的人寥寥無幾。蓄水後白鶴梁將永沉水底，世界獨一無二的白鶴梁水下博物館建成後，一個巨大的玻璃罩會讓白鶴梁成爲長年觀賞的景點。

陰曹地府名山巔　鬼國幽都蔥翠藏

相傳這裏是亡靈魂歸的故土，是世上獨一無二的「鬼城」。以後歷代修葺，致成大觀。「鬼城」、「鬼都」之名，透過一些文學作品的傳播，名聲愈來愈大。「鬼國神都」是目前全國最大的「活」鬼城，占地近兩萬平方公尺，它由「黃泉路」、「奈河橋」、「十殿閻羅」、「唐王遊地府」、「天子娘娘」等二十二個場景組成，整修場景陰森、恐怖、驚險、刺激。

▲豐都十八層地獄

三峽水情播報：三峽水利工程對豐都縣城會造成一定的水淹的影響，但對高高在上的鬼都影響不大。

忠州漢闕峽江稀　石寶寨樓更異奇

忠縣古稱「忠州」，位長江北岸，在唐朝貞觀八年（公元六三四年），名為「忠州」。詩人白居易曾在這裏作過刺史，家住在城外的東坡，即今蘇家坡。忠縣的石寶寨，被建築專家列為世界八大奇異建築之一。石寶寨始建於明萬曆年間，明末譚宏起義，據此為寨，石寶寨從江邊的山腳下到山頂高六十公尺，寨頂的紺雨宮四周都是絕壁，故通向紺雨宮的唯一通道是依山而建的樓閣。各層之間都有一條迂迴曲折的轉梯相通，每層都有祖像和紀念培修亭樓的碑。

三峽水情播報：三峽庫區建成後，當庫區水位達一百七十五公尺時，石寶寨寨樓樓門將淹沒一・九三公尺，寨樓一層臺階有〇・二五公尺在水面以上，到那時，石寶寨將臨水而立，倒影其中，仙山瓊閣蓬萊景象就更名副其實了。

詩書畫情雲陽繚　獨領風騷張飛廟

▲張飛廟

張飛廟是張桓侯廟的俗稱，位於雲陽縣城長江南岸飛鳳山山麓，是為紀念蜀漢名將張飛而修建的祠宇，此廟始建於唐代、以後宋元明清各代都有修葺和擴建。形成了一組宏偉壯麗、獨具一格的古建築群，其殿宇琉璃粉牆、金碧輝煌，掩映在綠蔭之中。現今廟內存有遠自漢唐，近到明清的各類書畫珍品，摩岩石刻一百九十餘幅，木刻書畫兩百一十七幅。較著名者有漢《張表碑》，唐顏眞卿《爭座位帖》，還有蘇東坡、黃庭堅等名家手筆，以及岳飛《後漢書·耿龠傳》手書長卷，朱元璋「純正不曲，書如其人」的評語石刻等。

三峽水情播報：保護方案計畫將張飛廟與雲陽縣城一起向上游搬遷。張飛廟的搬遷新址選擇在長江南岸磐石鎮附近的山坡上，這一地區在自然環境上與張飛廟原址較爲接近。對張飛廟周圍有典型特徵的景物，如古樹、巨石等加以補植或複製，以體現張飛廟搬遷前的環境面貌。

秭歸城系姊弟情　屈公祠廟忠烈傳

▲秭歸城內「屈原故里」牌坊

秭歸是詩人屈原的故鄉，現存的名勝景觀主要有屈原祠和屈原宅（故里）。

屈原祠現址是一九七六年因興建葛州壩水利工程易地遷建的，屈原宅（故里）在秭歸東北的三閭區屈原鄉樂平里。這裏有關屈原的名勝古跡和傳說甚多，如香爐坪、照面井、讀書洞、玉米三丘等，當然建築都是近現代的，與屈原無關。

三峽水情播報：秭歸這座古鎮，將隨著三峽工程的興建而沉入水底。但一座新的秭歸縣城已在三峽壩址中堡島附近的茅坪鎮中矗立。三峽大壩建成後，長江水位最高只能漲到現今屈原紀念館的山門臺階之下，館內建築將不會受到江水淹沒的影響。

即將形成的景觀：截斷長江流，高峽出平湖

長江三峽水利樞紐工程是世界上最大的水利樞紐工程之一。就三峽大壩本身而言，將出現四大奇觀：一是巍巍大壩世界奇觀；二是萬噸船隊「跨山越嶺」（過五級連續巨型船閘）入「平湖」；三是客輪乘電梯（萬噸級超大型快速升降直升船）；四是壩上「平湖」千里。壩下飛瀑奇觀。壩下不遠就是黃陵廟勝境。巍巍大壩，秀雅古寺，一古一今，相映成趣。

三峽大壩建成後，將形成一個平均庫寬一千公尺（寬谷江段的水面達三、四公里），庫長六百公里，總水面約一千〇八十四平方公里的高峽平湖，形成中國中心地帶的人造「地中海」。到那時，礁石江灘，險浪惡水會被煙波浩淼、奇峰屹立的平湖風光所取代。形成有湖有島、岸線曲折多變的大水域。除新形成的湖島可開闢爲旅遊景點外，由於水位上升，使一些藏在深山峽谷中鮮爲人知的旅遊資源能得到充分的開發利用，初步預測可增加七十七處新景點。其中湖泊十一個，島嶼十四個，峽谷及河流河段三十七處，溶洞十五個。

巫峽西口北岸的大寧河，目前只能乘小舟遊覽大昌鎮以下六十公里的小三峽。水位提高以後，乘船溯江而上可快速直達大寧河上游巫溪廟峽、剪刀峽、荊竹峽、野豬峽等景點。船行香溪水、高嵐河，也可使遊覽觀光屈原廟、昭君故里乃至神農架等景觀變得輕而易舉、隨心所欲。眞是「三峽被淹，焉知非福？」

滾滾長江東逝水

江流天地外——襄陽

從未做過官，卻受到皇上的接見。隱居山中四十年，卻在全國擁有很高知名度，連李白都公開表示：「吾愛孟夫子，風流天下聞。」（《贈孟浩然》）一生只寫了二百一十八首詩，卻有十五首入選《唐詩三百首》。

隱士孟浩然其詩其人都是唐代的楷模。

▲孟浩然

他在家鄉襄陽鹿門山隱居到四十歲，為應舉準備了整整三十年。初到長安，在太學賦詩，詩句「微雲淡河漢，疏雨滴梧桐」，向整個長安宣告：孟夫子來也。唐玄宗慕名而來，令孟浩然即席賦詩，孟曰：「多病故人疏，不才明主棄。」皇帝老兒生氣了：你沒做過官也沒來過長安，我什麼時候「棄」過你？肯定是你不求進取，不加強自己的政治學習！既然你多病，我就賜你回去隱居，終身不得錄用！

孟浩然就這樣糊裏糊塗地回到襄陽。「紅顏棄軒冕，白首臥松雲。醉月頻中聖，迷花不事君。高山安可仰，徒此揖清芬。」（李白《贈孟浩然》）李白為何對孟浩然高山仰止？因爲孟夫子在少壯紅顏就放棄達官貴人的軒冕，甘心一輩子白首對著松風白雲，眞正做到了鄙棄仕宦、隱居山林，而李白終生在求謁中奔走，屢被拒絕，從不放棄。因爲不能，所以敬慕。

春曉　孟浩然

春眠不覺曉，處處聞啼鳥。夜來風雨聲，花落知多少。

隱居山林也許出於無奈，但是，傲然歸去之後眞的收起功祿心，終日只與山水爲伴，一睡睡到被啼鳥吵醒，晚上聽到風雨聲，心裏掛念的是花落了多少，落紅灑滿了小徑沒有？這種閒人的心境，讓李白之類在塵世中奔波的人豔羨不已。

孟浩然傳世的作品不多，一本薄薄的《孟浩然集》只收錄了他的二百一十八首詩。他長於五言，絕大部分是描繪山川田園之美和寄情感懷的五言詩，題材狹窄，但是卻把五言詩做到了極至。

與諸子登峴山　孟浩然

人事有代謝，往來成古今。江山留勝跡，我輩復登臨。
水落魚梁淺，天寒夢澤深。羊公碑尚在，讀罷淚沾襟。

●峴山，又名峴首山，在襄陽南郊。魚梁洲，在峴山下的襄江中。夢澤，即雲夢澤，古代的大湖，位於湖北湖南之間，包括今天的洞庭湖，今已大部分變成陸地。羊公碑，紀念曾鎮守過襄陽的西晉名將羊祜的古碑，見者每每墮淚，因又名墮淚碑。詩的大意是說，詩人登上峴山，放眼山川形勝，縱觀英雄歷史，不禁潸然淚下。詩意自然清逸，寫來似乎毫不著力，這就是孟詩最大的優點。

孟浩然隱居的襄陽也不是什麼偏僻之地，它是古來兵家必爭的戰略要地，東連江漢，西接川陝，南通湘粵，北達宛洛。古代軍事家曰：「夫襄陽者，天下之腰也」。

在孟浩然之前，劉、關、張把整個襄陽攪得天翻地覆。劉、關、張冒雪赴襄陽城西的隆中三請諸葛亮；劉備乘的「盧馬」陷襄陽城南九宮山下的檀溪泥淖中，一躍三丈高到得岸上；南漳水鏡莊之清雅，水淹七軍之慘烈……後來襄陽又有宋代大俠郭靖夫婦的死守，明起義軍李自成的血攻。總之，號稱「南船北馬」的襄陽，並不是孟夫子詩中的一派田園風光。

漢江臨眺　王維

楚塞三湘接，荊門九派通。江流天地外，山色有無中。

郡邑浮前浦，波瀾動遠空。襄陽好風日，留醉與山翁。

● 王維給襄陽留下了兩句絕妙好辭。「江流天地外，山色有無中。」無敵江景，縹緲遠山，此句是古詩中出了名的名句，狀寫的是在襄陽交彙的襄江和漢水。「襄陽好風日，留醉與山翁」可能直白了些，王詩佛可能是太愛此地了。

襄陽與樊城現在全稱襄樊市，本來樊城也是古代名城，合稱後大家只記得襄樊是個新興汽車工業基地，有部分人還以爲襄陽在河南呢！

襄陽錦囊

1 峴山在襄樊市郊，高不過五十公尺。孟浩然隱居的鹿門山，在江的對岸，群峰環峙，林密石怪。踏著孟浩然常走的山徑，緩緩上山，盡情品味「竹露滴清響」的妙境，可別有一番情趣。

2《三國演義》有一百二十回，有三十回的故事發生在襄陽。諸葛亮早期隱居的古代隆中位於襄陽城西十三公里處的群山中，山中諸多有關諸葛亮之處——草蘆亭、躬耕田、三顧堂、小虹橋、野雲庵及武候祠。書中說劉備的盧馬「一躍三丈」，劉備躍馬時的檀溪最少有三丈寬。現在看到的襄陽檀溪只有其名而無水。遠在一千多年前，補修老龍堤後，檀溪之水不再入漢，檀溪就日漸淤塞了。那個向劉備舉薦「伏龍、鳳雛，兩人得一，可安天下」的司馬徽隱居於南漳水鏡莊，依山傍水，風光旖旎，今日所看仍是隱居的好地方。

3郭靖死守的襄陽城雄踞於漢水之南，與盤峙江北的樊城隔江相望。整個城區微呈方形，城池高大壯觀，古樸多姿。它的北面有滔滔漢水作天塹，南面和西南有峴山、眞武諸山作屏障，地勢險要，易守難攻，實爲漢水之鎖鑰，江漢之屏障，歷來爲兵家必爭之地。此地有「鐵大的襄陽，紙糊的樊城」之說。

▲郭靖夫婦死守的襄陽城

樓高望斷天涯路——名樓

在一個梅雨季節即將來臨的時候，我將對你解說江水的哀愁。高樓凝望，從天空墮落或是從眼睫裏溢出的是一滴同樣的淚水。

憂國憂民——湖南岳陽樓

跟其他名樓一樣幾次全毀幾次重修，可貴的是一九八三年重修時遵照了清代光緒年的版本，主樓三層，高十五公尺，古色古香，正可登臨其上發家國之感。

登岳陽樓　杜甫

昔聞洞庭水，今上岳陽樓。吳楚東南坼，乾坤日夜浮。
親朋無一字，老病有孤舟。戎馬關山北，憑軒涕泗流。

● 湖面寬廣，天地日月好像都浮在湖水上。親戚朋友一封信也沒有，只有我這個病老頭子一個人伴著這孤獨的小船。西北的邊疆還在打戰，靠著岳陽樓的視窗，國難和個人身世，淚如雨下。

杜甫看到的洞庭湖昔爲中國第一大淡水湖，唐時面積達一萬平方公里以上，是遠古時期雲夢澤的遺跡。雲夢澤，占據今湖北省南部和湖南省北部，戰國時候乾涸爲兩湖地區的數千個小湖泊。洞庭湖秉承其衣缽，煙波浩渺一望無際。孟浩然有詩云：

臨洞庭湖上張丞相　孟浩然

八月湖水平，涵虛混太清。氣蒸雲夢澤，波撼岳陽城。
欲濟無舟楫，端居恥聖明。坐觀垂釣者，徒有羨魚情。

● 詩氣勢非凡，然而用於干謁（「欲濟無舟楫，端居恥聖明」）討好張說宰相，未免可惜。倒是宋人范仲淹的「先天下之憂而憂，後天下之樂而樂」方不辱沒了這天下第一水。

小常識

君山銀針茶：舜帝南巡死於蒼梧，妃子娥皇和女英悲痛萬分，登上洞庭君山攀竹痛苦，淚珠滴在竹子上，竟成斑竹，怨氣千年不散，君山終年雲霧繚繞，養育出君山銀針茶。

鑒別方法：正宗君山銀針是清明節前一個星期內採摘的，數量不多。茶芽身金黃，形似繡花針，長短一致，粗細均勻，白毫完整。此茶特點在於動態十足：用開水沖泡於玻璃杯內，只見根根銀針沖向水面，繼而徐徐下沉，豎立杯底，三起三落，沉底後酷似群筍出土，宛如刀劍林立。

孤帆遠影——武漢黃鶴樓

有一千七百多年歷史的名樓，凌武昌黃鵠山之巔，攬江漢奔流之概，古有「天下江山第一樓」、「人間仙境，江上大觀」的美譽。

黃鶴樓送孟浩然之廣陵　李白

故人西辭黃鶴樓，煙花三月下揚州。
孤帆遠影碧空盡，惟見長江天際流。

●別者孟浩然，人雖然在舟中，卻屢屢回首，心不忍別船早別；送者李白，黃鶴樓上人立波頭，引頸遠眺，「望君煙水闊，揮手淚沾巾」（劉長卿《餞別王十一南遊》），直到孟浩然的「孤帆遠影碧空盡」，但見一江春水滾滾流向天水一色處。

黃鶴樓　崔顥

昔人已乘黃鶴去，此地空餘黃鶴樓。
黃鶴一去不復返，白雲千載空悠悠。
晴川歷歷漢陽樹，芳草萋萋鸚鵡洲。
日暮鄉關何處是，煙波江上使人愁。

●白雲悠悠，陽光照耀下的漢陽樹木清晰可見，那一片碧綠芳草覆蓋下的是鸚鵡洲。天色臨晚，眺望故鄉，鄉關何處？煙靄籠罩著江面，也籠罩著我的心。

崔顥是汴州（今河南開封）人，約生於武后長安四年（公元七○四），於開元十一年（公元七二三年）登進士第。由於他早年好賭博飲酒，擇妻以貌美為準，稍不如意即離棄，被稱為「有俊才，無士行」（《舊唐書》本傳）。開元詩人崔顥所存的四十多首詩中，描寫婦女生活的約占三分之一，但最出名的卻是這首《黃鶴樓》。一向狂妄的李白到了黃鶴樓，唯有低眉斂手：「眼前有景道不得，崔顥題詩在上頭。」

崔顥把後人寫黃鶴樓的詩料都一一用盡，害得後人只能寫上：××到此一遊。

望夫識歸舟——江西南昌滕王閣

「落霞與孤鶩齊飛，秋水共長天一色」是唐代王勃眼中的美景，韓愈心中的江南臨觀第一樓。明代時只有三層，高二十七公尺，仍可見滔滔江水。今天的騰王閣，連地下室共九層，長高了一倍多。碧瓦重簷，畫棟彩柱，紅紅綠綠，是二十世紀九○年代蹩腳工匠手下的假古董。滕王閣門票挺貴，不知是不是貴在嵌在上面的那枚金屬紀念幣上。但真正失落的卻是面對發黃的江水和喧鬧的人群，你再找不到「過盡千帆皆不是，斜暉脈脈水悠悠」的意境了！

夢江南　溫庭筠

梳洗罷，獨倚望江樓。
過盡千帆皆不是，
斜暉脈脈水悠悠，腸斷白蘋洲。

江南水網縱橫，行人往往以舟代步，所以江南送別，多在水濱渡口。而水鄉送別，栓繫送別雙方心緒的，莫過於逝水歸舟。古人寄別恨於逝水，是慨歎水流東去不復返，別易會難；是詠懷水流無情，情深誼長更何況歸帆遠逝，魂繫人心。

江頭一別，此去經年，少婦日日夜夜獨倚望江樓，幾度誤識歸舟。過盡千帆，不見伊人，每日只見太陽東起復西沉，夕陽斜暉灑滿江面，水悠悠，恨幽幽，望著江中開滿白色花的小洲，回想起當日送他遠行的情景，怎不使人肝腸寸斷！

天涯孤棹——采石太白樓

在安徽馬鞍山采石公園內，木石結構，雕樑畫棟，飛簷翹角。登樓遠眺，千里江流，萬頃田野，盡收眼底，綺麗無比，素有「風月江天貯一樓」之稱，在此可「俱懷逸興壯思飛，欲上青天攬明月」。

宣州謝朓樓餞別校書叔雲　李白

棄我去者，昨日之日不可留，
亂我心者，今日之日多煩憂。
長風萬里送秋雁，對此可以酣高樓。
蓬萊文章建安骨，中間小謝又清發。
俱懷逸興壯思飛，欲上青天攬明月。
抽刀斷水水更流，舉杯銷愁愁更愁。
人生在世不稱意，明朝散髮弄扁舟。

酣高樓，醉明月，多少人間事，恰似一江春水向東流。人生不得意，「明朝散髮弄扁舟」，小舟從此逝，江海寄餘生。

誤入武陵源──張家界

晉代陶淵明寫過一篇《桃花源記》，說是一個武陵郡人無意中闖入一個與世隔絕的樂土，那裏人人豐衣足食，怡然自得，不知世間有禍亂憂患。後代遂以桃源或武陵源暗指理想家園，現如今，湖南有桃源和武陵源，江西有桃源，浙江也有桃源，誰是正宗？晉代武陵郡設在今湖南北部桃源縣，按理說武陵人誤入的桃源應該就在本郡地盤，所以湖南桃源縣一向以正宗桃源自稱。

桃花溪 張旭

隱隱飛橋隔野煙，石磯西畔問漁船。
桃花盡日隨流水，洞在清溪何處邊？

以草書聞世的書法家張旭，常常醉後落筆，人稱「張顛」，有人說他長住長安，壓根就沒去過桃花溪，但這並不妨礙他的《桃花溪》成爲一首名詩。當年行駛漁船桃花流水的清溪，如今僅存一線細水，桃花還是有的，落英繽紛，開滿整個桃花源。

桃源行 王維

漁舟逐水愛山青，兩岸桃花夾古津。
坐看紅樹不知遠，行盡青溪忽值人。
……
出洞無論隔山水，辭家終擬長遊衍。

▲天生橋（位於張家界風景區）

自謂經過舊不迷，安知峰壑今來變。
當時只記入山深，青溪幾度到雲林？
春來遍是桃花水，不辨仙源何處尋？

●「不辨仙源何處尋？」王維留下讚美詩，卻沒有去深究桃源在哪裏。其實桃源就在人心。陶淵明說過「問君何能爾，心遠地自偏」，心情自得，不因物喜，不因己悲，隨便一條小溪一處美景，即可稱爲「桃源」。

我相信桃源縣是陶淵明的桃源，不大相信武陵源景區也是《桃花源記》的武陵源——既然有桃源，何來武陵源？要知道，兩者是異名而同質的。再說，武陵源景區是近十幾年才被發現、被開發的，找得著的前人詩文最早超不過明清。既然非眞正意義上的武陵源，當然也就不是想像中的理想境地了。

張家界錦囊

1**季節**：張家界風景區每年以連續假期或國定假日為旅遊旺季，期間所有食、住、行價格會以五十%到一〇〇%的幅度瘋狂上漲。

2**導遊**：大多數景點的路上都沒有指示牌，如果不跟導遊的話，很容易迷路。請導遊的好處還有，住宿可幫你拿到七折價。

3**用餐**：風景區的用餐奇貴，張家界市內就很便宜，晚上滿街都是大排擋，建議嚐一下風味獨特的土家火鍋。沿途有不少攤上都供應土家小吃，有葛粉、米酒、涼粉、粑粑等，麻辣感較重，價錢都不貴，一定要嚐一下。

4**山歌**：據說「烏龍寨」景點的「山歌亭」是聽山歌最好的地方，這裏地處半山腰，面對著空曠的山谷，對面的山峰形成天然的回音屏，你一定要站著面向山谷聽，那樣才會真正地感受到空谷傳音的原汁原味的山歌妙韻。

5**天氣**：每年的四月和十月是張家界天氣最好的時候。千萬別在雨天去爬山，一則路滑，二則哪怕只是細雨，山頂也會有很大的霧，那麼你就白跑一趟什麼也瞧不到了，應該是雨後的一～二個小時內去山頂觀景最好，那時霧已散至山腰，只有峰頂露著一角，往下看去座座山峰間雲霧繚繞，恰似仙境一般。

▲廬山瀑布雲

東林一別，虎溪三笑——廬山一

上天可憐長江邊的四大火爐把長江烤得奄奄一息，於是大手一揮，批了一處避暑山莊，療養去吧。此爲廬山。古人坐船從長江順流或逆流至九江，棄船登山，吸一口廬山雲霧，啊，悠長假期開始了。

李白在白帝城「輕舟已過萬重山」順流東下，至廬山東南之星子縣境內棄舟登岸，在廬山東南麓的秀峰偶遇瀑布，驚爲銀河。

望廬山瀑布　李白

日照香爐生紫煙，遙看瀑布掛前川。
飛流直下三千尺，疑是銀河落九天。

這瀑布名叫黃岩瀑布，又名開先瀑，從雙劍峰之黃岩絕壁直瀉，懸掛千丈，是廬山諸瀑布中被歷代詩人歌詠最多的瀑布。唐末徐凝有詩云：

廬山瀑布　徐凝

虛空落泉千仞直，雷奔入江不暫息。

今古長如白練飛，一條界破青山色。

● 瀑布猶如一匹白練，劃破了完整的青翠山色。此詩想像生動，「界」字用得虎虎生風，白居易說這首詩「賽不得」，沒有更好的了。蘇東坡則認爲上帝讓銀河的一條垂落下界，只有詩仙李白的詩配得上，徐凝的是惡詩。東坡居士此言偏頗，可能是怕徐凝的詩搶了他的名句「不識廬山眞面目，只緣身在此山中」的風頭。

中唐詩人白居易遊廬山，見香爐峰下雲山泉石勝絕，因置草堂，建築樸素，不施朱漆粉刷。草堂旁，春有繡谷花（映山紅），夏有石門云，秋有虎溪月，冬有爐峰雪，四時佳景，收之不盡。

廬山外線還有東林寺、獅子洞和白鹿洞書院，都聲名顯赫。東林寺是東晉名僧惠遠創建的，佛教「淨土宗」發源於此。寺中有聰明泉，古人是喝泉水補腦強身，今人是喝泉水訂情，電影《廬山戀》的男女主角飲了此泉水後眞情流露互表鍾情，從此後熱戀情人必上此地喝泉水定姻緣。白鹿洞書院是唐代開創的書館，號稱「廬山國學」，宋代在大儒朱熹的主持下成爲北大清華那樣的名校，與睢陽、石鼓、嶽麓並稱「天下四大書院」。

峰呈五老，泉分三疊——廬山二

大林寺桃花　白居易

人間四月芳菲盡，山寺桃花始盛開。
長恨春歸無覓處，不知轉入此山中。

白老沒讀過地理書，怎麼知道山地高度每升高一百公尺，氣溫就下降〇．六℃？平地上桃花是陽春三月開放，四月份山寺（大林寺在廬山牯嶺之上）桃花才開始盛開，那廬山的高度當在一千五百公尺左右。

山高雲深，廬山的雲飄忽、變幻，有萬種不可捉摸的丰姿，有漫天飛卷的奇象，把廬山諸峰弄得虛虛實實，眞假難辨。在五老峰中的四老峰上看風景，有時萬里金暉廬山美景盡收眼底，有時霧氣擁來一片迷濛，數十步內不見人影。所以在五老峰之巔看仙人洞和廬山松時，導遊不斷在旁鼓譟，快點快點，遲了就看不見了。

五老峰後，有瀑布兩次飛瀉於大磐石上，折而復聚，形成三疊，故名「三疊泉」。沒有唐詩的記錄，唐人登山要嘛騎驢要嘛步行，李白體力算好的了，但他當年隱居在不遠處的九疊屛，也沒有走到三疊泉。宋代有樵夫發現此人間美景（估計是廬山的樹木砍得差不多了，得到深山林裏去），轟動天下。朱熹任白鹿洞書院洞主

（即校長）時，年老多病不能前往，只好請人將它畫下，天天對著畫想像三疊聲勢。「未到三疊泉，不算廬山客」。去三疊泉的道路可眞是難走。八百八十六個石級啊！石級陡若懸梯，一邊是懸崖，一邊是深淵。但是下至谷底，看到三疊泉，所有的辛苦都煙消雲散了。

廬山錦囊

1廬山最美的季節應該是在秋季和冬季，秋季的廬山雲霧剛好襯托氣氛又不阻隔視線，冬季廬山飄雪眞是美啊！

2含鄱口看日出，其實並不是最佳地點，因爲大部分都被五老峰所擋，故五老峰才是看日出最佳的地方。

3廬山的門票多得超人想像。因爲現在的廬山被分了三塊，廬山景區歸九江市，三疊泉景區歸九江縣，還有個秀峰景區歸星子縣。這樣遊人到了廬山，不僅要交三次門票錢，而且在設計旅遊路線時，還得煞費苦心，生怕沒看完景點，就出了景區。建議只去三疊泉，那裏的風景是最具代表性的。最後去外線秀峰景區（就是李白寫《望廬山瀑布》的地方），那裏是廬山最美的地方，約需要一天的時間。

4廬山的特產是雲霧茶，石耳和石魚等，建議淺嚐輒止。

舊時王謝堂前燕

金陵（今南京）在唐代是全民思想道德教育基地。唐人至此除了緬懷古蹟，更想從那六個王朝的衰落總結出興亡經驗。從公元三一七年到五八九年，金陵（時稱建康）一直是東晉與南朝宋、齊、梁、陳五朝的國都，加上孫權的東吳，南京總共做了六朝都城。當時它是南中國的政治、文化、經濟中心，歷時共三百二十二年。這是南京城在歷史上的第一個黃金時期，六朝極度繁華，商業高度發達，到了梁朝，建康城的人口已過百萬，成為中國第一大城市。公元五八九年，隋軍南下滅陳，當時建康要遠比隋大興城繁華，隋文帝下令拆毀建康城的所有建築，將城邑平為耕田。六朝古都就這樣被毀於一旦。在隋唐兩代，江南揚州盛而金陵衰，只有那古都的廢墟在悠悠的唐詩中遊蕩。

山形依舊枕寒流——南京一

一座城市能做為國都，必定在地形上有王氣，在軍事上易於防守，這兩點，金陵具有中國最好的條件。山環水抱，自古有「鍾阜龍蟠，石城虎踞」之稱，據傳，楚懷王滅越國後，曾在鍾山埋金以鎮「王氣」，是以鍾山又稱金陵山。眞正在南京建都的是東吳的孫權，當時諸葛亮來東吳商討共拒曹操大計，見到此地說：「秣陵地形，鍾山龍蟠，石城虎踞，眞帝王之都也。」建議孫權在此地建都，於是孫權在今南京城的位置建起建鄴城，在旁邊的石頭山上建起石頭城，西臨長江，南控秦淮河的入江口，作爲建鄴城的屏障。有一段時間，孫權曾經遷都武昌，受到了江東大族的反對，民間流傳著「寧飲建鄴水，不食武昌魚」的說法，因此，不久後不得不又遷回建鄴。

西晉初年，晉軍攻陷建鄴，三國合一，好江山，好地形，終於還是守不住了。

西塞山懷古　劉禹錫

王濬樓船下益州，金陵王氣黯然收。
千尋鐵鎖沉江底，一片降幡出石頭。
人世幾回傷往事，山形依舊枕寒流。
從今四海爲家日，故壘蕭蕭蘆荻秋。

●西晉大將王濬從益州（今四川成都）順流東下，東吳在長江天險造的長長的鐵鏈，都被燒斷沉到江底，東吳朝廷只好從石頭城中舉起白旗投降了。劉禹錫認爲，虛妄的精神支柱「王氣」、天然的地形、千尋的鐵鏈，皆不足恃，「四海爲家」江山大統的趨勢是不可逆轉的。

▲鳥瞰中山陵

唐人到了金陵多半會總結出「天時地利不如人和」的唯物主義歷史觀，但是金陵昔日的繁華實在太打動人了，詩人們在批評六朝皇帝荒唐生活的時候總不免帶點感傷的懷念。

石頭城　劉禹錫

山圍故國周遭在，潮打空城寂寞回。
淮水東邊舊時月，夜深還過女牆來。

● 故都經過六朝的豪奢，至今天（唐代中期）廢棄。潮水拍打著空城，帶著寒心的歎息默默退去。山川依舊，昔日的繁華已空無所有。當年從秦淮河東邊升起的明月，如今依舊多情地從城垛（女牆）後面升起，它不知道那徹夜笙歌的大臣妃子已經不在了。

烏衣巷　劉禹錫

朱雀橋邊野草花，烏衣巷口夕陽斜。
舊時王謝堂前燕，飛入尋常百姓家。

● 孫吳王朝皇上的禁衛軍也像今天一樣穿黑衣，駐紮在朱雀橋邊，他們住的地方叫「烏衣巷」。東晉時此地成了宰相王導、謝安等豪門世族的住宅區，極其顯赫，極其豪華。如今，燕子仍飛回舊處築巢，可這裏已不再是王、謝兩家華貴廳堂，而是尋常的百姓家裏了。用燕子來反襯人世間的滄海桑田，劉禹錫這一筆眞是絕妙。

思想上進的李白也曾到過金陵，他看到當年鳳凰雲集的鳳凰臺而今鳳去臺空，自然也發一興亡感慨，但是大詩人本著對現實強烈的批判精神，又從鳳凰臺轉到現實的政治——

登金陵鳳凰臺　李白

鳳凰臺上鳳凰遊，鳳去樓空江自流。
吳宮芳草埋幽徑，晉代衣冠成古丘。
三山半落青天外，二水中分白鷺洲。
總爲浮雲能蔽日，長安不見使人愁。

●爲何「浮雲」能「蔽日」？就是因爲奸臣小人包圍著皇帝，致使像李白我這樣的忠臣報國無門。此詩無一處不發牢騷，比之劉禹錫，詩的韻味就直白了些，不夠深遠。

南京錦囊①

1隋煬帝有意壓制金陵而扶植揚州，唐代沿襲舊制，故隋唐是南京歷史上最黯淡的時候。明代建都金陵，今日所見古蹟多是明代所建。値得一去的有世界上最大的都城牆──明代城垣、九個明代城門、朱元璋的明孝陵、鍾山東南麓的靈谷寺、紫金山天文臺。

2玄武湖，東吳集結水軍的地方。波光瀲灩，垂柳拂地，古蹟眾多，在南京城東偏北。

3鳳凰臺蕩然無存，有車水馬龍鳳臺路記載著它的曾經存在。長江中心的白鷺洲已經在宋代變成陸地。現在的白鷺洲公園是明代鍾山王徐達的私家花園，隔秦淮河與貢院相對，爲明代歌舞勝地。

▲玄武湖

商女不知亡國恨──南京二

六朝的秦淮是清麗的。現在有條進香河路，就是那時的進香河，也就是內秦淮的一支。士人商販們在吉日裏，坐著船，沿著進香河，晃晃悠悠地去雞鳴寺進香、祈福。吳歌西曲一路縈縈繞繞地唱著，先是清麗的江南，「江南可採蓮，蓮葉何田田」。秦淮雖無蓮花，但是從秦淮一路搖櫓過去，可以搖到莫愁湖邊上的莫愁住處。

後來，陳叔寶那個活寶皇帝，帶著張美人、孔美人跳進了胭脂井，井臺邊上的胭脂，與井裏的水溶在了一起，成了南京人心頭的一顆朱砂。纏綿在金陵城骨子裏的那抹穠豔，自此落下了，再也洗不去了。

泊秦淮　杜牧

煙籠寒水月籠沙，夜泊秦淮近酒家。

商女不知亡國恨，隔江猶唱後庭花。

● 商女，歌妓也；《玉樹後庭花》，南朝陳後主描寫男女情事之淫樂。商女不是不知南朝因《玉樹後庭花》而亡，乃是老爺們愛聽這靡靡之音，點歌必點此曲。秦淮河就這麼奇怪，要嘛承載了太多的凝重，要嘛飄乎如佳人行過的一縷香風。總有那麼一點曖昧，一點混沌。就如這首詩，杜牧本意是要提煉南朝亡國的經驗教訓，但是這種諷諫的意味總是被商女的《後庭花》縈繞著。

▲莫愁湖

隋宮　李商隱

於今腐草無螢火，終古垂楊有暮鴉。
地下若逢陳後主，豈宜重問後庭花。

●此詩諷刺的力度很足，把隋煬帝下江南的時候玩螢火蟲、在運河兩岸種植楊柳、夢見陳後主與張麗華，讓張爲之舞《玉樹後庭花》的荒唐行徑，一一點評。可是，一到秦淮河，一見到商女輕衫麗影，燈火笑媚香的繁華，再辛辣的諷刺也弱了幾分。秦淮河的槳聲燈影是能消磨人的意志的。

秦淮河流入的長江水是一江春水，上游的巫山情與下游的秦淮是生動的註腳，在唐代，還有金陵旁邊長干里的「青梅竹馬」。

長干曲　崔顥

君家何處住？妾住在橫塘。
停船暫借問，或恐是同鄉。
家臨九江水，來去九江側。
同是長干人，生小不相識。

◀南朝陳文帝陵

●此詩乃當時最流行的男女聲二重唱歌辭。一個水上行船的姑娘，聽見一個鄰船人的話音，於是急急地問：「你是哪兒的人呀？我可是橫塘人。聽你的口音，咱們說不定是同鄉呢！」心直口快，天眞浪漫。接下來就是那個男子的回答：「老家住在江邊長干里，也是一個風行水宿的人，作爲同鄉，怎麼從小不認識，今天卻在這兒偶然相遇了呢。」簡單的四十字，萍水相逢，一見鍾情的喜悅已刻畫盡至。

秦、漢、六朝時期，長干里是南京最繁華的地方，是著名的商業區和貨物集散地。不少長干里人以舟爲家，以販爲業，故唐崔顥的《長干曲》記述的船家子女走南闖北，少受封建禮教的影響，於是船頭的一次搭訕才有那樣戲劇性的邂逅相遇。橫塘在今江蘇南京西南，與長干很近。

青梅竹馬這個表示少年愛情的成語出自酒仙李白。「妾髮初覆額，折花門前劇。郎騎竹馬來，繞床弄青梅。同居長干里，兩小無嫌猜……」古代男孩子喜歡騎著竹馬玩打仗，女孩子嘴饞，拿著青梅邊吃邊偷看男孩子玩。李白這首《長干行》描寫童年男女兩小無猜、天眞無邪、親暱嬉戲之狀。後來「青梅竹馬」就成了那種朦朧的年少感情的代言。

南京錦囊②

1烏衣巷和秦淮河都在今南京城南的秦淮風光帶，有夫子廟、貢院、學宮三大古典建築群，臨秦淮河一帶有戲院、書場、茶社和各種土產、工藝品商店，夫子廟的廟會小吃天下聞名。秦淮夜市和金陵燈會夜夜笙歌，不過，是新時代了，不唱《玉樹後庭花》改唱《我等到花兒都謝了》。

2到南京的長干里憑弔唐代的愛情。這裏地勢高亢，雨花臺陳於前，秦淮河衛其後，大江護其西，又是秦淮河的入江通道，戰略地位十分重要。南京城市的雛形——越城就位於此。

3南京良品名菜：鹽水鴨（桂花鴨）、鹽水雞肫、米斗燒雞、砂鍋菜核、白湯鯽魚、龍池鯽魚、鳳尾蝦、美味月干。

風味小吃：鴨油燒餅、金陵元子、鴨血湯、糖粥藕、燙干絲、豆腐澇、小刀麵、蟹黃小籠包。特產：雨花茶、雨花石、南京雲錦、金陵金箔。

搖滾江山——鎮江

鎮江，長江於此一瀉千里，行帆點點，無邊無際，山巒重圍，江山無比壯麗，號稱「天下第一江山」。

北固山。甘露寺中孫劉聯姻，甘露寺外「狠石」上劉皇叔決定千萬人性命定下赤壁之戰策略。

唐人有幸，鎮江（時稱京口、潤州）未沾染兵亂之血，有的只是一片淡淡的客愁。

芙蓉樓送辛漸　王昌齡

寒雨連江夜入吳，平明送客楚山孤。

洛陽親友如相問，一片冰心在玉壺。

●江雨飄然而來，「連」「入」顯示雨勢平穩連綿。王江寧離情縈懷，一夜未眠。滯留潤州已年餘，故鄉洛陽不斷有不利的謠言傳來，芙蓉樓送別，囑咐友人，洛陽親友如相問，務必聲明，王某仍堅守操守，心如冰心，剔透純潔。

次北固山下　王灣

客路青山外，行舟綠水前。潮平兩岸闊，風正一帆懸。

海日生殘夜，江春入舊年。鄉書何處達？歸雁洛陽邊。

潮水漲平了江岸，江面看來無比寬闊，小船順風前進，一帆高掛。在殘存夜色籠罩的江面上，遠處一輪紅日已緩緩升起。明天的太陽照著今天的江面，春意呈露的江水流入的是依然愁苦的舊年。唐人詩歌裏竟然有如此辨證的時空觀，奇哉奇哉！時任洛陽尉的王灣因此詩名揚，宰相張說將「海日生殘夜，江春入舊年。」一聯手書於政事堂（辦公室），每日誦讀。

這樣客愁深深的江山到了宋代就變成搖滾江山，宋辭一到鎮江便變成「大將東去」的豪放激昂：

何處望神州？滿眼風光北固樓。千古興亡多少事，悠悠，不盡長江滾滾流！

想當年，金戈鐵馬，氣吞萬里如虎。

是什麼樣的江與山，讓辛棄疾「氣吞萬里如虎」？韓世忠梁紅玉夫婦於此抗擊金兵，金兀朮的鐵蹄來了又去，去了又來，鎮江每街每巷皆成戰場。千年之後英國的戰艦曾從山旁駛過，鎮江之役慘烈非常，清兵的大刀沾滿英軍的鮮血，「滑不可持」，恩格斯曾在書中記述這一戰役，並說，如果英軍在各地也遇到像鎮江守軍這樣的抵抗，他們絕對到不了南京。

鎮江三山金山、焦山和北固山。現在的金山是在陸地上，而歷史上它卻在長江水中央，所以才有白娘子水漫金山，法海鐵缽罩住孤島的傳說（事實上法海是唐朝得道高僧，不知得罪了哪個無聊文人，被編排的無一是處，比竇娥還冤啊！）。焦山現已成爲長江中的小島，需要渡船而往，然而過去它卻在陸地上，正好與金山相反。北固山也在陸地上，但過去卻算得上是個半島，三面有水，一面窄窄地與陸地相連，每當三面來水，洶湧澎湃，便像在一艘船上，此景便被稱作「天下第一江山」，如今奇觀已不復存在。

一半是江水，一半是泉水；唐代一滴中冷泉水可比現在的一滴路易十三貴重得多。有一天，茶聖陸羽受邀請品茶，倒泉水時陸羽一看，說是江水，倒至一半，又說是泉水。一問，原來是取水人潑了一半泉水，用江水湊滿。這中冷泉是從江心冒出的泉水，號稱天下第一泉，但是很難有百分百的純淨泉水。有人發明了用特製銅葫蘆，湖蓋裝上機關，然後將壺墜入泉眼，用繩子拉開壺蓋，裝進泉水，再慢慢拉出江面，操作難度係數九．九。

▲鎮江金山寺

鎮江錦囊

1山東路的藥店「寶和堂」傳說是白蛇娘娘留下的老字號，面積不大，有古風。

2王羲之的《瘞鶴銘》殘碑原來刻在焦山的山壁上，後墜落江中被撈上來。殘碑與定慧寺的晨鍾暮鼓構成焦山的歷史感。

3除了市裏的三山，距市區將近一個小時路程的茅山是著名的道教福地，茅山道士更以掐指神算聞名，不少人去茅山是爲了算命求籤。

4在鎮江人家裏吃飯，每個人一般會有三個小碗，一個放菜和飯，一個放醋，一個放魚骨、蟹殼、蝦皮等雜物。如果你是一個不要命的美食家，鎮江有一個別處沒有的選擇——河豚，下轄市場中的餐館是唯一能合法吃到河豚的地方。鎮江最出名的小吃是「鴨血粉絲湯」，做得最好的菜是「沙河魚頭」。

第六章

能不憶江南？

江南媚，其媚在夜。

江南小城破舊而安靜，在星空下細細呼吸。

這時飄於空氣中的只能是細細的簫聲。

江南媚，其媚在人。

這樣的山溫水軟，養育出笑靨如花的江南女兒。

以花為貌，以鳥為聲，以月為神，以柳為態，

以玉為骨，以冰雪為膚，以秋水為姿，以詩辭為心，

芳影在月下的朱欄畫舫之中望之如神仙中人。

煙雨江南

如果你熱愛這種生活，那是因為你上了這種生活的當。江南，足足讓國人上了一千多年的當。由東晉司馬睿開始的，一打不贏人家就往江南逃，到今天一有空就往周莊、蘇州跑，大家中的都是同樣的蠱——眼兒媚。

江南媚，其媚在雨。

江南春　杜牧

千里鶯啼綠映紅，水村山郭酒旗風。
南朝四百八十寺，多少樓臺煙雨中。

● 極平常的字眼——鶯啼、水村、山郭、酒旗風。亦是江南極平常的麗景——傍水的村莊，依山的城郭，迎風招展的酒旗，屋宇重重的廟宇，掩映於煙雨中。

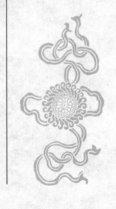

濕漉漉的亭臺樓榭，濕漉漉的心，有多少詩人曾被這雨迷住，細細的一點一點刻畫呢？或許是煙雨江南最投合中國文人那種細細密密玲瓏剔透的文心，從謝靈運到杜牧，從白居易到柳永……

鶴夢煙寒，水含春遠。

凌波橫塘路，梅子黃時雨。

駿馬秋風薊北，杏花春雨江南。

春江桃葉鶯啼濕，夜雨梅花蝶夢寒。

細雨濕衣看不見，閒花落地聽無聲。

以至到了後來，你便不能再明白那下的到底是雨，是詩，還是一份古人的心情。到那些小小城鎮去，靜看整日籠罩其上的斜風細雨以及那舒緩的一舉一動，不知道是去尋詩還是尋夢。

對於中國人而言，江南應該不完全是一種地域上的概念，而是一種文化上的概念。一份淡泊，一份典雅，一份精緻，一份安逸，一種捅破窗戶紙吹進屋子的迷香。多少個朝代，中原正是戰火連綿人不如狗的亂世，江南人，卻篤定悠閒地吟詩作對、遊訪山水，這種偏安中保留的文化氛圍，自有一份綿亙的底蘊，如紹興的米酒一樣甜糯綿長，後勁不絕。

江南媚，其媚在夜。

江南小城破舊而安靜，在星空下細細呼吸。這時飄於空氣中的只能是細細的簫聲。

寄揚州韓綽判官　杜牧

青山隱隱水迢迢，秋盡江南草未凋。
二十四橋明月夜，玉人何處教吹簫。

●秋盡江南，草木仍溫潤，煙雨濛濛夜，某種細膩如絲的東西在夜色中輕搖，玉人把簫簫聲暖，卻見二十四橋下，波心蕩，冷月無聲。這一曲簫飛流韻，吹奏的是江南的一脈溫婉；夜涼似水，蕩漾的是江南的靜謐平和。無大開大闔，無大起大落，無大喜大悲，永遠含著三分如詩的輕愁。

細雨夢回雞塞遠，小樓吹徹玉笙寒。

碧雲天，黃葉地，秋色連波，波上寒煙翠。

多情自古傷離別，更那堪冷落清秋節，今宵酒醒何處，楊柳岸曉風殘月。

魚吹浪，雁落沙，倚吳山翠屏高掛，看江潮鼓聲千萬家，卷朱簾玉人如畫。

江南媚，其媚在人。

這樣的山溫水軟，養育出笑靨如花的江南女兒。吳越自古多嬌娃，「秦淮八豔」國色天香——顧橫波、馬湘蘭、李香君、柳如是、董小宛、卞玉京、寇白門、鄭妥娘。她們以花爲貌，以鳥爲聲，以月爲神，以柳爲態，以玉爲骨，以冰雪爲膚，以秋水爲姿，以詩辭爲心，芳影在月下的朱欄畫舫之中望之如神仙中人。

寫到江南，唐音便轉爲柔慢。杜甫詩號爲「沈鬱頓挫」，他也寫「越女天下白，鏡湖五月涼」，李白詠唱過「黃河之水天上來」，又對南方女兒素淨的雙腳怦然心動，說是「長干吳兒女，眉目豔星月。屐上足如霜，不著鴉頭襪。」白居易作《憶江南》辭，所憶的，既是「日出江花紅似火，春來江水綠如藍」，又是「吳娃雙舞醉芙蓉」，他問道，這樣的江南，「早晚復相逢」？

菩薩蠻　韋莊

人人盡說江南好，遊人只合江南老。
春水碧於天，畫船聽雨眠。
壚邊人似月，皓腕凝霜雪。

未老莫還鄉，還鄉須斷腸。

● 晚唐的韋莊乾脆說「遊人只合江南老」，只想把他鄉當故鄉。江南有春水畫船煙雨麗人，只合悠悠柔柔慢慢享用，「未老莫還鄉，還鄉須斷腸」——何須還鄉，心安即是家，快樂就是故鄉，把他鄉當故鄉又何妨？

十年一覺揚州夢

揚州二字，在聲調上，在歷史意義上，是何等豔麗，何等使人魂銷而魄蕩！

自隋煬帝於此開大運河與長江的交彙以來，這揚州一郡，就成了中國南北交通的要道；自唐歷宋，直到清朝，商業集中於此，冠蓋也雲集在這裏。既有了有產及有勢的階級，則飲食起居（園亭）、衣飾犬馬、名歌豔曲、才士雅人、幫閒食客，自然不得不隨之而俱興。

唐時揚州聲名鼎沸，有「揚一益二」之稱，這一東南最大的商業城市和對外貿易港口，這一日灑千金的「銷金窟」，惟有晚唐第一才子杜牧之詩才能竭盡它的風情。史書上說杜牧「美容姿，好歌舞，風情頗張，不能自遏」。杜牧風流，不但有表現，而且有聲勢，聲名卓著，令人「緊張」。杜牧擔任御史的時候，有一位李司徒家中蓄養號稱「京都第一」的歌妓，他每宴請朝官從不請杜牧，非不欲請，實在不敢請他，怕他不能「自遏」，然而最終杜牧還是把美人收入自己的風流旗下。

遣懷　杜牧

落魄江湖載酒行，楚腰纖細掌中輕。
十年一覺揚州夢，贏得青樓薄倖名。

● 潦倒江湖，以酒為伴，秦樓楚館，美女嬌娃，放蕩形骸。十年如夢，人前歡歌，人後悵然。杜牧的意思是，非我薄倖於青樓，乃是國家薄倖於我，終日混跡揚州青樓，難道是我所願意的嗎？

政治上杜牧確實很少得意，幸好吳儂細語溫暖了他那顆官場受挫的心。他愛美女，愛寫詩贈美女，經他點評過的美女，無不聲名大振，豔幟高揚。

▲桃花塢

贈別　杜牧

娉娉嫋嫋十三餘，豆蔻梢頭二月初。
春風十里揚州路，卷上珠簾總不如。

●二月初的豆蔻花，葉漸展開，花正含苞欲放，古人常用來比喻處女，杜牧用來比喻相好的歌妓。花在梢頭，隨風顫裊，正如十三歲的娉娉嫋嫋的揚州美人。春風十里揚州路，珠簾下多少紅衣翠袖的美人，卷上珠簾總不如……不如誰？誰不如？才子未明說，美人心領神會——他說的是我呢。

如果說唐代的揚州是十三餘的美女，讓杜牧等文人一再沉迷歌詠，美人也有遲暮的時候。上世紀初鐵路開通後，揚州就一落千丈，蕭條到了極點。從前的運使、河督之類，駐上別處；殷實商戶、鉅賈鄉紳，自然也分遷到上海或天津等洋大人的保護之區，揚州便如歷史的

▲瘦西湖

▲京杭大運河

棄婦，抱著一條日漸乾涸的運河，回憶，回憶。

今日到瘦西湖去，因爲有了那些熱鬧之極的唐詩來對照，便覺得這「西湖」瘦得實在楚楚動人，有些棄婦的哀怨味道。景色是歷代人工整飭的結果，每一個細節，卻處處流露著自然與人工的和諧，適合漫步徐行。景點的名稱都取得很雅致，簡直可以代替照片讓你身臨其境。例如「聽鸝館」、「桃花塢」、「釣魚臺」、「虹橋」、「五亭橋」（橋下十五個橋洞，月半晚上，洞洞滿月交相輝映）、「鳧莊」、「綠筱淪漣」「四橋煙雨樓」……

小常識

揚州三頭：粉蒸獅子頭、扒燒整豬頭、拆燴鰱子頭。而維揚菜，是中國四大菜系之一，以「清、鮮、淡、雅」見長，紅園的治春茶社比較正宗。

揚州良品：雙麻酥餅、千層油糕、揚州炒飯、富春的三丁包子、冶春的水晶燒賣、共和春的餃麵。

二分無賴是揚州

唐時揚州商賈雲集，自然也是煙花之地。許多詩人來尋心裏某個旖旎的夢，春夢醒後，總有那麼些悵然，對揚州這個容易做夢的地方也總有些又愛又恨的愛嗔。

憶揚州　徐凝

蕭娘臉薄難勝淚，桃葉眉長易得愁。
天下三分明月夜，二分無賴是揚州。

●南朝以來，詩辭中男子所戀女子常稱蕭娘，女所戀男子則稱蕭郎。中唐詩人徐凝回憶揚州，腦子裏只有在揚州戀上的某個女子當日的愁眉，當日的淚眼。分別時的慘痛心情，都化作今日無窮的思念。說揚州「無賴」，其實是極愛的暱稱，天下明月的光華有三分吧，揚州竟占去了兩分。三分之二，實在偏心。

偏心的不止徐凝，隋煬帝為了揚州六下江南，勞民傷財，最後自縊於揚州，草葬於野外雷塘，「君王忍把平陳業，只換雷塘數畝田」。唐人張祜說：「人生只合揚州死，禪智山光好墓田」，那簡直是說揚州可以使你的國亡，可以使你的身死，而也決無後悔的樣子了，這還了得！

但確實有許多富貴人家選擇揚州作爲終老之地，建風軒水榭、曲徑芳林，於其間陶冶性情吟詩作對，風雅無比。有時銅臭味沒洗乾淨，難免被文化圈的人拿來當笑話。小時候就經常在漫畫書裏看到這些富人被鄭板橋大大地戲弄嘲笑一番，那時覺得鄭老先生很有骨氣。長大了又覺得富人們勇於追求高品味的生活且不怕被窮酸文人嗤笑，還是難能可貴的。你看現在揚州城市雖然不大，卻處處可以看到古韻流風，處處透著書卷氣，而且還有西園、個園等園林讓人流連忘返，富人們還是有一定功勞的。

▲怡紅院

讀《紅樓夢》的時候很喜歡瀟湘館、怡紅院、稻香村、蘅蕪院。心想，哪裏有這麼雅致的園林？到了揚州，看了個園，才明白那些「鳳尾森森，龍吟細細」是眞的存在（曹雪芹早年在揚州住過，揚州的園林當年是天下第一，且祖父曹寅主持修建過皇家園林，做過暢春園總管）。個園裏那疊石、修竹、水榭，那種極致的國粹、極致的素雅和靈氣，都讓我倒抽一口氣——花這樣的心思營造生活的人，人生還有另外的欲望嗎？

一船明月一竿竹——太湖

蕩舟太湖，水面上荷葉遍布，劃過去全是菱葉和紅菱，順手採摘紅菱來吃，船已劃入蘆葦和茭白叢中，只見面前綠柳叢中，松樹枝架成木梯，岸上四五間房舍頗爲精雅。太湖煙波中，慕容公子的燕子塢若隱若現。

特別供應——太湖船餐

茶點：小籠饅頭、茯苓軟糕、藕粉火腿餃、翡翠甜餅。

晚宴：茭白蝦仁、清蒸元菜、魚翅蟹粉、荷葉冬筍湯。

畫外音：《歸五湖》

歸五湖　羅隱

江頭日暖花又開，江東行客心悠哉。
高陽酒徒半凋落，終南山色空崔嵬。
聖代也知無棄物，侯門未必用非才。
一船明月一竿竹，家住五湖歸去來。

太湖唐時稱「五湖」，浩蕩三萬六千頃，相傳范蠡助越王滅吳國後攜西施隱居於太湖上，煙波浩淼，一對神仙伴侶，羨煞人也。

五湖歸隱不比終南山歸隱，前者是攜紅顏知己「小舟從此逝，江海寄平生」，此生無復他求；後者是終南捷徑，借隱居博得聲名直至被聖人發現起用。唐人入世者多，「聖代也知無棄物，」眞正像高陽酒徒酈食其者少，難怪隱居太湖的羅隱要感歎：「高陽酒徒半凋落，終南山色空崔嵬。」

太湖錦囊

1「太湖佳絕處，畢竟在黿頭渚。」看太湖，無錫的黿頭渚最好。風起的時候，萬卷波浪，雲帆點點，就是太湖最美的一刻了，湖水晃動著天地，也晃動著人心。可惜太湖的水已非往日的清澈明淨，且邊上還建了一大堆所謂的三國城、水滸城、大佛等等，蛇之足也。雖然本書不遺餘力推介唐代文化，但對於無錫的唐城卻持保留態度。據說城中有仙人承露、唐街、唐宮、沉香閣等近百個景點，大唐街上店鋪林立，茶樓酒肆，楊玉環小鋪，應有盡有。「大唐宮內霓裳漫舞，仙袂飄飄，再現了大唐盛世的繁榮風貌。」

▲黿頭渚

2無錫是個好地方。有北京「諧趣園」的正版寄暢園，有錫惠公園可品「天下第二泉」，有橫貫而過的京杭大運河，有賞梅勝地梅園，南段保留著古色古香的江南臨水民居建築，被稱爲「水弄堂」，一派明清的水鄉風情。

桃花流水鱖魚肥——湖州

唐肅宗時代，張志和隱居於太湖和吳興的苕溪之間，以舟爲家，以垂釣爲樂，斜風細雨一蓑翁，自稱「煙波釣徒」。

漁歌子　張志和

西塞山前白鷺飛，桃花流水鱖魚肥。

青箬笠，綠蓑衣，斜風細雨不須歸。

「桃花流水鱖魚肥」，春天的鱖魚最適合做生魚片。隋代太湖畔的吳郡以「金齏玉」聞名於世，其實就是松江的鱸魚配上香柔花葉。當時能割鱠是很了不起的，因爲割鱠時刀工要求很高，至高境界是魚片薄如絲縷，輕可吹起，如「無聲細下飛碎雪」（杜甫《閿鄉姜七少府設膾，戲贈長歌》），「放箸未覺金盤空」，可見老杜十足的吃興。當時的消毒措施沒跟上，經常有人消化不良而得病，宰相房琯因食而病死在任上，留下一個好吃的「美名」。

魚須與蒓菜搭配，才是眞正的人間美味。明人袁宏道寫道：「其（蒓菜）葉微類初出水荷錢，枝如珊瑚而細，又如鹿角菜，其凍如水，如白膠附枝葉間，清液冷冷欲滴，其味香脆滑柔，略似魚髓，而輕清遠勝。」這樣滑膩溫柔的蒓菜在魚之後登場，頓時把視覺味覺的感覺推向高潮。西晉蘇州人張翰在京城洛陽做官，因見西風吹起而想起家鄉的菰菜羹（即茭白羹、蒓菜羹）加上鱸魚膾正好上市，官也不做了，回家尋美食去了。

將赴吳興登樂遊原一絕　杜牧

清時有味是無能，閒愛孤雲靜愛僧。
欲把一麾江海去，樂遊原上望昭陵。

●公元八五〇年當杜牧接到調任吳興郡刺史通知時，心裏不知是喜是悲。喜的是從此可以天天吃海鮮湖鮮（湖州北面是太湖和長江，東南是東海，故杜牧稱之爲「江海」），天天像孤雲和和尚一樣清閒，悲的是在幽靜的吳興就很難再創出一番事業來。將赴吳興上任前，杜牧特地到樂遊原上望一望唐太宗下葬的昭陵，跟自己的雄心壯志道別。

湖州錦囊

1太湖船菜以太湖水鮮爲主，銀魚、白魚、白蝦是必用的原料。讓張翰罷官回家的松江鱸魚在太湖南面的湖州或東面的同里均可品嚐到，鮮味一如唐時。

2太湖的東洞庭山上有號稱「江南第一樓」的雕花大樓，雕花精緻，面對湖光山色，風景頗佳。此地的梅是「吳中佳品，味不減閩之荔枝」，肉厚汁多，可自己採摘，晾製一些「九製情人梅」。

3張志和的「西塞山前白鷺飛」在湖州附近的磁湖鎮道士磯。「東南望郡」湖州（亦稱吳興）因瀕臨太湖而得名，有十分典型的江南水鄉風貌，其自然景觀尤以「山水清遠」見長。

小常識

湖筆：湖筆被稱爲「筆中珍品」，歷史悠久，技藝精湛，歷有「毛穎之技甲天下」之稱。白居易曾用「千萬筆中選一毫」的詩句來誇獎湖筆的精工細緻。湖筆的故鄉是浙江吳興縣善璉鎮，因善璉舊屬湖州府，故名「湖筆」。吳興一帶山水相間，氣候溫和，所產的山羊羊毛質地優良，具有很好的鋒穎，爲製作湖筆打下了良好的基礎。湖筆以羊毛爲主要原料，摻以少量兔毛和黃鼠狼毛精工製成。書寫起來得心應手，揮灑自如。湖筆現在已經發展成羊毫、兼毫、紫毫和狼毫四大類，共兩百五十餘種。

滿身花影倩人扶——同里

同里是富足的江南水鄉的典型，古時曾名「富土」，因爲這個名字太過刺眼，便做了個文字遊戲，將「富土」兩字相疊，上去點，中橫斷，拆字爲「同里」，於是就成了平平凡凡的眾多小鎮中的一員，再不顯山露水了。

同里的河道兩邊都有較爲寬敞的青石板路，給人一種空間更加開闊的感覺。整齊的河岸和埠頭，平坦的路面，沿街不時可見的高牆，是數百處士紳富豪和名人故居，地圖上標出來的就有「一園、兩堂」及務本堂、耕樂堂、三謝堂、承恩堂、陳去病故居等十幾處名人故居，可見「富土」依然富足。

▲退思園

「一園」是清朝三品大官任蘭生退思園。遭彈劾削職後建造此園，名爲「退思補過」，實則趕緊把安徽官任上搜括來的錢財幻化成一個偷不去搶不走、又無法用數字估價的不動產，所以「思過」的誠懇度就大大打了折扣。

和襲美春夕酒醒　陸龜蒙

幾年無事傍江湖，醉倒黃公舊酒壚。

覺後不知明月上，滿身花影倩人扶。

晚唐時候，陸龜蒙隱居在太湖邊上的甫里（今同里），一身報國之才無處可展，只能賣醉「黃公舊酒壚」，酒醒月下花叢中。《唐才子傳》曰：「時放扁舟，掛蓬席，齎束書、茶灶、筆床、釣具，鼓棹鳴榔，太湖三萬六千頃，水天一色，直入空明。」

唐人的歸隱雖痛苦但真性情，親近大自然，清人如任蘭生的退思則作秀的痕跡太多，不愛名山名水卻又偏於家中造微型山水，於床榻上神遊名山大川，怪不得一個個都要吸鴉片了。

你看那退思園有湖，有湖就可造亭臺樓閣，就能栽翠柳風荷；當然也缺不了舟，不能眞正蕩舟五湖，那便造個石舫吧，再雕闌塑窗。哦，推窗當然得悠然見南山，好吧，那就用太湖石把對面堆高些，再造一「眠雲亭」；對了，夏日炎炎，還得在荷花盛處搭個涼亭，最好是能醉臥花叢中，「滿身花影倩人扶」，一翻身又得對著木床多煞風景，有了，亭裏豎上一面大鏡，嘿，這下左右逢源了。

同里錦囊

1江南風俗，結婚須坐花轎走三橋，走完三橋此情此緣就能夠三生三世。同里的石拱橋上，經常可見西服婚紗的新婚夫婦在親友的簇擁下走三橋。

2上海旁邊的周莊號稱「江南第一水鄉」，其沈廳、張廳的風采可參見同里的退思園，當然它們的規模要大一些；雙橋、富安橋、貞丰橋等古橋和用直差不多；河水有些油，所以靜得連船兒前行劃開的波紋也難以覺察，在某些人眼裏是絕妙的風景。岸邊的青磚瓦房修繕一新，掛著赤紅大燈籠的生意人家密布，有一位穿著傳統服裝迷迷糊糊曬太陽，等你要拍她時，便睜開眼索一塊錢的老太太。

周莊在咫尺之間，集河、橋、樓、高廟於一體，從建築、商業、宗教、文藝諸方面都有出色的體現，是極爲難得的。遊覽周莊一定要在中午之前完成，十二點一到，上海、蘇州等地的旅遊團潮水般擁來，那時你就要在河裏賽龍舟了。

3寧靜的江南小鎮現在很少了，浙江嘉善縣的西塘鎮可以一遊。這是江南最大的千年古鎮，早在春秋戰國時期就是吳越相爭的交界地，有「吳根越角」之稱。古弄、廊棚被譽爲西塘「雙絕」，古弄彎彎曲曲，最窄處僅〇．七公尺，兩邊的梯狀山牆有十公尺高，人稱「一線天」。廊棚全部為木結構的柱子，一色的魚鱗黑瓦蓋頂，沿河而建，延綿不斷。杭州到西塘約兩個半小時車程。不久前，棲塘與烏鎮、南潯等三個保護完好的江南古鎮已被聯合國教科文組織正式列入了世界文化遺產預備清單。

人家盡枕河——用直

小時候聽《姑蘇行》，搖搖曳曳的，便想像作者定是在縱橫交織槳聲的小橋流水上，乘烏蓬小船穿街過巷，兩岸老街深巷，黛瓦粉牆，碧柳桃花，船尾的船娘把櫓搖啊搖，臀部腰部的曲線和船櫓的線條，配合得異常勻稱，異常複雜。搖，必須是搖，才能把江南柔水的那一種風情搖出來。

送人遊吳　杜荀鶴

君到姑蘇見，人家盡枕河。
古宮閒地少，水港小橋多。
夜市賣菱藕，春船載琦羅。
遙知未眠夜，鄉思在漁歌。

唐代蘇州已經是「人家盡枕河」「水港小橋多」了，一直到清代，蘇州城內流著無數的小河，橫豎成行，象棋盤一樣分布在城中，號稱「東方的威尼斯」。昔日「載琦羅」的小河而今大多在載水泥，河道改成了馬路，漁歌自然也無處可聽。偶爾有保留下來的，也差不多是臭水溝，河水流動著各種顏色，被污物染過。幸好蘇州旁邊的甪直還稍微可以做一次搖曳的「姑蘇行」。

甪直的水色調純淨，溫軟如玉，不似北京的頤和園或圓明園的水，總讓人感覺硬得不能親近。見到這水，忍不住想搖櫓蕩舟於水上了，爲了照顧視覺效果，一定要借來甪直婦女的西施服——一帕淡燕尾手巾包頭，身著漿洗得乾淨筆挺士林藍布大襟短襖，淺湖色的滾邊和琵琶扣，腰間一抹百摺小圍裙，裙下一條青布褲，背後垂下兩條彩帶——清新可人。

小常識

小鎮特產

甪直：蘿蔔乾、甫里蹄、甫里鴨。

同里：狀元蹄、白魚、鱸魚、桂魚、甲魚。

小吃：百果蜜糕、芡實、小熏魚、青團。

▲水巷鳥瞰

身著西施服的船娘把我搖過一橋又一橋，據說當年甪直僅一平方公里的範圍內有宋元明清的各色古橋七十二座半，現存的也有四十一座，真是「三步跨兩橋，家家盡枕河」。舊時那些剝削農民的糧鋪大多建在河邊，房門面河，門前闢出二十公尺寬的石階。秋收之後，滿載糧食的小船搖到門前，拴在浮雕著如意、獸頭的栓纜柱（現在甪直的賣點之一）上。

▲西施服

甪直錦囊

1揚州到吳縣甪直只需兩個半小時車程，由蘇州到甪直僅需半小時，蘇州市內有公共汽車可直達。甪直距同里六十五公里，車程約一小時。水鄉古鎮都不用買門票，參觀鎮上的名園或紀念館則需買票，聯票在二十～三十元之間。

2甪直有著名香港演員蕭芳芳的紀念館；另外，保聖寺裏的雕塑據說是唐代楊惠之的作品值得一看。十八羅漢座下的雲沒有被繪成一朵朵的蜷曲著，而是泥塑成一團團的，極具厚重感、立體感。這樣處理雲朵實在罕見。

江楓漁火對愁眠——蘇州——

想像中的蘇州是一張黑白照片：該是月落烏啼的時候，寒月掛在冷冷的簷角，烏篷深處閃動著點點星光，薄薄的衣衫遄飛於風中……

楓橋夜泊　張繼

月落烏啼霜滿天，江楓漁火對愁眠。
姑蘇城外寒山寺，夜半鐘聲到客船。

▲寒山寺

古代的蘇州，沒有現在這樣大。楓橋（本名封橋，張繼的詩出名後才改名爲楓橋）當時還在城外，是一個沒有名氣的小鎮，古運河在這裏流過，楓橋和江村橋遙遙相望。寒山寺就建在河的東岸，楓橋和江村橋之間，初名「妙利普明塔園」。那個落榜生張繼，在沮喪的歸途中有感而發，落魄的感覺加上極黯淡的江南景致，竟成千古名篇，後來張繼因此詩揚名進入仕途，卻再也寫不出半句名詩，看來古人說「窮而後工」「貧窮出詩人」是有道理的。

其實寒山寺很小，四圍黃牆，花上十五分鐘，就能把寒山寺裏外上下遊遍。「夜半鐘聲到客船」所說的鐘樓在大雄寶殿後右側，鐘位於一個六角形的小亭二樓，花五塊錢可上去敲一下鐘。日本人是極喜歡此地的，每年除夕，都有不少日本友人趕來寒山寺夜半聽鐘，享受這霜天寒夜中的一份意境——富人們聽出一份滿足，窮人們聽出一份落寞……

寒山寺外有「鐵嶺關」，是明中葉爲抗倭而建。關樓上陳列著戰車、一窩蜂火箭發射器、下面綁著炸藥，鳥一樣的「神鴉火箭」，以及火銃、火龍出水等武器。多得這雄偉的鐵嶺關、楓橋和江村橋，寒山寺才不致顯得光禿禿無所依；如果沒有寒山寺，古橋雄關則如山之無魂。拓寬的運河在另一邊通過，楓橋下也就沒有了穿行舟楫，而且因爲寒山寺已被日益擴大的蘇州城圍入城中，不再地處荒郊野外，所以當年那種「江楓漁火對愁眠」的感覺是找不到了。

我知道，到蘇州這樣現代的城市尋找詩意，而且還要確實地把眼前景物跟千年前的古詩對上，無疑是緣木求魚。但是詩裏那種意境還是尋得著的。在蘇州，喜歡古樸，可到滄浪亭；愛好清幽，就去拙政園；喜歡疏朗，不妨到怡園；傾向於雄深，這兒有獅子林。歷代官員富商，不管得意不得意，都喜歡把自己家的庭院整得

▲拙政園

有山有水，恨不得把古詩裏的意境都一一在園林裏表現出來——蘇州，實在是中國文人的行爲藝術。

別嚴士元　劉長卿

春風倚棹闔閭城，水國春寒陰復晴。
細雨濕衣看不見，閒花落地聽無聲。
日斜江上孤帆影，草綠湖南萬里情。
東道若逢相識問，青袍今日誤儒生。

小常識

沖洗站：蘇州老城區沒有公共廁所，只有一種叫做「沖洗站」的建築，用於洗刷馬桶，或僅供男士小便。不解風情的人會說偏愛穿弄堂裁縫手下綢衫的蘇州人太土，依舊沒有完全淘汰馬桶的蘇州城太臭，但這正是歷史的味道。

吳王宮裏醉西施——蘇州二

蘇州是吳國的都城，許多名勝古蹟都與吳國，特別是吳王夫差有關。

吳國與越國世代為仇。夫差之父闔閭在討伐越國時中埋伏死去，死時一腔孤憤，故殉葬了三千口寶劍，其中有驚天地泣鬼神的「魚腸劍」和「扁諸劍」，秦始皇南巡到蘇州時下令挖掘，沒有挖到。挖劍留下的長形深坑後來灌滿了水，這就是今天的劍池。他葬在蘇州城閶門外西北七里處的一座小山下，葬後三天，有白虎蹲其墳上，小山因此得名「虎丘」。

夫差誓報父仇，命人每天對著他的耳邊講：「難道你忘了父親的死嗎？」他興修武備，任用名將伍子胥攻打越國，越國大敗，勾踐夫婦被軟禁在虎丘山的石洞中，掃地餵馬給夫差上馬墊腳，忍辱負重，裝得十分恭順，取得夫差的信任，三年後，勾踐被允許回國。老虎歸山了，狐狸來了。浣紗溪邊的美女負著復國的重任來到夫差枕邊。他發現原來生活可以這樣風花雪月，原來可以遠離刀光劍影。

館娃宮懷古五絕　皮日休

響屧廊中金玉步，採蘋山上綺羅身。
不知水葬今何處，溪月彎彎欲效顰。

他爲她在靈岩山上建了一座館娃宮，底下埋了很多大缸，再鋪上硬梓木板，讓她穿屧鞋在上面跳舞，發出木琴般的樂音，「響屧廊中金玉步，」有如天籟一般。他爲她射箭開河道（今箭涇河），讓宮女們泛舟香山採香爲她熏體，那石龜背上還隱約留著他射箭過猛踏上去的足跡。他花了五年時間窮盡一國之力擴建了姑蘇臺（今太湖邊清明山上），臺高三百丈，寬八十四丈，「採蘋山上綺羅身」，登臺眺望，望得見越國故鄉。

烏棲曲　李白

姑蘇臺上烏棲時，吳王宮裏醉西施。
吳歌楚舞歡未畢，青山欲銜半邊日。
銀箭金壺漏水多，起看秋月墜江波。
東方漸高奈樂何！

——假如一個千夫所指的惡人，瘋狂地愛你，摘星星摘月亮地對你，你會愛他嗎？西施肯定回答：不，他是我的仇人。

——但是沒有感動過嗎？他拿一個國家來討她歡心？

——怎麼知道他是爲他自己享樂還是眞的愛她寵她？

——越國在她之前已經送過八個十六歲的少女入宮，「猶有八人皆二八，獨教西子占亡吳？」（陸龜蒙《和襲美館娃宮懷古五絕》）芸芸吳越美女中，爲什麼偏偏是她讓他方寸大亂？

——一定是她僞裝得很好，所以十三年間（公元前四八六～四七三年）他一直以爲她對他也是一往情深。「半夜娃宮作戰場」，直到越國大軍攻進姑蘇的那一晚，她在館娃宮的火光中開心地笑啊笑啊，他第一次看到她這麼舒展，剎那間全明白了。

館娃宮懷古五絕　皮日休

半夜娃宮作戰場，血腥猶雜宴時香。
西施不及燒殘蠟，猶爲君王泣數行。

——他不需要她像蠟燭一樣爲他落淚，他害怕她的憐憫。本來他可以被流放到甬東去的，但「哀莫大於心死」，他怎麼能像昔日胯下之臣的勾踐一樣臥薪嚐膽東山再起呢？父親死時不瞑目，待到他報了父仇了，又因爲一個女人葬送了大好江山，如何面對地下的列祖列宗？他選擇了自殺，死時面上蓋了白綢巾，羞愧難當也。

春秋時吳國和越國的這段恩恩怨怨，最後因一個女人得到解脫。歷史，叫人感慨萬分。

西施　羅隱

家國興亡自有時，吳人何苦怨西施。

西施若解傾吳國，越國亡來又是誰？

憶江南（其三）　白居易

江南憶，其次憶吳宮。

吳酒一杯春竹葉，吳娃雙舞醉芙蓉。

早晚復相逢。

西施錦囊

1靈岩山距蘇州市西南方十五公里，山高海拔兩百二十公尺，山上有吳王夫差館娃宮舊址，公元前四七三年，越王勾踐從水路攻進吳國時，把這富麗堂皇的館娃宮付之一炬，燒成斷壁殘垣。唐代在此遺址上建成靈岩寺，現存寺院規模宏大，爲典型的中國佛教淨土道場之一。現在靈岩山上的一些名稱，仍沿襲吳宮舊名，如吳王井、玩花池、西施洞、響屧廊等。

2當年姑蘇臺和館娃宮所需木材太多，木材積壓在靈岩山下達三年之久，溝瀆完全堵塞，謂之「木塞於瀆」，木瀆鎮由此得名。如此一個千年古鎮，距蘇州不過半小時路程，卻能保持了較好的古鎮風貌，著實不易。熏過西施香的香溪和胥江在鎮中交彙，呈Y型分布，沿河布局的民居呈帶狀排布，極具典型和個性。香溪清澈，胥江混濁，兩水匯合，出現了一條清濁分明的分水線，所以此地又稱「斜橋分水」，是木瀆古十景之一。而在香溪和胥江上各有大小橋樑十餘座，其間最爲著名的爲永安、西津、木廊橋三座。

3紹興屬內的諸暨市是西施故里，西施殿位於城南的苧蘿山下，浣紗江畔。西施殿最早的構築，當在唐代或之前。唐詩人李商隱即有「西子尋遺殿，昭君覓故村」的詩句。而唐咸通年間的女詩人魚玄機更有「只今諸暨長江旁，空有青山號苧蘿」的詠歎。

▲木瀆鎮

▲西施殿

第七章

放舟東下

從黃山到富春江

我去尋詩定是詩，詩來尋我卻難辭。
今朝又被詩尋著，滿眼溪山獨去時。
尋詩，放舟東下，自黃山到富春江再到杭州，
左手唐詩右手青山綠水，不亦樂乎！

放舟東下

山登絕頂我爲峰——黃山

▲雲海

黃山入畫易，入詩難。該用怎樣的語言才能描繪它奇松、怪石、險峰、潭瀑、雲海？在廬山寫出「疑是銀河落九天」的李白無名詩而過，當地人杜荀鶴名列晚唐才子之榜，面對黃山，氣先怯了一半，思來想去，寫了一首詠黃山溫泉的詩，說「聞有湯泉獨去尋，一瓶一鉢一無金。」枯燥無神。

尋遍唐詩、宋詩、清詩，可歎黃山無名詩名句與之相稱，惟有明代徐霞客的一段話稍微入眼：「薄海內外無如徽之黃山。登黃山天下無山，觀止矣。」此話後來被發揮爲「五嶽歸來不看山，黃山歸來不看嶽。」若評選最成功的廣告辭，這句話王氣十足，肯定當選。

劉海粟加上黃山，還是他瞭解黃山：「海到盡處天是岸，山登絕頂我為峰。」山水畫大師的胸襟躍然而出。黃山是國畫的寫生教室，想畫盡泰山之雄偉、華山之峻峭、衡山之煙雲、廬山之飛瀑、雁蕩之怪石、峨嵋之清涼，只要登黃山，「嘯煙霞，撫琴泉，與奇峰對語，臨古松長吟，擁抱黃山，山人合一，跳出雲海，吞吐黃嶽。」有些人，十年、幾十年甚至畢生寄居黃山，終日對山描摹，「我見青山多嫵媚，料青山見我應如是。」他這一生，有黃山為伴，足矣！

黃山錦囊

1旅遊旺季千萬別上山。黃山上所有能遮點風的地方都有遊人蜷縮著過夜，五十塊錢租一夜的大衣也租不到。再好的美景，為它受一遍罪也就夠了吧。

2人少的時候多半是冬天。冬日黃山玉砌冰雕，銀裝素裹，不僅有冰掛、霧淞等奇景，更有雲海、佛光等幻像。有了皚皚白雪，黃山那些迎客松、送客松等，才有機會展示「大雪壓青松，青松挺且直」的氣節（可惜那株「夢筆生花」是人造樹，毫無氣節可言）。據資料記載，冬季是黃山雲海生成最多的季節，有時茫茫雲海，數日不散。現在當地旅遊界正在熱情召喚：冬季到黃山來看雪！

3「光明頂」光聽名字就知道與太陽、日出之類有關。此地地勢高曠平坦，是

▲冬日黃山

看黃山日出、觀雲海的最佳地點之一。站在光明頂可以統觀東、西、南、北海和天海，眞可謂五海煙雲盡收眼底！故俗諺說，「不到光明頂，不見黃山景。」

4若是決定一輩子就這樣被鎖定了，可以到黃山舉行「掛連心鎖」儀式。在天都峰、蓮花峰、排雲亭等絕險之處，買把連心鎖、郎掛鎖、妹捺鎖，鎖於護欄鐵索上，然後共同把拖著紅飄帶的鑰匙扔下深谷，表示兩心永結，從此不回頭。

人歌人哭水聲中——屯溪

從黃山下屯溪，沿途橫列著塞尙油畫中的色塊，紅的是杜鵑，綠的是桑茶，黃的是菜花，從山腳一直鋪到山尖。孔雀藍的溪流邊，古老的水碓不急不徐地吱吱呀呀地在原地轉動著，不知道它已經轉了多少年。跨溪而過的獨木小橋，連接著曲曲折折的石板小道，把人的視線拽入那嶺頭峰巔，牽入那蒼翠竹園，引入那青磚瓦舍。偶爾，從深山野渡裏傳來一陣粗獷的漁樵山歌：「手捧苞蘿餜（玉米麵餅）啊，腳在踩一盆火喔，除了皇帝就數我……」這樣的皖南田園風光，讓人忽然有點感悟到古人「歸去來」的心態，一如千年前的杜牧。

題宣州開元寺水閣，閣下宛溪，夾溪居人　杜牧

六朝文物草連空，天澹雲閒今古同。
鳥去鳥來山色裏，人歌人哭水聲中。
深秋簾幕千家雨，落日樓臺一笛風。
惆悵無因見范蠡，參差煙樹五湖東。

●六朝文物已成過往雲煙，放眼望去，只見草色連空，天淡雲閒，好像自古至今，從未發生什麼變化。宛溪兩岸，百姓臨河夾居，人歌人哭，摻合著水聲，隨著歲月一起流逝。深秋的密雨給千戶人家掛上了層層的雨簾，落日掩映著的樓臺在晚風中送出悠揚的笛聲，讓人不由得懷念范蠡那樣泛舟五湖的生活。

佩服杜牧，一句「鳥去鳥來山色裏，人歌人哭水聲中」將溪邊歌哭相迭的一代代人生刻畫得意味優美，想來是徽南（唐時宣州府的轄地）陰陰晴晴的美景給他的靈感吧。

溪邊的人們安安穩穩的生養繁衍著，未大富，也無大貧。到了十三世紀，有八戶人家忽然想到好好利用溪邊水運發達的優勢，於是建起了八家棧房，俗稱「八家

棧」。肩挑馱運日盛，船運也開始發達，飯棚宿店爭相搭蓋，攤販店面愈來愈多。到了清代，老街已總長四里，茶莊、茶號、木棧、徽菜館林立，更有「釆章墨店」「俞德昌茶號」等老字號的總店，眞是一幅「清明上河圖」。今日跨進一個個三百年歷史以上的老字號，那店招匾額黑漆鎏金，櫃面已被摩挲得烏黑發亮，挑一方歙硯，恍然間不知今夕何夕。

小常識

如何辨識歙硯：

1歙硯，唐代開元時已開採，知名度更早於端硯。原出產於江西婺源歙溪，婺源舊屬安徽歙州府，故稱歙硯，也稱婺源硯。

2硯石以老坑（開採時間較長的石坑）龍尾石（產於江西婺源龍尾山）爲最佳，色澤應烏黑有光澤。新坑的石材一般沒有光澤，時時要靠抹油來加以保養。硯石愈厚愈好。

3硯石紋理有金星、金暈、銀星、銀暈、魚子、眉紋（又分好幾種）、羅紋（亦有多種）等等。一般來說有金星的硯產自老坑，而有金暈的來自新坑。發墨最佳的應是眉紋，故歙硯又有以「星暈爲佳，眉子爲絕」的說法。

4結合看、摸檢驗石硯是否均勻細密，觸之光滑如嬰兒膚質者為絕品。

5聽：以五指空托硯底，以另一手指甲背扣其邊緣，有金石聲者為佳。若「崆崆」如破鑼，則說明硯石有「內傷」（即看不見的裂痕）。

▲西遞村景

菊花須插滿頭歸——黟縣

進入黟縣便有塊標牌，上書「桃花源裏人家」，據說是源於李白的詩：「黟縣小桃源，煙霞百里間。地多靈草木，人尚古衣冠。」詩中所言皆正確，黟縣確實地靈人傑。西遞村明清兩代的稟、貢、監生多達三百人，明代荊藩首相胡文光、清代二品官胡尚贈、豪富胡貫三、收藏家胡積堂均出自此村。當年西遞始祖唐昭宗李曄之子，因遭變亂逃匿於此，看中此地溪水逆東而西的風水，駐紮下來。

借天地之靈氣加人文之重視，遂成昔日富甲江南之西遞。此地男子多出外經商或入仕，稍有成就便回村蓋大房、修族譜，將財產的大部分運回老本營保管。彼時無銀行存款服務，家中又多是婦孺，故錢財藏得很密，房子講究「四水歸堂」——天井張開大口承接天上雨水（風水學上講究水能生財），四面高牆圍護，唯以狹長的天井採光、通風。外牆很少開窗，防盜，即使有也是在高處以四、五十公分的小窗略作點綴（因此石雕漏窗多而精緻），幽暗迷離，正合風水學上的「暗室生財」。房外高低錯落的五疊式馬頭牆（民間俗稱爲「五嶽朝天」），抑揚頓挫高低起伏，原來只是封火山牆，防止鄰人失火殃及自家，今日卻成皖南民居的商標。原來爲防止雨水

▲馬頭牆

侵蝕而特意粉刷潔白的粉牆，配著黛青的鴛瓦、飛挑的簷角、高昂的獸脊斗拱，綿亙著一幅宗族生息繁衍的歷史長卷。

西遞現在出名得連機場都有大幅廣告，相比之下，它旁邊的宏村顯得安靜。宏村是一個「牛形」村落，引清泉爲「牛腸」，從每家每戶門前流過，使得村民「浣汲未防溪路遠，家家門巷有清渠」。「牛腸」流入村中被稱爲「牛胃」的月塘後，經過過濾，復又繞屋穿戶，流向村前被稱爲「牛肚」的南湖，再次過濾流入河床。

由於有水，巨集村顯示了其他村子所沒有的嫵媚和清秀。剛到村口，南湖便如玉體橫陳的處子躺在巍巍青山之間，湖邊的村莊、南湖書院、霧花煙樹倒映在如鏡的湖面上，眞如清人王元瑞所云：「南湖一水浸玻璃，十里鐘聲柳外堤」。拿著相機，根本無須考慮太多的構圖，簡簡單單的一處便是理想的畫面。

黟縣縣城西南四公里的南屏，有座葉氏祠堂建於清初，歙山重簷，威嚴肅穆，

平常大門不開，只有在祭祀、喜慶或行使族規時才打開中門。

杜牧遊歷黟縣的齊雲山時說「菊花須插滿頭歸」，要眞叫他從此隱居於此，拋棄那些「揚州青樓薄倖名」，恐怕他也不捨得。

九日齊山登高　杜牧

江涵秋影雁初飛，與客攜壺上翠微。塵世難逢開口笑，菊花須插滿頭歸。
但將酩酊酬佳節，不作登臨恨落暉。古往今來只如此，牛山何必獨沾衣。

●齊山即黟縣的齊雲山，中國道教四大名山，山幽深奇險，「黃山具體而微者也」。若不是道教徒，神遊可也。但是杜牧此詩實在寫得好，須深得黟縣風情三昧才寫得出此曠達詩句。

黟縣錦囊

1西遞位居黃山市黟縣城東八公里處，從屯溪火車站轉乘黟縣至西遞的小巴士可到村口。白天的西遞可說是「西遞購物中心」，餘輝中的西遞才能顯出幾分靜謐平和的本色。建議在傍晚時分入村，在村裏人家借宿一晚，早上八點半離開。

2南屏是個非常本分、非常道地的農村，可以待上一、兩天。

交通：從黟縣縣城汽車站乘去西武鄉的中型巴士可至南屏村口外，步行一公里即至南屏。也有從縣城汽車站直接到南屏的中型巴士。

3黟縣住宿可選擇私家旅舍，多是百年老屋，價格低廉有品味。主人略通文墨更好，若能遇上清末篆刻家之重外孫，或書法「黟山派」最後一代傳人之侄，向你展示一下私家珍藏品，就更有福了。黟縣深院大宅裏那些明清大儒商賈的後人，要是願意跟你閒聊，百年滄桑，盡付笑談，絕對能獲得對中國社會最本質的認識。

秋色老梧桐——婺源

婺源地處贛東北，歷史上，長期隸屬徽州。有詩云：「古樹高低屋，斜陽遠近山，林梢煙似帶，村外水如環。」沒有誇張和暗示，詩中描述的平靜清澈的水面，黃綠相間的稻田，灰瓦白牆的民居，連綿百里的茶嶺，正是婺源的眞實寫照。到了婺源，看到的是全江南最美麗的水，全皖南最古色古香的老屋。

秋登宣城謝朓北樓　李白

江城如畫裏，山晚望晴空。兩水夾明鏡，雙橋落彩虹。
人煙寒橘柚，秋色老梧桐。誰念北樓上，臨風懷謝公。

●謝朓北樓是南齊詩人謝朓任宣城太守時所建，句溪和宛溪的溪水，環繞著樓和城，當李白來遊的時候，正是「秋色老梧桐」的深秋，嵐光山影，異常明淨。因為是秋天，溪水更加澄清，它平靜地流著，夕陽明滅的波光中，雙橋宛如天上彩虹落入「明鏡」中。

橋樑不如詩歌穩固，千載之後，安徽宣城的雙橋已消失，唐代常見的廊橋也所剩無幾。因一部美國電影《麥迪遜之橋》，大家湧到婺源清華鎮尋找中國廊橋，可知這夢是唐時的夢？

清華古街長三里，石板蜿蜒，店鋪林立，城外街河上橫亙著被譽為「中國廊橋」的彩虹橋。此橋建於唐末，承襲李白詩「兩水夾明鏡，雙橋落彩虹」而得名。橋為全木結構，橋身跨度大，橋墩上的廊橋部分被修成亭子形狀，遠遠看去，五條長廊聯著四座亭子橫跨水面，錯落有致。走進彩虹橋，橋面是木質的，吱嘎作響，亭子處建有「美人靠」，橋下是大片的鵝卵石灘，灘上茅草已經從枯黃裏透出綠意。坐在卵石上聽溪流沖刷卵石的聲音，聽茅草叢中一大群麻雀歡叫，聽遠處洗衣女孩的笑語，眼睛卻一刻也離不開彩虹橋，離不開那明亮光線在橋身上的美妙切換

▲廊橋

和協調變奏。

李白眼中的皖南秋天，「人煙寒橘柚，秋色老梧桐。」炊煙的默默，橘柚的深碧，梧桐的微黃，呈現出一片蒼寒景色。悠悠閒雲，漠漠水田，茶樹滿山，唯有溪水細細的聲音。河道平緩，水流有如凝固一般，兩岸的青山綠樹，白牆黑瓦，雲煙霧靄盡數倒映其中，間或有婦人在岩邊捶棒洗衣，淘米洗菜，水波從其紅衫綠襖處層層漾開，三、兩隻鴨子也遊來湊趣，紅掌輕撥處，屋頂的裊裊炊煙被攪開，瀰散在靜穆的河道裏。正好身邊帶了本《唐詩三百首》，讀到韋應物寫於安徽滁州的《滁州西澗》，頓覺此詩是眼前景色的最好註腳。

滁州西澗　韋應物

獨憐幽草澗邊生，上有黃鸝深樹鳴。
春潮帶雨晚來急，野渡無人舟自橫。

婺源人文鼎盛，是宋代大理學家朱熹、清朝經學家江永、近代鐵路工程專家詹天佑、現代醫學家程門雪的故鄉，素有「書鄉」之譽。自宋朝至晚清，婺源出有仕宦二千六百餘人，著作一千二百餘部，選入《四書五經》的有一百七十五部。在婺源沱川理坑村，尚書第、大夫第、司馬第、天官上卿第鱗次櫛比。走在小巷裏用手摩挲著凹凸的牆面，常有一剎那回到過去的錯覺。許多宅子靠小巷的一邊牆角都用刀削去一截，聽說鄉下人經常挑東西行走其中，削去牆角除了怕青磚的稜角傷人外，也體現了鄰里和睦。再看看村中新蓋的房子倒照舊有稜有角，又不免慨歎一番：人心不古。

小常識

婺源辭典

1 **癢癢樹**：婺源李坑，南宋年間武狀元李知誠家後院有棵五百年的紫薇樹，樹兜、樹枝看似枯萎，但是用手來回輕輕地撫摸樹皮，全樹枝葉會像被搔癢一般輕搖不已，此樹已經被列爲江西奇樹之一。

2 **舒園**：婺源以詩禮傳家，全民詩歌水平高，連廁所都美其名曰「舒園」。

3 **江姓**：婺源上曉起的江姓人津津樂道的是他們姓江，而且是晉陽江家。揚州的江氏就是從他們這裏或商或官發展出去的。

4 **清華**：清華村有句廣告辭：「讀書要讀清華大學，喝酒要喝清華大曲。」

5 **紅綠黑白**：分別代表，**紅**——腹形似荷包的荷包紅鯉魚；它是全中國最獨特的淡水魚種，是釣魚臺國宴珍品。**綠**——婺綠（茶）；早在唐代，婺源就是著名的綠茶產區，宋時婺綠被稱爲全國六大絕品之一，明清入貢。**黑**——龍尾硯臺（又稱歙硯），現有金星、金眉、眉子、羅紋、魚子五大類，一百多個品種；自唐宋以來，被歷代皇室和文人墨客所推崇，南唐後主李煜稱其爲「天下冠」。**白**——江灣雪梨；其素有「江南梨王」之譽，貴爲貢品。

清溪清我心——歙縣

唐代置歙州總管府，宋代宣和三年改名徽州，州治在安徽歙縣。

「美人靠」是徽南人對連成一體的長椅和扶欄的雅稱，頻繁出現在徽派建築中，多用於繡樓上、池淵邊。古代的女子在此斜倚欄杆，或臨波顧影，或憑欄思親，或對月無語，或偷窺樓下過往的青年才俊……

▲美人靠

在歙縣，美人靠是孤清寂寞的代名辭。當年徽商叱吒四方，他們的妻室卻獨守老家的深宅大院，枯坐池邊看鴛鴦戲水、鯉魚成雙，獨上廊橋看歸舟點點家人團聚。

此地是程、朱理學的故鄉，「三從四德」的觀念就像血液一樣流淌於徽州美人身上，雖獨守空閨數十載而不悔。今日徽州地方隨處可見高大的貞節牌坊，每一座都是一個徽州女人一生的幽怨。

歙縣棠樾牌坊群中有兩座是貞節牌坊，兩位少婦二十五歲左右開始守寡，「立節完孤」三十年，生前寂寞，死後朝廷褒揚好不風光。

母賢必定子孝，其中有一座牌坊是紀念一個吮吸老母雙腳血膿直至痊癒的孝子，另外一座是紀念割股（大腿肉）給母親治病的孝子。棠樾牌坊群這七座牌坊一字排開確實壯觀，然而我只覺得寒氣沉沉，爲了所謂的「忠孝節義」而壓抑了一生，這樣的榮光不要也罷。

春日下午兩點多的陽光，我在唐模水街美人靠的盡頭斜斜地倚著扶欄。光線從小溪裏正好折射在水街長廊的木製頂篷上，小溪水流的波動使廊頂的光影也一波一波地翻動；光與影的美妙協調。就這樣看著，呆呆地讓人有點微醺的感覺。身邊的老美人講著難以聽懂的方言，想搭話卻無法溝通，只知道這是新安江。

歙縣縣城往南走約三十六公里，到深渡古鎮，棄車乘舟，沿新安江放舟東下，盡頭處是十里繁華的杭州。

明清年代，大批十二、三歲的徽州人，沿著深渡古鎮旁的這條水道外出謀生，故黃山有俗語：「前世不修，生在徽州，十二三歲，往外一推。」外出學生，必須苦熬苦掙，自立成人，如有中途吃不得苦、打馬回朝者，則被鄉人羞爲「回香（鄉）豆腐乾」，如此則一世無顏見人。

深渡古鎮老街幽深，古巷縱橫，「美人靠」旁有老婦繡著花。我想，正因了「美人靠」旁的美人守得住寂寞，徽州男人才能闖蕩出「徽商」的品牌，並在明嘉靖至清乾隆、嘉慶年間達到極盛，其商業資本之巨，從賈人數之多，活動區域之廣，經營行業之多，到經營能力之強，天下無敵。

也許是新安江這樣清澈的江水才能哺育出生意場上玲瓏剔透的徽州兒女。南朝梁沈約寫過《新安江水至清淺深見底貽京邑遊好》：「洞澈隨深淺，皎鏡無冬春。千仞寫喬樹，百丈見遊鱗。」那時新安江就以水清著稱，故名「清溪」。後來李白來遊，更是驚訝於江水的潔淨了。

清溪行　李白

清溪清我心，水色異諸水。借問新安江，見底何如此。
人行明鏡中，鳥度屏風裏。向晚猩猩啼，空悲遠遊子。

●江水是明鏡，兩岸青山是屏風。你看，人在岸上行走，鳥在山中穿梭，好一幅春江圖。

歙縣錦囊

1遊覽時請密切關注徽州文化。徽州一個小小的地方，竟然有「徽州學」與「敦煌學」、「藏學」比肩而立，新安江流長不過幾百公里，沿岸竟然衍生出新安學、徽派樸學、新安醫學、新安畫派、徽派版畫、徽派篆刻、徽劇、徽菜……

2歙縣有許國石坊、陶行之紀念館、明代譙樓。太白樓，爲紀念李白「到此一遊」的清代建築，包含在新安碑林十元門票裏，書法愛好者會發現碑林內有「餘清齋」和「清鑒堂」法帖的拓本。兩帖爲明代新安巨富吳廷所刻，因吳廷收藏甚豐，所以選本精嚴，摹刻上石多爲名件眞跡（如《右軍十七帖》爲唐人雙鉤本），在書法史上占重要地位。

3漁梁古鎮（歙縣去深渡的路上）有座始建於唐代的漁梁古壩，非常特殊（上下層間以石礅插釘；每層石條間用石銷連鎖），値得一看。壩是一座滾水壩，沒有通過開口調節水位的功能，故壩上水勢平坦，壩下激流奔騰。壩上還開發了一個旅遊專案：坐竹筏。不過生意清淡，遊客很少。

4新安江沿路有不少古韻的野渡和一些依山傍水的自然村落很値得一看。那些野渡分布在錯落交雜的各條支流，臨水而居的村落使得渡口充滿人情味。它們或是在巍巍參天古樹的襯托之下，或是在翠竹掩映下搖曳風情，別有一番風味。

人在畫中游——千島湖

由深渡古鎮溯江而行，便是新安江上游。水色清淺，百轉千回，礁石崢嶸，犬牙交錯，泛舟放排，險象環生。新安人說：「深潭與淺灘，萬轉出新安。」每當桃花春汛季節，河水猛漲，他們便放排於新安江上，此時激流飛排，「浪裏白條」們從容穿梭於風浪中，蔚為壯觀。

進入浙江境內後，水面逐漸開闊，千島湖到了。五〇年代攔新安江水為水庫，一夜間，一千〇七十八個山峰俯身沉沒為一千〇七十八座島嶼。

同時沉沒的是歷史。新安江古來人文鼎盛，名人多，古蹟多；今日到千島湖所見名人遺跡，多是八〇年代旅遊觀念強化後當地人修復的，如果挪到高處重新修建也叫「修復」的話。

千島湖中心湖區的龍山島上，有紀念冒死進言的明代清官海瑞的海瑞祠，一九八五年重修，據說舊時為官者若貪贓枉法，望見祠堂便會頭暈目眩，現在看到這飛簷翹角雕樑畫棟的仿古建築，貪官們還暈嗎？

宰相島是因明代官至謹身殿大學士（相當於宰相）的商輅而命名的，照例是今人把有關商輅的文物搬到這裏，讓遊客知道，商輅來過這裏。錢幣島，南宋「淳熙元寶」和宮廷禮錢「五福花錢」皆出於此，島上設計了以錢文化為主題的多項活動。鎖島，外型似鎖，如今各種掛放開心鎖、連心鎖、同心鎖、吉祥鎖、功德鎖的活動層出不窮；還有松鼠島、猴島、鹿島、蛇島、名犬島、水貂島等動物系列島……總之此地的規畫者是不會讓千個島嶼白白浪費的。

千島湖的湖水含沙量和細菌總數均大大低於國際標準，不經處理也可飲用，爲中國湖泊之冠。千島湖是中國最大的森林公園，森林覆蓋面積在七十%以上。湖上湖邊遍栽松樹，松柏散發出來的空氣具有殺菌的功效，空氣可以說沒有污染。千島湖鎮被稱爲「松城」。空氣中滿是松樹的清香，玲瓏的建築沿坡修建，高低錯落，在松林中若隱若現，一城山水半城湖。

遊千島湖的精華在於那一湖水。去哪兒找這麼沁人心脾的碧水，青翠欲滴的群山，清新透體的空氣？如此廣闊的青山碧水（陸域四〇九平方公里），猶如一幅碩大無比的山水畫，「船在水上行，人在畫中游，」何妨泛舟湖上，持一竿漁竿，做一回「孤舟蓑笠翁，獨釣寒江雪」？

將出千島湖的時候，上一個叫「密山島」的小島，八百級石階後，是一眼終年不斷的山泉和三個立式和尚坐化墳。「一個和尚挑水喝，兩個和尚抬水喝，三個和尚沒水喝。」傳說有個仙人，爲了讓和尚喝到水，點化密山湧泉，三個和尚深爲內疚，變懶爲勤，開山鋪道，爲密山留下這八百級山道。

到鄉翻似爛柯人——衢州

從千島湖—蘭溪—龍遊石窟—爛柯山—衢州古城；這一路有唐代詩人喜愛的蘭溪—靈魂不死的傳說，那可是驚天動地的二十世紀最後大祕密，路的盡頭是浙江的西大門，錢塘江的源頭。

蘭溪棹歌　戴叔倫

涼月如眉掛柳灣，越中山色鏡中看。
蘭溪三日桃花雨，半夜鯉魚來上灘。

●鯽鯉之類的淡水魚，極愛新水（雨水）、逆流，一連三天的春雨，溪水猛漲，魚群聯翩而來。魚搶新水，調皮地湧上溪頭淺灘，撥鰭擺尾，啪啪亂跳。此情此景，晚唐詩人戴叔倫覺得新鮮可人，寫入詩裏，於是成了千古名句。

山裏漁家說，很平常啊。他們世世代代居住在這裏，每日執著於柴米油鹽，山中美景自然無足可觀，屋前院後到處是四方型的無名池塘也就習以爲常。一九九二年，其中四個村民開始覺得蹊蹺，抽乾池塘，花了十七個晝夜後，浮現眼前的，是一個規模龐大、氣勢不凡、結構詭奇的地下石窟。一號洞高二十多公尺，洞廳面積整整有一千兩百多平方公尺，四根巨型魚尾狀古柱支撐著成四十五度傾斜的洞頂，其中最粗的一根需五人合抱。洞的四壁陡峭筆直，稜角歷歷，四壁都是用斜線紋精心整飭的樸素飾紋，飾紋間每隔四十至五十公分鑿出一條水平橫線，這樣縱橫交織，就產生錯落有致的美感，樸素與華麗兼容並蓄。

▲巨型字符無人能解

經進一步勘查，在方圓一平方公里的地下，類似的洞窟共有二十三個；而在附近的二．二八平方公里的土地上，至少有五十個以上類似的洞窟。現已初步探明的洞窟中，最大的洞窟面積竟有一萬多平方公尺！

眞是石破天驚！如此浩大的地下工程始於何年？起於何因？一個小村莊下竟深藏著那麼多的龐大洞窟，密集程度令人吃驚，究竟是何用途？洞窟的力學設計堪稱完美，挖鑿痕跡富藝術美感，它以何種方式完成？又如何被埋藏？又爲什麼千百年來一直湮沒無聞，不僅不見於任何史料的記載，連曾經到此一遊的大旅行家徐霞客、大文學家郁達夫也沒有發現一點點蛛絲馬跡？連一代代生息於此地的村民們也毫不知情？

歷史還是給後人留下了一個戲劇性的細節。在一號洞的洞頂發現了一匹馬的左下端隱刻著一隻飛鳥，這是目前所有洞窟中唯一一個特殊的雕刻圖案，它可能是確證石窟開鑿年代的唯一隱性線索。我想這一定是古代某個匠人的信手之筆。在漫長枯燥而又艱苦的開鑿工程中，爲了讓自己在勞作中獲得些許的快慰，他刻下了官方沒有規定的圖案。千年後，卻成了爛柯傳說裏的線索，證明曾經有過的時空。

距衢州城東南十公里有爛柯山，相傳，晉時樵夫王質在此山遇見兩仙人下圍棋，「因置斧觀之，童子與一物如棗核，含之不饑，不久，童子催歸。」王質一看隨身攜帶的斧柄（即「柯」）已經爛盡，返回鄉閭時才知時光已流逝百年，妻子兒女皆已去世，原來「天上一日，人間百年」。古人寫詩極愛這個典故：

酬樂天揚州初逢席上見贈　劉禹錫

巴山楚水淒涼地，二十三年棄置身。懷舊空吟聞笛賦，到鄉翻似爛柯人。
沉舟側畔千帆過，病樹前頭萬木春。今日聽君歌一曲，暫憑杯酒長精神。

● 這種回到原來的地方，人事已非，恍如隔世的感覺，恐怕是人生常有的況味吧。劉禹錫這句「沉舟側畔千帆過，病樹前頭萬木春」被後代人引用得慷慨激昂，看回原詩，其實還是在慨歎人事已非，並無多少樂觀精神。

衢州錦囊

浙江的「西藏」——衢州。悠悠的歷史古蹟，純樸的民風，迷人秀麗的自然生態環境，重要的是，沒有萬頭鑽動，導遊小旗揮舞的壯觀景象。

1龍遊石窟在浙西衢州龍遊石岩背村，已開發八個洞窟，還有許多「無底塘」靜靜地等待著。趁著這個可能是世界上第九奇觀的地方還沒被炒作，趕快去吧。

2爛柯山是一座集地理之勝和人文之美於一身的名山，山上古木蒼蒼，古徑斜斜，山下渠水清清，人煙稠密，景致極爲可人。此山的樗性風景是一道壯觀無比的大石樑，它東西走向，南北中空，遠望如一座巨大的石拱橋，傳說中王質就是跨過此橋後遇見仙人的。

3衢州江山境內的江郎山，一線天筆直陡峭，距離均勻，被勘定爲中國之最。「孔氏南宗家廟」歷經千年滄桑，保存完好，爲中國僅有兩座家廟之一。九龍湖景區如美人出浴，每每令人心生「驚豔」之慨。西邊龍門峽谷，是眞正的浙西第一大峽谷，雖無雅魯藏布大峽的壯美，那秀色卻也別具江南風光所特有的超凡脫俗。錢江源森林公園是國家級森林公園，瀑布、林場、風雲都不亞於千島湖。

野曠天低樹，江清月近人——富春江

從建德—七里瀧、嚴子陵釣臺（富春江）—桐廬—富陽—杭州；這樣的旅行，最理想的應當坐蚱蜢舟，浮家泛宅，不計時日，迎曉風，送夕陽，看明月，一路從從容容地走去，覺得什麼地方好，就在那裏停泊，等盡興了再走。

宿建德江　孟浩然

移舟泊煙渚，日暮客愁新。
野曠天低樹，江清月近人。

建德江指新安江流經建德的一段江水。水極淨，月極亮，清風明月，撫慰了「獨在異鄉爲異客」的孟浩然孤寂的心。他乘坐的舟應是此地特有的蚱蜢舟，一邊收窄一邊向上翹，翹到尖兒上成了根一尺長的朝天棍；兩頭尖尖，輕巧極了。在水平如線的江景上，劃出了極輕靈的畫面。秋冬之交的捕銀魚時節，江面上蚱蜢舟雲集，乃當地的一大奇觀。

從建德縣梅城鎮雙塔到桐廬縣嚴子陵釣臺，全長二十三公里，叫做七里瀧（或稱七里灘）。兩岸高山連綿不絕，都是絕壁削立，水流迅急。無風時一日船可行七十里。人坐船中，像在半空中行走。

七里灘和嚴子陵釣臺在古代詩歌中是常用的典故。嚴子陵名嚴光，會稽余姚人。與漢光武帝劉秀是少年同學。劉秀即位當皇帝，他就改變姓名隱居起來，不再與光武帝相見。後來光武帝懷念「同學」，四處尋訪，找到嚴子陵後，他卻堅決不肯做官。光武帝和他敍舊情，晚上還同榻而眠，沒想到嚴光膽敢把腳放在光武帝肚子上。

第二天太史上奏說昨夜觀察星象發現客星犯御座（意味著皇帝有人身危險），光武帝笑著說：是我和老友嚴子陵一起睡覺。雖然光武帝一再要嚴光出山，他始終不為所動，最後還是回到富春山。後人把他釣魚的地方稱做嚴陵瀨。

古人釣魚技術大概比較好，老喜歡在水流湍急的地方釣魚，姜子牙是「姜太公釣魚，願者上鉤，不願者付水流」，太公之意不在魚也，所以釣上周文王。嚴子陵在富春江釣魚，是意在消遣，也不靠釣魚來吃飯（富春山上的嚴子陵釣臺臨江近百公尺高，釣一條魚要費多少時間可想而知）。

李白這一生最推崇的就是像嚴子陵這樣的「功成不受賞，長揖出門去。」他從安徽新安江一路漫遊至富春江，本來還耿耿於懷功名受挫，一想到嚴子陵，終於解脫了。

古風　李白

昭昭嚴子陵，垂釣滄波間。身將客星隱，心與浮雲閒。
長揖萬乘君，還歸富春山。清風灑六合，邈然不可攀。

順富春江到了桐廬，蚱蜢舟須換成烏篷船。此地最具江南山裏水鄉的特點，街道兩旁多烏頂白牆、簷角上翹的平房，盛產茶葉、茶繭，鰣魚從三國時候就是時令佳餚。桐廬縣城二十五公里有號稱「全國溶洞之冠」的瑤琳仙境，中國旅遊勝地四十佳之一。順江而下，距富陽二十公里龍門古鎮，是孫權後裔的聚居地，國父孫中山就是這一支遷出去的。現孫氏家族已延續六十五代，至今仍保存著江南罕見的明清古建築群，廳屋環繞，牆簷相連，當地人有句話：「大雨天串門，跑遍全鎮不濕鞋」，這不是吹牛。船入富陽，離「人間天堂」只剩下三十八公里的路程了。富陽「山青、水清、境幽、史悠」，以一江春水爲背景，每當桃紅柳綠時節，總有「春色濃得化不開」之感。

▲烏篷船

宿桐廬江寄廣陵舊游　孟浩然

山暝聽猿愁，滄江急夜流。風鳴兩岸葉，月照一孤舟。
建德非吾土，維揚憶舊遊。還將兩行淚，遙寄海西頭。

蘇溪亭　戴叔倫

蘇溪亭上草漫漫，誰倚東風十二闌？
燕子不歸春事晚，一汀煙雨杏花寒。

無物結同心，煙花不堪剪——杭州一

西湖向來是個發生悲傷愛情的經典地點。最早是南齊名妓蘇小小的故事。

蘇小小歌　古樂府

妾乘油壁車，郎跨青驄馬。何處結同心？西陵松柏下。

● 美麗的車，美麗的馬，小小與情郎一起飛馳於西湖沙堤上，郎才女貌，無限風光。然而快樂總是稍縱即逝，十九歲的花樣年華，小小長眠於湖邊「西陵松柏下」。

蘇小小墓　李賀

幽蘭露，如啼眼。
無物結同心，煙花不堪剪。
草如茵，松如蓋。
風爲裳，水爲佩。
油壁車，夕相待。
冷翠燭，勞光彩。
西陵下，風吹雨。

小小把西湖都幻化爲她的音容笑貌。蘭花上綴著的晶瑩露珠是她含淚的眼睛，芊芊綠草是她的茵褥，亭亭青松是她的傘蓋，湖風拂拂，就是她的衣袂飄飄，流水叮咚就是她的環珮聲響。白居易到了杭州，總到西湖追尋小小的遺跡：「若解多情尋小小，綠楊深處是蘇家」、「蘇家小女舊知名，楊柳風前別有情」。

白居易風流而不忘本職工作，任杭州刺史期間，他把疏通西湖當做大事來做，使得這個又乾又老的湖泊蓄水量增加，發揮了防夏秋乾旱的作用，而蓮花也開始在西湖綻放。

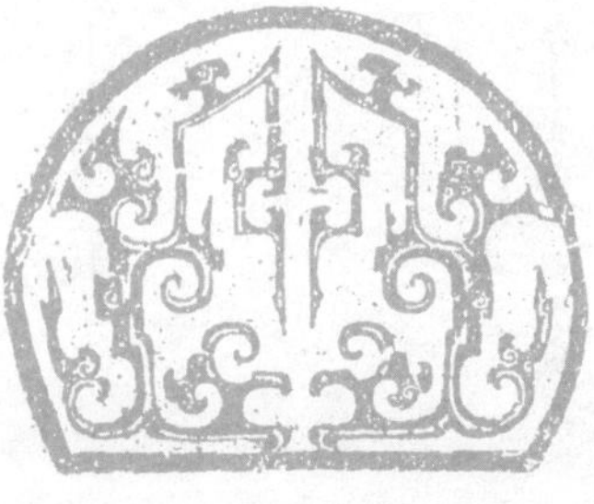

採蓮子　皇甫松

船動湖光灩灩秋，貪看年少信船流。
無端隔水拋蓮子，遙被人知半日羞。

喜歡江南少女這種示愛的方式。蓮，音諧「憐」、「連」，隱喻「愛憐」、「連心」。「拋蓮子」，就是「我愛你」；「棄蓮心」就是「你不想愛我」。蓮心（愛情）甜蜜而苦澀，愛人啊，「莫嫌一點苦，便擬棄蓮心」（李群玉《寄人》），就算情緣已了，我的心也會像蓮藕一樣藕斷絲連。

▲曲院風荷

等到蘇軾寫「欲把西湖比西子，淡妝濃抹總相宜」的時候，西湖荷花已經氾濫成災了，歷代植菱種芡積累下來的淤泥把西湖淤塞了一半。遊客看到的是「接天蓮葉無窮碧，映日荷花別樣紅。」景色美哉！當地老百姓可苦了，平常西湖雨季洩洪、旱季灌溉，淤塞後就只剩下增加旅遊收入的作用。好在蘇軾上書朝廷開掘淤泥，將葑灘的葑泥在西湖上築起一條橫貫南北的長堤（名「蘇堤」），沿堤遍植桃柳，春天早晨漫步堤上看西湖在晨霧中甦醒，春風蕩漾，新柳如煙，是爲西湖十景之首——「蘇堤春曉」。蘇軾還在湖心立三座石塔，作爲禁止在塔所劃定的範圍內植菱種芡的標誌。每當皓月當空，塔內點燃蠟燭，燈光從圓孔透出，就像一個個小月亮，與天空倒映湖中的明月相輝映。蘇軾眞是錦心繡口，一個水利設施，不小心也成了西湖十景——三潭映月。

西湖經過蘇軾的調教後天姿國態，文人墨客蜂擁而至，愛情故事多的足夠說上一千〇一夜。白娘子邂逅許仙是在這裏，斷橋邊該斷不斷，遺留後患。愛情並不完滿，也讓後人津津樂道了幾百年。

西湖之所以引來這麼多傳說，美就美在西湖水。走在蘇堤白堤上，遠望孤山的燈火，追思古代文人墨客的月下聚會、湖上遊樂。或者在碧水、船娘、毛毛細雨中坐在微波蕩漾的小船上，看青山疊翠撲面而來的美麗畫面，感覺湖風輕輕吹過臉龐，喝著龍井貢茶，看著船家一扭一扭地把櫓，三潭映月就在眼前，感覺是何等的寫意！你深深地吸了一口氣，聞到一種味道——我們熟悉的但是此時心理和生理都難以接受的變質水的氣息。你睜大眼睛，看不見映日荷花。

因爲水淺，更難保證水質，所以西湖幾乎每兩年就要大規模疏濬一次，保持水深。爲了西湖而捨荷花，如今的西湖，大約只是在一公園和六公園、里西湖內、岳湖內、西里湖內有成片的荷花種植，開得最多最豔的當然是在「曲院風荷」了。夏天，記得來西湖看荷花。

▲西湖冬景

採蓮曲　王昌齡

荷葉羅裙一色裁，芙蓉向臉兩邊開。
亂入池中看不見，聞歌始覺有人來。

錢塘湖春行　白居易

孤山寺外賈亭西，水面初平雲腳低。
幾處早鶯爭暖樹，誰家新燕啄春泥。
亂花漸欲迷人眼，淺草才能沒馬蹄。
最愛湖東行不足，綠楊陰裏白沙堤。

平生不平事，盡向毛孔散——杭州二

面對西湖這樣的秀山秀水，風雅之舉應是在玉皇山上，端一杯山泉水泡的龍井綠茶，看著窗外的精緻，慢慢品來。唐人說「茶爲滌煩子，酒爲忘憂君」，他們可是把茶作爲澄心靜慮、暢心怡情的藝術來欣賞的。

走筆謝孟諫議寄新茶　盧仝

一碗喉吻潤，兩碗破孤悶。
三碗搜枯腸，唯有文字五千卷。
四碗發輕汗，平生不平事，盡向毛孔散。
五碗肌骨清，六碗通仙靈。
七碗吃不得也，唯覺兩腋習習清風生。
蓬萊山，在何處？玉川子，乘此清風欲歸去。

▲虎跑泉

苦吟詩人盧仝筆下，茶簡直是包治百病的神仙茶。唐代的茶有兩種喝法：一，將茶末放在瓶罐中用開水沖灌後即飲用，被陸羽稱爲「庵茶」。二是煎茶：把茶研成極細粉末，找好水煎之。

此二種對水的要求都比今天的高。所以唐人熱中於評選七大泉，爭來爭去，把第一名給了鎭江的中冷泉。

今天西湖的虎跑泉、龍井水儼然天下第一，其實在唐代根本都排不上名次。南宋偏安於臨安後，西湖的泉水和茶才開始揚名，到了清朝在文人的讚誦下，虎跑泉、龍井茶、碧螺春就名揚天下了。而今到龍井問茶，用虎跑泉的泉水沏茶，淡綠的樹葉在晶瑩的杯中輕舞飛揚，一道茶過，叫兩碗西湖藕粉，拌以白糖，再灑上幾瓣桂花（最好是金桂；銀桂的色香都略遜一疇），直問：「蓬萊山，在何處？玉川子，乘此清風欲歸去」。

小常識

唐代七大泉

第一：揚子江南零水／第二：無錫惠山泉水／第三：蘇州虎丘寺泉水／第四：丹陽縣觀音寺水／第五：揚州大明寺水／第六：吳淞江水／第七：淮水。

杭州美食錦囊

1 **蜜汁火方**：蓮子清甜，火腿鹹中帶香，與芡汁的微甜配合得剛剛好；花錢、花時間（據餐館裏的師傅說要花大半天的時間烹調）。

2 **叫化童雞**：選用不到一歲的童子雞，殺剝乾淨，肚子裏填上火腿片和青蒜，把雞抹上調味料略醃一下，然後用塑膠膜包上，再用乾荷葉裹上，最後糊滿泥巴

（是封黃酒罈的酒罈泥）去烤。打開即食，香氣四溢，肉酥不黏骨，食不嵌齒。

3**龍井蝦仁**：用新鮮的河蝦活擠出的蝦仁，是二級以上的龍井茶配料。

4**宋嫂魚羹**：作法有點接近晉人張翰提到的鱸魚膾，就是把魚肉切成很細的絲，剔除了骨頭，加入香菇、雞蛋之類的東西燒成羹狀，再加一點醋，抑腥提鮮，好吃又便宜。

5**臭豆腐**：浙江尤其愛吃臭的，寧波有臭冬瓜，紹興有黴莧菜梗，余姚有臭千張。傍晚的時候，杭州街邊的臭豆腐尤其多。記住：豆腐本身愈臭，味道愈好，弄乾淨的不吃也罷！

6**大閘蟹**：小而多毛，蟹黃肥肉美，中間蟹黃滿帶膠質，異常鮮美。

7**片兒川**：杭州人最愛吃的麵，拌上雪菜，里肌片和冬筍片，都是美味的東西。誠意推薦：望江門的麵！

8**松花團子**：白白圓圓的很可愛，沒有松花作餡，味道差了一些。

9**餛飩**：餛飩在杭州有大小之分。小餛飩那一小粒餡子是讓舌頭可以先嚐鮮一下，湯料要有紫菜、蝦皮、蛋皮絲、小塊豬油、蔥花、一點味精，不適合當正餐。

10**吳山酥油餅**：徒有看相，用油把金字塔狀的麵皮煎酥了，頂上散一把綿白糖，不過吃多了會太膩。

▲錢塘潮

驚濤來似雪——錢塘江

杭州靈隱寺在唐代是看得到錢塘江潮的。有詩爲證：「樓觀滄海日，門對浙江潮。」傳說駱賓王兵敗後隱居於靈隱寺，有天見到後生小子宋之問在苦思冥想一篇作文，好心幫幫他，就脫口而出這一句，不料宋之問盜取了版權，用到自己的《靈隱寺》詩裏，還暴露了駱前輩的行蹤。

當時每到中秋前後，文人紛紛蒞臨靈隱寺賞月看江潮：

憶江南（其二）　白居易

江南憶，最憶是杭州。
山寺月中尋桂子，
郡亭枕上看潮頭。
何日更重遊？

杭州不是看錢塘江潮的最佳地點。翻開浙江省的地圖可以看見，錢塘江的出海口形狀像一個大喇叭，最外面的寬度達一百公里，到海甯鹽官時江面寬度只有三公里。因此，每逢漲潮時，幾十萬噸海水以每秒十公尺的速度向上游前進，由於江面迅速變窄，江底變淺，潮水愈激愈高，層層上湧，激起高達三至十公尺的銀白色水牆，那時侯，「驚濤來似雪，一座凜生寒。」（孟浩然《與顏錢塘登樟亭望潮作》）

今日觀潮最佳處在海甯，其次是杭州去紹興路上的蕭山。農曆八月十八，潮汛最大。潮來時，遠望僅如銀線，既而漸進，大聲如雷霆，潮頭像牆一樣立起，波濤拍岸，捲起千堆雪。

第八章

我欲因之夢吳越

唐詩之路

唐詩之路始自錢塘江上溯到紹興鏡湖，
沿浙東運河、曹娥江，然後南折入剡溪，
順著這諸山盤結環抱中豁然開朗的一條水路，
欣賞兩岸如世外桃源的山色，水盡則登山而歌，
經新昌的沃洲天姥山直抵天臺山石樑飛瀑，
全程長一百九十公里。

唐詩之路

中國有絲綢之路，也有「唐詩之路」。

這條詩路始自錢塘江上溯到紹興鏡湖，「湖月照我影，送我至剡溪，」沿浙東運河、曹娥江，然後南折入剡溪，順著這諸山盤結環抱中豁然開朗的一條水路，欣賞兩岸如世外桃源的山色，水盡則登山而歌，經新昌的沃洲天姥山直抵天臺山石樑飛瀑，全程長一百九十公里。

據史書記載，唐代有三百二十一位詩人遊歷過這條風景線。詩仙李白四入浙江，三入越中，二上天臺山；杜甫二十歲時就入臺、越，遊冶忘歸達四年多，到五十餘歲流落西南，仍追懷昔遊；白居易稱「東南山水越爲首，剡爲面，沃洲天姥爲眉目」。在這路上留下足跡的還有「初唐四傑」的盧照鄰、駱賓王，「飲中八仙」的賀知章、崔宗之，「中唐三俊」的元稹、李紳、李德裕，「晚唐三羅」的羅隱、羅鄴、羅虬，以及孟浩然、崔顥、王維、劉禹錫、賈島、溫庭筠、陸龜蒙、杜牧等等。他們或坐於筏上飲酒賦詩，或站立船頭仰觀吟詩，或徜徉於古道上寄情詩意，或借宿村宅倚立窗欞前興詩抒懷。

中國的唐詩之路旅遊剛剛開發，遊人甚少而民風純樸。若想在旅遊旺季擇一清靜處，實是上選。紹興、上虞、嵊縣、天臺一線，山陰道上，最適合攜一卷唐詩而遊。若再能尋得一葉扁州，載酒而行，則幾近古人矣。

一夜飛渡鏡湖月——紹興一

公元七四四年，八十六歲的賀知章告老還鄉回到越州（今紹興）鑒湖，世事滄桑，村裏的小孩不認得眼前的生客，只會用鄉音問：「儂從何處來？」惟有家門前鏡湖水，依舊是舊時的波浪。

回鄉偶書　賀知章

少小離家老大回，鄉音無改鬢毛衰。兒童相見不相識，笑問客從何處來。
離別家鄉歲月多，近來人事半消磨。惟有門前鏡湖水，春風不改舊時波。

唐詩中的鑒湖（鏡湖）比今天的鑒湖大一百一十倍，總面積達兩百〇六平方公里。它的南面是會稽山麓線，北面的湖堤即今杭州至臨海公路，西面接錢塘江，東至曹娥江。自北宋熙甯以後，豪紳在湖中建築堤堰，盜湖爲田，湖面大蹙。今湖塘、容山豢、貝石湖、白塔洋皆其遺跡。湖上堤橋隨沒，扁舟時見，遠山四圍，水清如鏡，爲江南水鄉的典型，仍可領略漁舟唱晚，紅酥手採紅菱的意境。

▲古纖道

紅酥手——紹興二

紹興有女顏如玉。李白遊越地後念念不忘「鏡湖水如月，耶溪女如雪」。一向不解風情的杜甫也說「越女天下白，鑑湖五月涼。」——鑑湖的水含有什麼增白配方？

無他，愛情的滋潤而已。此地乃越文化的發源地，越地文化開放而文明，很少中原文化的繁文縟節，湖邊人家每日泛舟湖上更為自由，少男少女們的愛情「赤裸裸」。

越女辭　李白

耶溪採蓮女，見客棹歌回。
笑入荷花去，佯羞不出來。

拔蒲歌　張祜

拔蒲來，領郎鏡湖邊。
郎心在何處，莫趁新蓮去。
拔得無心蒲，問郎看好無。

● 古樂府《拔蒲》其二說：「與君同拔蒲，竟日不成把」，寫一位拔蒲姑娘只顧同相愛的人談情說愛，幾乎忘了拔蒲。當時女子常借採菖蒲之機與情郎約會，觸景生情，問一聲情郎，你的心放在哪裏？（郎心在何處？）我對你已死心塌地，就像無心蒲（即實心蒲，古人用於隱喻對愛情堅貞如一）；你不要離開我去愛上別的女子（蓮，諧音憐，愛的意思，新蓮隱喻新歡）。

▲漁歌

這樣至情至性的女子似乎是紹興地方的特色。吳越時候的西施可以爲愛人犧牲自己，到另一個男人枕邊媚主亂國，功成之後又與愛人泛舟太湖歸隱去也。清末秋瑾號稱「鑑湖女俠」，拋家別子遠赴日本留學，闖出一番男子亦所不能及的反清事業。《吳越春秋》裏的越女，助越王勾踐滅吳，也是一身俠氣。所以紹興在江南是個異數，好像有股任俠之氣飄蕩於山水之間。徐渭、徐錫麟、秋瑾，都是慷慨坦蕩之士，陸遊、魯迅、周恩來，都是熱血男兒，所謂「吳地多風流，越地出名士」也。

浙東錦囊

在紹興旅遊可租用自行車。火車站附近即有租車點，價格很便宜。到東湖、禹陵等地遊覽，還可乘烏篷船，走水路。浙東寺廟、佛堂頗多，求宿其中，那是眞正的體驗——日常生活與虔誠信仰交織在一起。在食的部分寧波小吃要到城隍廟，熱鬧又有特色，蟹粉小籠包、酒釀圓子、豬油湯圓……

黃滕酒——紹興(三)

古代釀酒很多是在冬季工作，到春天梨花盛開，酒就熟了，所以有梨花春的名字。漢唐時代的好酒往往叫「××春」。那幾百年間整個中國的釀酒工藝都沒有太大提高，哪裏有如今窖藏多少年的事。

問劉十九　白居易

綠蟻新醅酒，紅泥小火爐。
晚來天欲雪，能飲一盃無？

▲咸亨酒店

●今天紹興的黃酒其實就是唐代文人常飲的黃醅酒，保持酒的糧食原色，故名。有女兒紅、加飯、善釀、香雪、花雕五個品種，其中花雕尤其適合與當地海鮮梭子蟹配合，異常美味，高適說：「高談正可揮麈毛，半醉忽然持蟹螯」，唉，唐人可眞會享受。你看白居易請劉十九喝酒，窗外是欲雪的黃昏，屋內是紅泥小火爐，酒正溫，白公持杯發問：「能飲一杯無？」今人多到咸亨酒店品嚐紹興酒，叫上一碗女兒紅，配下酒的茴香豆、油炸臭豆腐，大談吳越和魯迅，把自己弄得醉醺醺的。

劉邦得了天下，他的老爹卻不捨得離開豐沛，劉邦就在咸陽附近找了個地兒，遷來豐沛的人口，取名新豐。到了唐代，住在新豐的人大多非富即貴，縱情歡樂，家家都會釀酒，拿了糧食就開煮，叫做「新醅酒」。沒過濾的新酒泛著色微綠細如蟻的酒渣，叫「綠蟻」，古詩裏常用來指代黃酒。別以爲「綠蟻」是什麼美酒，其實酒精濃度很低。所以王維說「新豐美酒斗十千」，喝新豐酒相當於喝水，斗百千也難醉。

紹興錦囊

1**紹興**：位於浙東北部、浙東運河沿岸、蕭甬鐵路線上。城北爲平原，河道縱橫，湖塘密布，具有濃郁水鄉特色。南部爲山區和丘陵。下轄的諸暨市春秋時爲越國國都，嵊州市古代爲山水名勝，有剡溪流過，是越劇的發源地。

2**蘭亭**、**鵝池**、**流觴亭**、**右軍祠**：都與王羲之和《蘭亭集序》有關，古人風雅流傳之地。

3**大禹陵**、**禹祠**、**禹王廟**：治水英雄大禹死於會稽山，後人憑弔他建了不少名勝。

4**東湖**：古代的採石場，引水淹沒後變成「天下第一盆景」。坐烏篷船蕩遊其中，頗有情趣。

▲蘭亭書會

5**沈園**：陸游憑弔愛情的園林，色調莊重古樸，值得一遊。

6**府山、越王臺**：越文化的精華集中於此，可俯瞰全城景色。

7**名人故居**：魯迅故居、周恩來故居、蔡元培故居、青藤書屋、百草園書屋。

8**柯橋**：紹興郊外，有成片百年老屋，小橋流水人家的江南風韻最足之地。鎮內古纖道是古人行舟背纖的道路和船隻躲避風浪的屏障。路橋結合，高低錯落的拱橋、梁橋和纖道相連接，爲紹興特有的風光。

9**二戴居處**：在今嵊州市城關附近。「二戴」是後世對戴逵、戴顒父子的尊稱，這兩人都是晉代大藝術家，也是眞正意義上的隱士，多次拒絕朝廷徵聘，終身不仕，在剡地過隱逸生活。二戴居處也是王子猷雪夜訪戴不遇「乘興而來，興盡而返」典故的出處。

10**金庭**：王羲之晚年隱居和墓葬的地方。金庭被道家稱爲「第二十七洞天」，白居易曾說「越中山水奇麗剡爲最，剡中山水奇麗金庭洞天爲最」。奇麗山水加上王羲之這位大書法家，便使金庭成了唐代詩人遊剡必到的地方。

我妓今朝如花月——上虞

一代有一代的偶像。唐代全民的偶像是東晉名士謝安，即成語「東山再起」之

▲東山謝安墓

主角。這位在淝水之戰中吟嘯自若，似乎漫不經心地就擊敗苻堅百萬之眾的傳奇式人物，在出仕前隱居東山近三十年。當匡扶漢室，建立殊勳，受到昏君和佞臣算計時又曾一再辭退，打算歸老東山。在唐人看來，東山之隱，標誌一種品格。它既表示對於權勢祿位無所眷戀，但又不妨在社稷蒼生需要的時候，拯救天下於危難之中。

雖然東山位於上虞市曹娥江與剡溪江的彙集之處，在交通發達的今天也算是偏遠之地，但是一千多年前的唐人，可不管山長水遠的，他們來東山，憑弔心中的偶像，順便也找點寫詩的靈感，興許在某個山泉叮咚之處，就有魏晉名士留下的詩意呢！

別人隱居是粗茶淡飯閉門謝客，謝安可不，他同當時同居會稽（今紹興）的王羲之、孫綽、許詢、支遁等名士交遊，過著「出則漁弋山水，人則言詠詩文」的閒逸生活。他還參加了永和九年（公元三五三年）著名的蘭亭雅集，曲水流暢，詠詩抒懷，演繹出一闕千古佳話。

他喜愛音樂、舞蹈，家裏終日笙歌不斷，藝妓爲他唱歌跳舞，談笑風生。等到被朝廷重用，他帶著家妓出山，也不怕世俗的眼光。淝水一戰，東晉兵力是苻堅的四分之一，謝安在後方指揮戰役，居然是邊下棋邊聽前方消息，李白折服地說是「爲君談笑靜胡沙」。

李白這一生最推崇就是謝安這種瀟灑勁了。能在煙花堆裏憂國憂民，那才是眞的本事。《攜妓登梁王棲霞也孟氏桃園中》說：「謝公自有東山妓，金屏笑坐如花人」《書情題蔡舍人雄》又說：「嘗聞謝安石，攜妓東山門。楚舞醉碧雲，吳歌斷清猿。」《出妓金陵子呈盧六》還有「安石東山三十春，傲然攜妓出風塵」。爲了跟偶像學習看齊，李白採取了跟今天的追星族一樣的行爲——超級模仿秀。謝安是「每出遊，必以女妓從」，李白也跟著仿效帶上自己的「東山妓」出遊，有詩爲證：

東山吟　李白

攜妓東土山，悵然悲謝安。
我妓今朝如花月，他妓古墳荒草寒。
白雞夢後三百歲，灑酒澆君同所歡。
酣來自作青海舞，秋風吹落紫綺冠。
彼亦一時，此亦一時，浩浩洪流之詠何必奇。

● 美人如花花易逝，功名如土土易僵。李白對人生悲涼的況味，竟是通過隨帶的如花藝妓與謝安的藝妓的比較而得出，一花月，一荒墳，荒謬，卻也合乎人情。「浩浩洪流之詠」，其實要表達的就是「前不見古人，後不見來者」。只不過陳子昂寫出了正統慷慨，李太白是「甚荒唐，反認他鄉做故鄉」的人生虛無感。

上虞錦囊

1東山在浙江上虞市上埔縣境內，座落曹娥江（剡溪）畔，山水秀麗。雄踞江邊的奇石，是李白詩中所說的「謝安石」，又稱「指石」，相傳當年謝安經常邀王羲之、許詢、支循等會稽高僧墨客在此石下彈琴下棋賦詩作書，留下了許多佳話。循小徑繼續往前行，便看到一塊臨江突起的大磐石，石壁上藤蔓繞，苔蘚茸茸，這便是有名的剡溪釣石，又稱謝安釣魚臺。這裏有種魚，頭尖身扁尾似扇，肉嫩鱗細無腥味。當年謝安最喜歡吃這種魚，常邀王羲之等到這裏靜坐垂釣。如果有心，在這塊具有神奇色彩的磐石上仔細尋覓，便可發現有一些大小不一、形似木屐的腳印跡。據說這還是謝安當年留下的。東山有謝安衣冠墓。

2上虞是個乾淨、優雅的城市，「長亭外，古道邊，芳草碧連天，晚風拂柳笛聲殘，夕陽山外山」。這一首《送別》是李叔同寫給上虞的。在白馬湖邊一排白牆黑瓦，依次是「夏丏尊故居」、朱自清故居（公元一九二四～一九二五年居住過的地方）、小楊柳屋——豐子愷先生當時在春暉教音樂與美術課程、晚晴山莊——豐子愷先生爲老師李叔同，出家後的弘一法師所興建的靜修的地方。弘一法師的遺墨「悲喜交集」，透過歲月的塵土依然震撼今人。當年這些名人都是一家中學的教員——舊時享有「北南開、南春暉」美譽的春暉中學，校舍依湖而建，遠山近柳。

3曹娥江：古稱舜江，別名剡溪、上虞江。東漢時因孝女曹娥投江尋父，後改稱今名。源於磐安縣的尖公嶺，注入錢塘江河口，爲浙江第三大河。進入上虞後，江面開闊，水流平緩，並受潮汐影響，海潮倒灌。曹娥江源遠流長逶迤壯觀，盛唐時爲唐詩之路，兩岸景點星羅棋布，駕舟逆行而上，猶如畫中行。

豈知書劍老風塵——新昌

唐人旅遊其實跟現在也差不多，有的人會爲了品嚐某一美食而動了旅遊的念頭，有的人是因爲大家都去所以也去，各式各樣的理由皆有。

剡溪水清，鱸魚鮮美，越地有「鱸魚鱠」，是唐代人最喜歡的名菜。

秋下荊門　李白

霜落荊門江樹空，布帆無恙掛秋風。
此行不爲鱸魚鱠，自愛名山入剡中。

李白到剡中不是爲了美食，不過如此急於自辯，可見當初許多人還是衝著鱸魚去的。

剡中有《列子湯問》與《莊子外物篇》說到的任公子「蹲乎會稽，投竿東海」釣巨鼇的神奇寓言，有書聖王羲之、竺道潛、白道猷等十八名士、十八高僧遊歷、酬唱的足跡，還有開一代佛教宗風的智者大師取道沃洲創立天臺宗，最後圓寂於新昌大佛寺的行跡。旅遊「紮堆」的人多，「買山而隱」的高僧也多。

送上人　劉長卿

孤雲將野鶴，豈向人間住。
莫買沃洲山，時人已知處。

沃洲山在沃洲湖的旁邊，是道家十五福地，江南般若學中心之一，士族文化薈萃之地，也是古代山水詩的發祥地，支道林、竺道潛等十八位高僧，孫綽、王羲之等十八名士曾長期優游於此。唐代的高僧喜歡在這置地產，劉長卿勸他朋友上人，要眞是隱居就應該找個孤雲野鶴的地方，去沃洲山那種旅遊勝地隱居，明顯不是隱居嘛！

爲了與一般旅遊者有所區別，唐代詩人到唐詩之路一定要作詩，處處找尋謝安、謝靈運等魏晉名士的足跡，寫下感想，做思考或憤世嫉俗狀，結果心情愈來愈苦，連自己是誰都給忘了。

人日寄杜二拾遺　高適

一臥東山三十春，豈知書劍老風塵。

歸隱山林三十年後還能出山，在中國歷史上也就只有謝安了。唐代人敬仰謝安更因爲他重出江湖後的壯舉，可是能像謝公這樣遇上建功立業機會的人畢竟少數，所以連唐代詩人裏頭做官做得最高（當今的部長級）的高適也要在九月初九跟老朋友杜二（杜甫）抱怨：「豈知書劍老風塵」。

天寶三年，李白被唐玄宗賜金放還，政治失意，於是寄情於山水。他沿剡溪古道，登會稽、四明、天臺三座名山，至天姥山上，一腔鬱悒之氣終於化爲激越的呼聲。

夢遊天姥吟留別

李白

海客談瀛洲，煙濤微茫信難求。
越人語天姥，雲霓明滅或可睹。
天姥連天向天橫，勢拔五嶽掩赤城。
天臺四萬八千丈，對此欲倒東南傾。
我欲因之夢吳越，一夜飛度鏡湖月。
湖月照我影，送我至剡溪。
謝公宿處今尚在，淥水蕩漾清猿啼。
腳著謝公屐，身登青雲梯。
半壁見海日，空中聞天鷄。
千巖萬壑路不定，迷花倚石忽已暝。
熊咆龍吟殷巖泉，慄深林兮驚層巔。
雲青青兮欲雨，水澹澹兮生煙。
列缺霹靂，丘巒崩摧。洞天石扉，訇然中開。
青冥浩蕩不見底，日月照耀金銀臺。
霓爲衣兮風爲馬，雲之君兮紛紛而來下。
虎鼓瑟兮鸞迴車，仙之人兮列如麻。

忽魂悸以魄動，恍驚起而長嗟。
惟覺時之枕席，失向來之煙霞。
世間行樂亦如此，古來萬事東流水。
別君去兮何時還？且放白鹿青崖間，須行即騎訪名山。
安能摧眉折腰事權貴，使我不得開心顏！

● 天姥山臨近剡溪，與天臺山相對。李白平生遊歷的奇山峻嶺中，天姥山遠不及天臺山高大險峻，遑論五嶽。但李白筆下，「天姥連天向天橫，」仰望如在天表，「雲霓明滅或可睹」，冥茫如墮仙境，「勢拔五嶽掩赤城，」比五嶽還更挺拔，「天臺四萬八千丈，對此欲倒東南傾」，連天臺山也傾斜著如拜倒在天姥的足下一樣。

李白的誇張也許源於他對這片土地的偏愛，還有對謝安的孫子——謝靈運的追隨。謝公亦是「天下才共一石，曹子建獨得八斗，我得一斗」之天才人物，也是不能「摧眉折腰事權貴」而深受政治打擊，歸隱後「放白鹿青崖間」，「騎訪名山」，把畢生心血放在開發浙東旅遊資源上。元嘉六年秋（公元四二九年），謝靈運帶領家兵數百人，「伐木開徑，鑿山開道」，打通了爲原始森林所封閉的天姥山區。從此，臺剡之間，也就是會稽郡與臨海郡之間陸路有了通道。追慕先賢必欲親至。「腳著謝公屐，身登青雲梯。」在天姥山的奇異風光中，李白理解了三百年前的謝靈運，也自我解脫了：「世間行樂亦如此，古來萬事東流水。別君去兮何時還？且放白鹿青岩間，須行即騎訪名山。安能摧眉折腰事權貴，使我不得開心顏！」

新昌錦囊

1唐詩之路主要集中在紹興管轄下的新昌市。城西有大佛寺，寺內依山崖由六朝齊梁間三代僧人開鑿三十年的石彌勒像，被譽爲「中國大佛，江南第一」；千佛院，內有一千餘尊小龕像，被譽爲「江南敦煌石窟」。十里潛溪景區距縣城西五公里。全境景區以自然景觀爲主，環境幽雅，澗流飛瀉，怪石林立，融峰、谷、洞、瀑、岩、湖等景致。

2南岩寺景區離城西七公里，南岩寺創建於東晉永和初年。唐宋時僧眾曾達八百，寺院鄰近有任公子釣臺、化雲洞、月光洞、玉女磯、蝙蝠洞、碧岩洞等眾多洞穴景觀，乃世傳中的「海跡神山」。

3沃洲湖風景區，位於城東十二公里，面積四十五平方公里，由沃洲湖、沃洲山、天姥山、東山和溪山一碧、三十六渡等景區組成，以風光秀麗和文化內涵深厚著稱。白居易稱譽：「東南山水，越爲首，剡爲面，沃洲天姥爲眉目」。沃洲湖之南即李白夢遊的天姥山，是風景文化名山，爲道家十六福地，鄰近司馬悔山爲道家六十福地。沿著一〇四國道行，沿途有劉阮廟、惆悵溪、迎仙橋、司馬悔橋、斑竹古街、會墅嶺、太白廟、天姥寺、普濟橋、萬馬渡等古驛道遺跡和自然風光。

4天臺山。這是「唐詩之路」的高潮。天臺山風景名勝很多，如國清寺、方廣寺、石樑飛瀑、華頂、赤城等等。國清寺是佛教天臺宗的發祥地，距今已有一千四百多年歷史；方廣寺傳說是五百羅漢的誕生地；而石樑飛瀑更是天臺山的精華。孟浩然在赴天臺途中就寫下「問我去何適，天臺訪石橋」。李白也到過這裏，曾有「石樑橫青天，側足履半月」的詩句。李白還曾登上一千一百三十七公尺的主峰華頂，寫下《天臺曉望》；登上瓊臺，喊出「龍樓鳳闕不肯住，飛騰直欲天臺去」。可見天臺山在唐代詩人心目中的地位了。

5這裏風光秀美的景色和峻峭的群峰成爲「江湖」中的「五嶽名山」。有趣的是沃洲山之陽有一眞君殿，清光緒三十年重建，奉祀抗金名將宗澤，現在則是作爲郭、黃、穆、楊、完顏洪烈、歐陽克等人陸續出場的「義祠」，倒也吻合。

6推薦行程：

一日遊：杭州—柯橋（古纖道拉纖、乘書畫舫船）—紹興—賀知章祠—蘭亭—咸亨酒店。

二日遊：紹興—若耶溪（乘腳划船、聽頌詩）—禹陵—宛委山（會稽山度假區）

—雲門寺。

三日遊：紹興—上虞（曹娥廟）—王羲之墓—嵊州賓館—新昌（大佛寺，可宿於此）。

四日遊：新昌城關—千丈坑、南岩—沃洲湖（支遁嶺、聽頌詩）—班竹村（徒步走一段古遊道）—天臺赤城賓館（可參加佛學講習班，可住宿）。

五日遊：國清寺—石梁—臨海。

六日遊：臨海古城、龍興寺——寧波。

野曠沙岸淨——楠溪江

楠溪江有九曲，峰迴路轉間一泓泓碧水環繞中白而潔淨的沙渚，靜靜地泊著一排陳舊的木製蚱蜢舟，繩纜糾結。啪啪啪一聲突響後，白羽長腿的水鳥翩然飛去。

秀麗的楠溪山水蘊養了亦耕亦讀、詩禮傳家的鄉土文化。楠溪兩岸，芙蓉、岩頭、蓬溪、蒼坡、鶴陽、棣頭、下園、塘溪等大大小小的古村落，人們以血緣為中樞，聚族而居，石牆木門篷舍，男耕女織。孩童們在書院鄉賢的教導下，牛角掛書，刻苦攻讀經籍，努力為家族博一份榮耀，為自己掙一個前途。宦遊半生後，又落葉歸根，安眠在家鄉柔媚無比的山水間。千百年來，這樣的宿命人生像一曲沒有起始也不會結束的田園牧歌，無比美麗，也無比憂傷。

這樣尚未被世俗玷污的淨土，卻是中國最早的山水勝地，最早的自助旅遊者謝靈運發現的美景。

南朝宋永初三年（公元四二二年），詩人謝靈運因恃才傲物，爲權臣所惡，出爲永嘉太守。從先祖謝安隱居的始寧東山到永嘉，昔年只有曹娥江出海的水路可通。詩人謝靈運領著僮僕數人，一路「伐木開徑」沿始豐溪，過天臺，直向永嘉而來。一路賞山品水，幾個月後，詩人謝靈運總算在邑人翹盼中，踏進了永嘉的衙門。

▲楠溪江畔文化之根

處理公文對一個詩人來說，肯定太枯燥了，所以在永嘉任上，謝靈運公務之餘，喜歡動手做做木屐，這就是後世聞名的謝公屐，詩人就穿著這樣的木屐，訪遍了永嘉山水。永嘉在當權者心中只是讓謝靈運受受苦的窮山惡水，誰知這個謝公，竟率百位民工，親臨強口伐木開鑿至臨海長達七百里的古遊道，把這方山水當作自己的庭院了。古遊道的起點就是今山雩浦，至今村裏仍殘留二百多公尺卵石砌成的古道，使訪剡者不受舟筏顚簸之困，陸行可賞剡山古蹟。謝靈運還首製了謝公屐和曲柄傘，完全是一副隨時出遊的行頭。

古代登山鞋是謝靈運發明的。《南史謝靈運傳》：「尋山涉嶺，必造幽峻，岩嶂數十重，莫不備盡登躡。常著木屐，上山則去其前齒，下山則去其後齒。」謝公靈活運用力學原理，採用割去木屐前齒或後齒的方法，以調節運動的坡度。此後千餘年，中國人登山多仿效此方法，但沒有人能像謝靈運那樣兼顧力學與美學——「裸體而行，須長及地，足著木屐，手執一卷，惟一布巾蔽前耳。」（據《會稽縣誌》）。

自覺地旅遊，沒條件也要創作條件地旅遊，謝靈運是中國旅遊的創導者。

謝靈運開山南而來，盡興而去，在永嘉談不上有什麼政績，但在唐時，他所闢之路卻吸引著詩人的行旅。孟浩然四十落第後，曾漫遊東南之地，從東山沿謝靈運之屐，去永嘉訪友人張子容，並一同歸隱鹿門山。而李白和顧況亦接踵而至。太白登甌江孤嶼，作《孤嶼詩》：「康樂上宮去，永嘉游石門，江亭有孤嶼，千載跡猶存。」

其實孟浩然和李白等人遊歷永嘉時，永嘉已易名了。唐高宗上元二年（公元六七五年），改永嘉爲溫州。據《浙江通志》引《圖經》記述，因其地「民多火耕，雖隆冬恒燠」，故名溫州。唐朝的詩人依舊呼爲永嘉，則是懷舊了。

因爲胸懷山水，謝靈運成爲中國第一個發掘自然美，自覺地以山水爲主要審美對象的詩人，是中國山水詩的奠基人，在文學史上具有無可爭議的地位。「池塘生春草，園柳變鳴禽」（《登池上樓》），「野曠沙岸淨，天高秋月明」（《初去郡》）等，均天然渾成，意象不俗，爲歷代詩家所讚美。

永嘉山水是中國不多的還能看到唐宋遺風的地方。悠悠三百里楠溪江融天然風光與人文景觀於一體，以水秀、岩奇、瀑多、村古、灘林美而名聞遐邇，是中國國家級風景區當中唯一以田園山水風光見長的景區。

楠溪江錦囊

1去楠溪江可走當年謝靈運開闢的古驛道。驛道由會稽來，經桃源穿越天姥，又稱「謝公道」。這條古驛道上有許多流傳千古的遺跡，如劉阮遇仙的桃源洞、司馬悔橋等，現在，和這條古驛道大致平行的是一〇四國道。

2楠溪江四季氣候宜人，夏天是最好季節，冬天別具清淨，七月平均氣溫二十九℃，一月平均氣溫十二℃，無論任何時節戲水遊山、尋源探險、休閒度假都合適，只是別在節日前往，因爲水墨畫般的楠溪江只宜休閒地流連，若人潮洶湧的話就不可能有那份情致了。凌晨即起，花點錢找兩條竹筏讓漁人披蓑衣點漁火，在欲曉的光線裏攜鸕鷀捕魚，野趣盎然。

3溫州的北面是雁蕩山，明代著名旅行家徐霞客三次來遊雁蕩。「始於唐，盛於宋」，雁蕩山來晚了一步，未能在「五嶽」中分得一席之地，所以它從來沒有一位稱爲什麼「大帝」的山神，只有秋雁曾年年飛臨山頂棲息於蒼蒼蒹葭之中。沒有金碧輝煌的塗飾，村野之山的雁蕩倒因此多了份遊灑風神。

▲雁蕩山

鰲身映天黑——普陀山

一座香火縈繞的島嶼，海天一色，暮鼓晨鐘。

我們的鄰邦日本，曾懇請觀音去他們的島上。可是，一旦搬觀音像上船，海上便狂濤四起，而人們把觀音像搬回岸上，海面則平復如初。於是人們便在此爲觀音建院，稱爲「不肯去」。爲什麼不願東渡呢？人有人的心事，佛有佛的天機。

唐代日本派遣了幾百名遣唐使（相當於現在的留學生）到大唐學習，阿倍仲麻呂是其中最出名的學生，他改了中國名叫「晁衡」，跟王維、包佶等人交情不錯，天寶十二載，他在普陀山附近渡海回國探親，王維寫詩贈別。

送祕書晁監還日本國　王維

積水不可極，安知滄海東。
九州何處遠，萬里若乘空。
向國惟看日，歸帆但信風。
鰲身映天黑，魚眼射波紅。
鄉樹扶桑外，主人孤島中。
別離方異域，音信若爲通。

● 王維這首詩意頭不好，人家還沒出海，先嚇唬阿倍仲麻呂：東海上有能把天空映黑的巨鰲！眼裏紅光迸射的大魚！日本在滄海的盡頭，還是孤島，你要是回到祖國，我們以後就很難通音訊啦！

▲普陀山

果然，阿倍仲麻呂剛出東海就遇上颱風，船在海上漂流了幾天幾夜。在長安的王維聽聞消息，以為他魂歸天外了，又寫了首詩悼念這位為「兩國人民友誼作出顯著貢獻的國際友人」，還好，這次王維的詩沒有言中。但是後來阿倍仲麻呂要回去探親也就小心多了，最後終老於長安。

普陀錦囊

1 **寧波**：是歷史文化名城，又是現代化的國際港口城市。

2 **天童寺**：佛教禪宗五大名寺之一。

3 **阿育王寺**：一千七百多年歷史，寺內有國內獨一無二的舍利塔。

4 **天一閣**：明代興建的藏書樓，現中國古籍多取天一閣善本，余秋雨對此有專文介紹——《風雨天一閣》。

5 **天童森林公園**：中國三大森林公園之一。占地五百餘畝。森林既然已成公園，頓失兇猛，只有馴服的模樣。位於鄞縣東鄉太白山麓。

6 **東錢湖**：浙江最大的淡水湖。山外有湖，湖外有山，山重水復，變幻無窮。位於鄞縣莫枝鎮。

國家圖書館出版品預行編目資料

唐詩地圖：90個唐詩經典場景 / 吳眞著. --
初版. -- 臺北市：如何, 2004[民93]
面； 公分. --（Happy learning ; 33）

ISBN 957-607-994-2（平裝）
1. 中國詩 - 歷史 - 唐（618-907） - 評論
2. 中國 - 描述與遊記

690　　　　　92020732

The Eurasian Publishing Group
圓神出版事業機構
用心與你對話．視野無限寬廣
如何出版社
Solutions Publishing

http://www.booklife.com.tw　inquiries@mail.eurasian.com.tw

HAPPY LEARNING 033

唐詩地圖——90個唐詩經典場景

作　　者／吳真
發 行 人／簡志忠
出 版 者／如何出版社有限公司
地　　址／台北市南京東路四段50號11樓之1
電　　話／（02）2579-6600（代表號）
傳　　真／（02）2579-0338．2577-3220
郵撥帳號／19423086如何出版社有限公司
副總編輯／陳秋月
主　　編／曾慧雪
責任編輯／李靜雯
美術編輯／劉鳳剛
校　　對／李靜雯．張雅慧
印製總監／林永潔
監　　印／高榮祥
排　　版／杜易蓉
圓神出版事業機構法律顧問／蕭雄淋律師
印　　刷／龍岡彩色印刷公司
2004年1月　初版

本著作繁體文版權，由南方日報出版社授權如何出版社獨家出版發行

定價280元　　　　ISBN 957-607-994-2　